湖北经济学院学术专著出版基金资助

观念与方法

中国话语下的英国文学史书写研究

王冬梅

著 ————————

九州出版社 JIUZHOUPRESS ｜ 全国百佳图书出版单位

图书在版编目（CIP）数据

观念与方法：中国话语下的英国文学史书写研究 /
王冬梅著. -- 北京：九州出版社，2021.9
　　ISBN 978-7-5225-0465-0

　　Ⅰ．①观… Ⅱ．①王… Ⅲ．①英国文学－文学史研究
Ⅳ．①I561.09

中国版本图书馆CIP数据核字(2021)第178144号

观念与方法：中国话语下的英国文学史书写研究

作　　者	王冬梅　著
责任编辑	张皖莉
出版发行	九州出版社
地　　址	北京市西城区阜外大街甲 35 号（100037）
发行电话	（010）68992190/3/5/6
网　　址	www.jiuzhoupress.com
印　　刷	北京九州迅驰传媒文化有限公司
开　　本	880 毫米 ×1230 毫米　32 开
印　　张	10
字　　数	236 千字
版　　次	2021 年 10 月第 1 版
印　　次	2021 年 10 月第 1 次印刷
书　　号	ISBN 978-7-5225-0465-0
定　　价	49.50 元

目　录

绪论

一、英国文学史书写的学科背景

严格来说英国文学不是一个学科，而是外国文学学科下的一个方向，但英国文学最初进入中国的时候的确是作为一个学科存在的，那么考察英国文学史的书写问题，必须把它放入英国（外国）文学学科发展的历史背景中去。英国文学学科的出现与中国近代大学教育密切相关，中国的近代教育是国人睁眼看世界的重要窗口和渠道，"中国的大学教育是整个社会走向现代化的产物，它萌生于中国社会结构发生剧烈变革的清朝末年，而在民国成立后得到迅速发展。"[①] 对于中国学术而言，也要首推大学教育的发展，"对于中国现代学术而言，大学制度的建立至关重要……要说'西化'，最为彻底，也最为成功的，当推大学教育。学科设置、课程教授、论文写作、学位评定等等……不知不觉地转换了门庭。"[②] 大学的教育，学科和课程的设

---

① 金一林:《近代中国大学研究》，北京：中央文献出版社，2000年，第160页。

② 陈平原:《中国现代学术之确立》，北京：北京大学出版社，1998年，第14页。

置，催化了教材的书写，促进了英国文学史的出现。因此，要讨论英国文学史的书写历程，必须首先考察它的学科背景。

经历鸦片战争的屈辱，洋务派在1862年创办了京师同文馆，但其主要目的是为培养通晓各国语言的应用人才，谈不上学科的发展。此后，在各地成立的洋务学堂，目的也是为了培养应用人才。"清朝末年开办的京师大学堂，与中国现代学科规范的建立和学术的发展关系极大。"[1]甲午战争的失败，引发了百日维新运动，梁启超在1898年起草了《奏拟京师大学堂章程》，设英、法、俄、德、日等五种外语课程，但学生仍然以掌握外国语言文字为主。1902年，由张百熙拟定颁布的《钦定京师大学堂章程》，俗称"壬寅学制"。该章程将大学堂分为预备课、专门分科（即大学本科）、大学院三级，专门分科设立了七科35目，分科相当于现在的学院，目相当于现在的系，这是我国大学分科分系制度的开始。文学科之目有七，即：经学、史学、理学、诸子学、掌故学、辞章学、外国语言文字学。外国语言文字学包括英、德、法、日、俄五种语言，要求学习文法和音义[2]。1903年，清政府颁布了由张之洞拟定的《奏定大学堂章程》，俗称"癸卯学制"，该章程把大学堂分为8科35门，文学科下辖9门，即：中国史学门、万国史学门、中外地理学门、中国文学门、英国文学门、法国文学门、俄国文学门、德国文学门、日本国文学

---

[1] 陈平原：《中国现代学术之确立》，北京：北京大学出版社，1998年，第14页。

[2] 参见璩鑫圭，唐良炎：《中国近代教育史资料汇编：学制演变》，上海：上海教育出版社，2007年，第244—253页。

门。此章程首次正式出现了英国文学学科，和中国文学学科并起并坐。在中国文学学科中，经学正式从文学中分离出去，更加细化，也更加科学，文学的概念大大缩小。中国文学门课程中，出现了西国文学史，作为补助课程，在第二、三年每周的学时分别为1、2学时。在英国文学门的课程中，补助课程有英国近世文学史，每学年每周的课时分别为3、2、2[①]。此章程比前两个章程都要细化，外国文学史包括英国文学史成为中文系、英文系的重要课程，一直延续到现在，英国文学的地位明显提高。在同时颁布的《奏定优级师范学堂章程》中将学科划分为公共科、分类科和加习科。公共科英语主修讲读、文法、作文，类似今天的大学英语课程。分类科第一类系以中国文学、外国语为主，在第二、三年的英语课程中除了讲读、作文之外，还有文学史课程。此外，同时还颁布了奏定译学馆章程、奏定中学堂章程，奏定初级师范学堂章程等，都把英语作为重要的一门课程。这些章程直接从制度层面上促进了英语的教学和英国文学教材的编写。为了满足英语教育的需要，上海商务印书馆于1904年出版了由教育家伍光建编写的《帝国英文读本》，便是例证。不过此本主要是供中学学生使用的教材，以英国文学为主，曾被列为最佳教材。大学的英国文学教学则几乎是一纸空文。有意思的是，大学堂章程中的英国文学门规定的主课仍然是以语言的运用为根本，文学史仅仅作为补助课出现。优级师范学堂章程中的文学史和讲读、作文一起每周的课时也仅仅为5学时。由此可见，奏定学堂章程虽

---

① 其科目课程设置参考附录1。

然从制度层面上使得英国文学学科独立出来，提高了文学的地位，但具体上落实到实践层面，却异常艰难。由于清政府腐败，加上统治者们认为声光化电这些西方的科学技术才是根本，文学（包括中国文学在内）一开始并不是大学课程设置的重心[①]。西国文学史课程几乎就是摆设，长时间都是"虚位以待"，造就的也仅仅是一批懂英文、为清政府服务的工具型人才，但毕竟这份章程突出了外国文学（包括英国文学在内）的地位，为后来的高等学校学制发展提供了参考和借鉴作用，第一次确立了英国文学学科的独立地位。

1912 年中华民国正式成立，设立了教育部，在 1912 年到 1913 年颁布和确立了民国学制，1913 年 1 月 12 日教育部公布了包括公立、私立大学在内的一系列章程，史称"壬子—癸丑学制"。《大学规程》规定文科分为哲学、文学、历史学、地理学四门。文学门下分 8 类，即：国文学类、梵文学类、英文学类、法文学类、德文学类、俄文学类、意大利文学类、言语学类。国文学类开设有希腊罗马文学史和近世欧洲文学史。英文学类开设的课程有：英国文学，英国文学史、英国史、文学概论、中国文学史、希腊文学史、罗马文学史、近世欧洲文学史、言语学概论、哲学概论、美学概论。此章程《大学规程》继承了奏定大学堂章程在英国文学门开设中国文学课程和国文学门开设外国文学课程的传统，可见，在新中国成立前中国文学一直是文学科类重要的课程，受国人的重视。英国文学类的 11 门课程中，有 8 门属于文学类，英国文学史和英国文学分开，共计 2 门，这说明文学以

---

① 陈平原：《新教育与新文学—从京师大学堂到北京大学》，见陈平原《中国大学十讲》，上海：复旦大学出版社，2002 年，第 111 页。

鉴赏、品评为主，而文学史则是站在总体的高度整体描述。本章程《大学规程》是中国文学史第一次以史的面目出现，反映了国人的文学观念的转变，"标志着传统文学研究形式——'文苑传'、'诗文评'在新式教育面前式微的开始。在日渐迅猛的西学大潮中，知识界文学观念的转变不断地反映在教育体制改革和课程设置的更新当中。"[①] 到了 1918 年，北京大学明确地将课程分为"文学"和"文学史"两课，对大学课程的设置影响深远，很长一段时期，文学课程一直是沿用两者分开来上的模式。这个学制还规定了高级小学有条件可开设外国语，中学课程以英语为主，专门学校中设外国语学校，英语教育已经从上到下普遍推行。虽然此时仍然以语言运用为重点，但在这些学校的课程中，已经有了开设文学课程的痕迹，如 1913 年成立的四川公立外国语学校，英文本科课程就有"英国文学史"一门。[②] 后来这些专门学校或停办，合并到各大学的外文系，但其课程设置基本得到延续。大学的英国文学课程的最早实践是 1914 年北京大学的辜鸿铭开设的英文诗课程，此后有史料确证的还有周作人 1917 年为北京大学国文系讲授欧洲文学史课程[③]，他为一年级讲授"欧洲文学史"，为二年级学生教授"十九世纪欧洲文学史"，这两门课还作为英国文学门

---

① 温华：《"外国文学"课程设置与学科发展：从清末到民国》，《中国图书评论》，2011 年第 10 期，第 56 页。

② 参见张珂：《民国时期我国"英国文学史"的写作》，北京师范大学硕士学位论文，2009 年，第 7 页。

③ 据《知堂回想录》记载："蔡孑民来做北京大学校长，据说要大加改革，新加功课有希腊文学史和古英文，可以叫我（周作人）担任。"由此可见，当时国文系所设的西国文学史，只是一纸空文。参见温华：《"外国文学"课程设置与学科发展：从清末到民国》，《中国图书评论》，2011 年，第 10 期，第 57 页。

的选修课。①1919 年北京大学改门为系，英文系开设了许多英国文学
类课程，并且是必修科目，如"英国文学史略"（张歆海讲授）、"伊
丽莎白时代文学"（张歆海讲授）、"十八世纪英国文学"（张歆海讲
授）、"浪漫派文学"（张歆海、温源宁讲授）、"十七、十八世纪英国
文学"（温源宁讲授）、"维多利亚时代文学"（徐志摩讲授）、"英国现
代文学"（凌善安讲授）、"十九世纪文学史"（凌善安讲授）、"英文戏
剧、英国近代文学"（沈宗镰讲授）、"散文小说"（向哲浚讲授），"小
说"（陈源讲授），"戏剧"（毕善功讲授）、"散文"（毕善功讲授）、"欧
洲古代文学"（毕善功讲授）、"复兴时代文学"（温德讲授）等等②，北
京大学的英语教育和文学课程开设终于使京师大学堂章程里的"一纸
空文"落实到实践。其他的许多大学也都开设有外国文学、欧洲文学
或英国文学课程，如教会学校燕京大学的西洋语言文学系开设的课程
有英国文学史，莎士比亚③等，教师基本上都是外国人；清华大学的
外文系开设有西洋文学史系列课程；④私立大同学院开设的有文学读

---

① 参见温华：《"外国文学"课程设置与学科发展：从清末到民国》，《中国图
书评论》，2011 年，第 10 期，第 57 页。

② 不同时期的北京大学的英文系课程也不尽相同。1917 年英国文学系课程有
英散文、英诗、戏曲、欧洲文学名著（英译诗），1922 年规定"大学采用选科制"后，
1923 年北京大学英文系课程有英文选、英国文学史、欧洲古代文学史、欧洲文学史
等。1924—1925 年的课程表开设的有戏剧、小说、散文、英国文学史略、伊丽莎白
时代文学、浪漫派、维多利亚时代文学等。参见李良佑等编著：《中国英语教学史》，
上海：上海外语教育出版社，1988 年，第 254—279 页。

③ 谢迪克给三年级学生讲授 18 世纪文学，给四年级学生教授 17 世纪文学，
桑美德给二年级学生讲授 19 世纪文学，步多马讲授莎士比亚。1943 年，吴宓到此时
迁入成都的燕京大学讲授 19 世纪英国文学和西洋文学。

④ 吴宓开设的有"英国浪漫诗人"，温德开设的"文艺复兴时期文学"，瑞恰慈
1929—1931 年到清华大学任教，开设了系列文学课程，如"文学批评""比较文学"。

本、文学、小说、文学选读；上海的圣约翰大学开设的有英美小说、英文散体文、诗歌、文学史、莎士比亚剧作；私立上海大学英国文学系开设的课程有散文、小说、戏剧、诗歌、英文学、英国文学史、欧洲文学史；北京师范大学开设的课程有英国文学史、西洋文学史、浪漫诗人、长篇小说、诗歌、莎士比亚、戏剧、伊丽莎白时代文学、十八世纪西洋文学、小说史、戏剧史、十九世纪文学；河南大学文学院开设的课程有英国文学史、英文短篇小说等①。不一一列举。据统计，1915 年 8 月全国 10 所高等师范学校中 8 所设有英语本科，1932 年官方统计大学设置了外国语文系的共有 36 所，不包括教会学校。到 1947 年，高等学校中共有 77 所设有外国语文系。从以上列举的英文系（部分国文系）的课程来看，英国文学是常设课程，这无疑极大地促进了英国文学学科的发展。民国时期的教学实践直接促进了英国文学史的书写和英国文学的翻译，如欧阳兰的《英国文学史》就是作者在任教于河北大学时，参考英国的文学史著作编译而成，当时出现了大量的英国文学类著作，形成了第一个高潮②。但是，由于民国时期是半殖民半封建社会，教育部虽然颁布了大学规程，但许多学校还是各自为政，课表也五花八门。许多学校由洋人讲授，或由留过洋懂英文的中国人讲授，借助语言的优势，他们或直接使用原版的教材，如英国的莫逊（W.V.Moody）、勒樊脱（Lovett）合著的《英国文学史》就是作为部定大学用书出现的，国立武汉大学使用的教材是由 William

---

① 更多大学英国文学课程参见李良佑等编著：《中国英语教学史》，上海：上海外语教育出版社，1988 年，第 254—279 页。

② 具体成果参阅附录 2。

A. Neilson 和 Ashley Thorndike 合著的《英国文学史》（*A History of English Literature*）。但是，对于许多不懂英语的国人来说，他们更需要中文书写的英国文学史来增进对英国文学的了解，所以，当时出现的几部国人著作的英国文学史大都是由懂英文的编辑而不是大学教师撰写的，原因在于外文系学生可以使用原版教材。但毫无疑问，民国时期的大学英语教育和课程设置使英国文学学科得到了初步的发展，为后来的大学英语专业教育进一步奠定了基础。正如柳无忌说："约从五四运动起，大学已成为文化中心，而现在外国文学亦受到大学学者的熏陶而培植起来了。于是，西洋文学的研究达到了一个新的阶段"①。

新中国成立后，由于意识形态的关系，西方对中国全面封锁，中国在外交上倒向苏联，外语教育指导思想也一并倒向苏联，20世纪50年代前半期停止开设英语，大力开设俄语。1952—1953年国家进行了2次高校调整，由刚开始的50所高校设有英国（外国）语言文学系科变成了1953年9所英语教学点，英语教育受创。但是，新中国成立后，教育部便成立了一个高等教育教材编审委员会，领导编写全国统一的教学大纲。1956年中华人民共和国高等教育部审订的由高等教育出版社出版的《英国文学史教学大纲（草案）》出台，指导全国的大学英国文学课程教学。1950年9月，教育部还颁布高等学校文、法、理、工学院的课程草案，草案规定文学院的外国语文系必修课包括国别文学史，选修课包括世界文学史，进一步加强

---

① 柳无忌：《西洋文学研究》，北京：中国友谊出版公司，1985年，第4页。

了外国文学学科和课程的发展。1957 年，高校俄语专业教学规模缩小，英语教育重新得以恢复，高校开始增设英语系科，到 1964 年，全国开设的英语专业高校达到 74 所。[①]1961 年，中共中央宣传部召开了高等学校文科教材编选计划会议，来自北京大学、武汉大学等 17 所高校的有关同志讨论制定了一份五年制的英语语言文学专业教学方案，其课程设置有欧洲文学史、英美文学史、英美文学作品选读、文学专题研究等，分别占 70、100、40、70 ～ 150 学时，可见英国文学的重要性。1964 年 10 月教育部制定了《外语教育七年规定纲要》，大力发展英语教学，1966 年开始"文化大革命"，外语教育遭到严重的干扰和破坏。总之，新中国成立后，虽然国家出台了一系列发展英语的政策，英语学科得到进一步有序的发展，但各个高校大都使用自编教材或使用前苏联的阿尼克斯特编写的《英国文学史纲》，此时出版的英国文学史几乎为零[②]。"文革"结束后，教育部着手抓英语专业教学计划，在 1979 年 4 月下达了《外语学院英语专业四年制教学计划（实行草案）》《综合大学英语语言文学专业四年制教学计划（实行草案）》《高等师范院校英语专业四年制教学计划（实行草案）》。这三份教学计划进一步在课程设置、时间安排中规定了英美文学史及作品选读、当代英美文学、欧洲文学史、英语散文、诗歌、小说、戏剧选读等必修和选修的课程。从 1985 年开始国家教

[①] 参见杨玉林，崔希智：《英语教育学》，北京：旅游教育出版社，1994 年，第 41—42 页。

[②] 除了阿尼克斯特的《英国文学史纲》外，60 年代还有一本仅 2 章由北京大学西语系的学生编写的手抄本《英国文学史》。

育委员会着手修订高等学校社会科学本科专业目录，这份专业目录规定外语学科包括外国语言文化类、外国语言文学类、专门用途外语类和语言学类，外国语言文学类的主要课程包括欧洲文学史和主要英语国家文学史及作品选读等。虽然后来经历几次课程调整，但到目前为止，英国文学史及选读一直是英语专业必修课程。同时，"文革"结束后，国家组织编写英国文学史教材，80年代出版了好几部教材，如范存忠的《英国文学史提纲》、刘炳善的《英国文学简史》、陈嘉的《英国文学史》等。不仅如此，从"奏定章程"开始的中国文学学科要学西国文学史的惯例，一直延续下来，作为中文系专业的必修课。新中国成立后专门设置了外国文学学科，20世纪90年代后期，教育部把外国文学学科与比较文学学科合并为比较文学和世界文学学科。外国文学学科的确立和发展带动了作为国别史的英国文学史的书写，特别是90年代以来，英国文学史教材急剧增长，达到一百多种。由此可见，中国的英国文学史的书写是西学东渐之后，中西交流发展的必然产物，和近现代中国的大学教育，英国文学（外国文学）学科的萌芽、发展、确立是分不开的。

二、中国的英国文学史发展概况

如前所述，我国撰写英国文学史和中国近代教育发展有着密切的关系。1902年，清政府颁布《奏定学堂章程》开拟了"西洋文学"课程，设有"英国文学门"，但未正式开课。[①] 为了满足英语教育的

---

① 参见舒新城：《中国近代教育资料》，北京：人民教育出版社，1980年，第541页。

需要，上海商务印书馆于 1904 年出版了由教育家伍光建编写的《帝国英文读本》，此本主要是供中学学生使用的教材。1912 年中华民国成立，教育部于 1913 年颁布《大学规程》，规定英国文学系开设英国文学，英国文学史课程，国文学系开设外国文学课程，当时的英国文学基本上作为国别史之一划入"西洋文学"。1913 年，正在杭州浙江第一师范学校任教的李叔同着手撰写《近世欧洲文学之概观》，其中第一章即为《英吉利文学》[①]。国人最早撰写的英国文学通史直到 20 世纪 20 年代才出现，而且不是作为教材编写出版的。1920 年第一本国内通史《英国文学史》由编辑出身的王靖所著，由上海泰东书局出版。此书写至 19 世纪，但有许多重要作家未列入进去，所以称为《英国文学史》（上编），1927 年再版。20 年代另有两本出版，一本为欧阳兰编译的《英国文学史》，初版于 1927 年，由北京大学出版部发行；另外一本为曾虚白的《英国文学 ABC》，作为上海书局"ABC 丛书发刊旨趣"于 1928 年出版，再版于 1935 年。30 年代有徐名骥的《英吉利文学》，作为王云五主编的"百科小丛书"由上海商务印书馆 1934 年发行，另外一本是由金东雷的《英国文学史纲》由上海商务印书馆 1937 年发行。30 年代还有两本译著出版：一本为 1930 年初上海北新书局出版的《英国文学史》，由德尔曼（F Delmer）著，林惠元译，林语堂校。另一本是同年格斯（Edmond Gosse）著，章丛芜译，北平未名出版社出版的断代史《英国文学：拜伦时代》。40 年代仅有李祈的《英国文学》，1948 年由上海商务印书馆出版，此书仅 16 页，

---

① 参见龚翰熊：《西方文学研究》，福州：福建人民出版社，2005 年，第 98 页。

可为最简略版的英国文学史了。译著有英国莫迪和勒樊脱合著，柳无忌、曹鸿昭译，上海商务印书馆 1947 年出版的《英国文学史》，作为部定大学用书。另外一本由约翰·黑瓦德著，杨绛译《一九三九年以来英国散文作品》，1948 年由商务印书馆发行。民国时代还有其他书评类如萧石君的《世纪末英国新文艺运动》（中华书局，1934 年），方重的《英国诗文研究集》（长沙商务印书馆，1939 年）出版。

新中国成立后，教育部 20 世纪 50 年代初期便成立了一个高等教育教材编审委员会，领导编写全国统一的教学大纲。1956 年，中华人民共和国高等教育部审订的《英国文学史教学大纲（草案）》由高等教育出版社出版，共 63 页，成为当时具有指导性意义的纲领性文件和指导书。此时期由于意识形态和极"左"思潮影响，英国文学史仅留存有一本，为 1960 北京大学西语系编撰的《英国文学史》，此书为手抄本，仅著两章，为文艺复兴时期和 17 世纪文学，显得极为珍贵。另外，在 1959 年出版了苏联阿克尼斯特所著的《英国文学史纲》，此书作为当时大学英国文学史教材使用。"文革"期间，学术完全中断，未有英国文学史类书籍出版。

"文革"结束后，我国高校英语专业面临"三无局面——无大纲、无计划、无教材。"[①] 国家组织高校编写教材，80 年代初期出现了好几本教材，如 1981 年河南大学刘炳善编著的《英国文学简史》和陈嘉编写的《英国文学史》（1～4 册），两部教材都是英文著作，

---

① 胡文仲:《中国英语专业教育改革三十年》,《光明日报》, 2008 年 11 月 12 日, 转引自段汉武著《百年流变: 中国视野下的英国文学史书写》北京: 海洋出版社, 2009 年, 第 4 页。

影响较大，多次重版，刘著在1981年，1993年，2006年修订重印3次，累计发行量超过25万册。陈著1981年到2004年累计印刷16次。1983年范存忠编著的《英国文学史提纲》也是作为教材出版的。1985年由台北协志功业丛书出版有限公司出版的，由梁实秋著《英国文学史》（3卷）发行，2004年重印，2011年北京新星出版社重印，由于它最初是在台北出版发行的，本论题主要考察大陆的英国文学史书写，故不在论述范围内。1988年吴伟仁编写的《英国文学史及选读》（2册）也是作为教材出版的，供高校英语专业学生使用，重印多次。其他的非通史类的有1985年侯维瑞著《英国现代小说史》，由上海外语教育出版社出版。

进入90年代后，随着市场经济的兴起，文化的繁荣，西方文学著作、文学思潮、文艺理论被大量引进国内市场，学术的发展以前从未有的速度与日俱增，文学史的书写开始改变原来单一的格局、狭隘的视野、固有的观念，走向多元和繁荣，少许一些带有个性化、个人特色的学术著作进入人们的视野。文学史书写一派欣欣繁荣的景象，英国文学类著作达上百本。如1996年商务印书馆出版的王佐良《英国文学史》，2006年上海外语教育出版社出版的王守仁、王杰《英国文学简史》，2005年北京外语教学与研究出版社出版的王佐良、李赋宁等主编的五卷本《英国文学史》，2010年南开大学出版社出版的常耀信主编《英国文学通史》等等。学术特色之作还有上海外语教育出版社出版的，由上海外国语大学研究团队主持的"英国文学专史系列研究"成果等。总之，经过近百年来的发展，中国的英国文学史书写取得了蔚为壮观的成果。

第一章　文学观念

　　什么是文学观念？不同的学者对此有不同的看法，古风教授认为新时期中国文学观念有"意识形态论""反映论""语言论""工具论"等社会主义文学观念和"生产论""主体论""活动论""审美论""人学论"等新文学观念[①]。他的文学观念是基于文学理论上的文学观念，包括作家、文学史家、批评家、美学家等在内的众多人员对文学的看法。梁颖从文学功能的角度对晚清到五四期间中国文学的演变做了具体分析，她指出了梁启超的启蒙功利文学观和王国维的超功利人本文学观。[②] 由此可见，文学观念的内容很多很大，如对文学本质、文学功能的看法等，但最为关键的是要解决何谓文学的问题，是"对文学本质和特性的认识，对文学内涵与外延的确定，

---

　　① 　古风：《1949 年以来文学观念的演变与文学的发展》，载于《学术月刊》，2010 年，第三期。
　　② 　梁颖：《晚清到"五四"时期文学观的衍变》，载于《西北大学学报》，2008 年，第五期。

对怎样的文本才算是文学文本的判断。"[①]因此,文学观念的核心问题是要解决何为文学的问题。对于文学史家和文学史撰写者来说,不同的文学观念决定着他们在选材上如何取舍、如何处理,即什么样的材料才算是文学史料,什么样的材料不是文学史料,从而决定了文学史家把哪些文本和作家写入进去的问题。

文学观念虽然在中国古已有之,但文学史却是外来的产物,伴随着文学学科进来的还有现代西方文学观念。中国古代的文学观念与西方现代文学观念有抵牾,国人如何取舍和调整?又是如何反映在中国的英国文学史书写中?中国和西方文学观念都经历了一个由传统的"泛"到近代的"纯"再到后理论时代的"大"的转变,其演变必然反映到国人书写的英国文学史上,通过对比英国本土的文学史,找出百年来国人文学观念的转变如何影响国人的英国文学史书写,这是本章要讨论的主要问题。在讨论之前,有必要先对中西方现代文学观念的形成和演变做一个简要的介绍,只有这样才能进一步分析和阐述国人由于文学观念的不同,而导致在书写英国文学史时处理史料的不同。

第一节　现代文学观念的形成与演化

中国现代文学观念的形成与演化是在西方文学观念的影响下完成的,伴随着国门的打开和西方学术思想的涌入,中国传统文学观

---

①　董乃斌:《中国文学史的演进:范式的视角》,党圣元:《文学史理论》,北京:中国社会科学出版社,2011年,第53页。

念面临着转换，这种转换和文学学科确立及文学史书写紧密联系在一起，中国文学观念的转变深深地影响着国人的文学史书写，无论是在中国文学史还是外国文学史的书写中，观念的变化都可以找到事实依据。中国现代文学观念的确立是随着文学学科的确立和文学史书写逐步确立完善的。同样，西方的文学观念也经历了一个由"泛"到"纯"再到"大"的过程，国人在书写英国文学史时，必然会借鉴、参考西方的尤其是英国本土的文学史，如此，则有必要先梳理一下西方文学观念演变的过程。这样便能在中英文学史的对比中，找到其观念的异同和影响。

一、西方文学观念的演化

西方文学观念也经历了一个从广义到狭义的历史过程，威德森在《现代西方文学观念简史》（Literature）说，西方现代意义上的文学指的是经典文学的概念，它是在英美批评传统和 19 世纪西方美学的共同作用下，建构起来的文学概念，表示以想象、虚构、创造为主要特征的审美文本，强调作品的人文情感和审美要素，通常包括的文类是诗歌、小说、戏剧和抒情性散文。乔纳森·卡勒也说过西方现代文学观念不过才两百年的历史，"如今我们称之为文学的是二十五个世纪以来人们撰写的著作，而文学的现代含义才不过二百年。1800 年之前，文学 (literature) 这个词和它在欧洲语言中相似的词指的是'著作'，或'书本知识'……过去并不是一种专门的类型，而是被作为运用语言和修辞的经典学习的。它们是一个更大范畴里的作品和思想的实际范例,包括演讲、布道、历史和哲学。"[1]

那么,这个观念是如何变化的?要想弄清楚西方文学观念的变化,首先得弄清楚文学意义的演变过程。在文字还没有出现之前,文学是以口头形式存在的,如民间故事、歌谣、祈祷词、祝词、神话、史诗等各种形式唱词。文字产生后,书写形式就把文学与口头形式区别开来,当时人们一般把诗人称作创作者(maker),诗歌就是诗人创作的技术(craft),文学当时也称作"诗艺"(poetry)。柏拉图就称所有的艺术为诗艺,是诗人对现实世界的模仿,而现实世界又是对理式的模仿。英语的文学即 literature 最早是在 14 世纪出现的(见朗格兰的作品 1377 年),源自拉丁文的 litteratura,而这个拉丁文又是从古法语 littera 演变而来,意思是字母或书写(letter or handwriting)[2]。埃斯卡皮在《国际文学术语辞典》中对该词的词源义做了探讨,他说:"拉丁语中的文学 litteratura 一词是古拉丁雄辩家昆提卢斯根据希腊文模仿过来的,其词根是 Littera, Lettre(希腊文为:γραμμα)。它们在民间是同源的对似词(13 至 15 世纪之间),在古法语中 Littra 产生了 Letre,从其中又引出了派生词 Letreiire (见《玫瑰传奇》1275),或 Lettreiire(见法国编年史家纪尧姆·德南吉的作品,1300 年)。同样可以在西班牙语中找到:Letradura(见朱安·曼努埃尔的作品,1355 年),以及英语中的 Lettrerure (见朗格兰的作品,1377 年)或是 Lettrure(见卡克斯顿的作品,1483 年)。《新英语

---

[1] 乔纳森·卡勒:《文学理论入门》,李平译,南京:译林出版社,2013 年,第 22 页。

[2] https://en.wikipedia.org/wiki/Literature ,2015/5/2.

辞典》收进的 Lectrure 这一词形能够提出这样的假设，这些不同的词形都是拉丁文"阅读"(Legere) 的派生词。[①] 可见，文学 (literature) 最初是广义上的文字、文章、学问的总称。彼得·威德森在《现代西方文学观念简史》也说，不管文学（literature）这个词的拉丁文词根还是其他欧洲的同根的语言都是一个意思，指的是"文字""读书""识字"的意识，是对书本的认识和了解[②]。也就是说从文学的最初起源来看，和文字的书写有关。由此，文学概念包括两个方面：一是它必须有语言文字作为载体；二是它包括的范围很广，所有的书写形式都称作文学。这个概念延续了相当长的时期，18 世纪的约翰逊编撰的《英语语言字典》里对文学的定义仍然是"学问、文字的技巧"。希利斯·米勒在《文学》一书中也说过欧洲现代意义上的文学是在 17 世纪晚期出现的，但当时这个词还没有获得现代指称的意义。《牛津英国文学字典》里说文学在当前意义上首次使用也是新近的事情，到约翰逊时代文学包括回忆录、历史、信件的收集、学术论文、诗歌、印刷戏剧、小说。狭义的指称诗歌、戏剧、小说的文学概念则更为晚近[③]。"作为整体的文学性产品,产生于某个特定的国家或时期，或世界性的写作文本。现在一般更多在受限定意义上使用，指那些有美感形式或情感效果的写作文本……这个定义在晚

---

① 罗·埃斯卡皮：《文学社会学》，杭州：浙江人民出版社，1987 年，第 189—190 页。

② 彼得·威德森：《现代西方文学观念简史》，钱竞等译，北京：北京大学出版社，2006 年，第 31 页。

③ Hillis Miller. *On Literature*, London: Routledge, 2002, P2.

近的英语和法语中才出现。"[1] 现代意义上的通常指具有审美形式或情感效果意思的文学概念，大概是从 18 世纪末到 19 世纪才开始的，法国斯达尔夫人在《论文学》中把文学划分为南北两种文学，并从社会制度、宗教、民族等几个方面论述了南北文学的区别，但她所论述文学概念仍然是"最广义的文学，包括哲学著作和所有运用思想的作品在内，但自然科学除外。"[2] 但是从 19 世纪开始，文学已经越来越作为一种专门的概念，意义逐渐变得狭窄，演变成为具有审美、情感体验性的写作。18 世纪晚期到 19 世纪一系列运动，如康德的"无目的的合目的性"美学观，席勒的游戏说、美的客观性等理论，浪漫主义天才诗人和对自然的崇尚等进一步把文学纳入美学对象中，从艺术和美学的角度讨论文学。英国剑桥毕业生华兹华斯在《抒情歌谣集序曲》中对诗歌的定义影响着几代人，他说"诗歌是诗人情感的自然流溢"，说明了诗歌的情感性特征。随后的马修·阿诺德说"它是指纯粹文学现象的独立的，因而也有别于语言学、社会学或一般历史的科学。"[3] 埃斯卡皮更是直接将文学科学归结为文学的一种特殊的定义，并指出了文学的两种含义，其一指有关文学的理性知识，其二指文学的大学学科。这充分表明无论是从学科意义上说还是从审美情感性特征讲，这时的文学已经与以前的泛指文字、书写的总体意义上区别开来，专指具有想象性和审美情感的创造性

---

① Hillis Miller. *On Literature*, London: Routledge, 2002, P2.

② 斯达尔夫人：《斯达尔夫人论文学》，徐继增译，北京：人民文学出版社，1986 年，第 12 页。

③ 让·贝西埃等：《诗学史》，史忠义译，开封：河南大学出版社，2010 年，第 493 页。

文本的意义概念了。正如彼得·威德森说："到了 19 世纪下半叶，一个充分审美化了的、大写的'文学'概念已经流行起来。"[①]他所说的大写的文学概念即指经典文学概念。

19 世纪文学学科的发展也为文学概念的独立做出了重要的贡献。"现代西方文学观念确立时间和现代研究大学的出现有关。"[②]到 19 世纪，文学在欧洲知识系统中的地位越来越高，许多大学开始开设文学课程。1826 年伦敦大学的课程表中开设了包括英国文学在内的欧洲多国文学，1827—1829 年维尔曼（1790—1870）在巴黎大学讲授 18 世纪文学，1835 年，英国文学在印度出现。[③]19 世纪下半叶，为了推动文学的研究，文学课程逐渐成为一门学科，进入了大学的教育体制中。一战之后，为了强化民族意识，文学开始在大学里普遍开设，成为一门重要的学科。利维斯及新批评派的瑞恰兹、燕卜苏都曾在牛津、剑桥教文学课程，他们强调关注文学自身，用无功利的态度看待文学。这样经过审美化和民族化过程，到 20 世纪 50 年代，文学概念在英美传统中已经处于首要地位，成为典范文学（Literature）。

西方现代文学观念经过 19、20 世纪发展，逐步确立了其合法性的内涵及范围所属，但 20 世纪中后期开始的一系列文学理论的出场使得以前较为明晰的文学言说的局面被打破，典范意义上的文学

---

① 彼得·威德森：《现代西方文学观念简史》，钱竞等译，北京：北京大学出版社，2006 年，第 38 页。

② Hillis Miller. *On Literature*, London: Routledge, 2002, P4.

③ 栗永清：《知识生产与学科规训：晚清以来的中国文学学科史探微》，北京：中国社会科学出版社，2012 年，第 50 页。

概念和文学作品地位的权威性发生动摇。在解构主义的推动下，他们对西方两千多年的文学本质主义观念产生了怀疑，德里达的解构主义观认为文学的本质是不断变动和超越的，德里兹认为文学的本质是在动态中生成的，伊格尔顿基于马克思主义意识形态观否认文学的普遍本质，认为文学的本质具有随意性和偶然性，一个文本之所以成为文学是人们选择和使用的结果，这样就形成了实用性的本质主义文学观，希利斯米勒从电子科技对文学的影响出发，认为印刷时代的文学走向终结，新媒介时代的文学开始，这样就把文学的范围扩大到广播影视、新媒体文学、网络文学、图像、视频等新的文学形式。解构主义影响下的女性主义、后殖民主义进一步动摇了文学经典的权威性和不容置疑性。彼得·威德森用 DWEMs (Dead White European Males) 来概括后理论时代典范文学受到的质疑。女性主义者认为作为文化遗产被继承下来的文学典范几乎都是已故的男性作家写的，大量的女性作家被排除在外，她们希望重现女性作家的传统，重新建立起女性批评的话语，注重女性经验的表达并重新看待经典作品中的性别意识和性别立场。后殖民主义则将矛头指向宗主国的种族歧视和偏见，他们希望在经典作品中发现其殖民主题。60—70 年代英国伯明翰学派开始的文化研究也促进了文学向文化研究扩展。

　　总之，从 20 世纪 60 年代晚期开始，在解构浪潮的推动下，文学进入了理论时代，一波又一波的理论动摇了典范意义上的文学概念，由典范文学确立的经典文学受到质疑，高雅文学与通俗文学的范围界限被打破，文化研究使得电影、电视、网络、广播、图像、广告等进入文学的殿堂。同时，学科上，交叉学科兴起，文学与政治学、历史学、地理学、社会学研究日益紧密结合，传统的文学理论失去了应有的价值。传统的大学教学大纲不断地收入亚类型的文学文本：哥特文学、童话文学、各种流行畅销文学、黑人文学、工人阶级文学、女性文学、影视传播等。

二、中国现代文学观念的形成与演变

"文学"一词在中国古籍中早已有之，但其含义与现代美学中专指语言艺术的概念不同。在中国古代，文学泛指文章学术，是文献的意思，经史子集都包括在文学范围之内，在近代以前，中国文学的观念都没有突破文学即文章的意思。先秦时代，"文学"兼有"文章""博学"两重意义，包括现代意义上的文学、哲学、历史著作等。两汉时期，"文"与"学"分开，通常称有文采的、富于艺术性的作品为"文"或"文章"，而把学术著作叫作"学"或"文学"，这与现代所说"文学"一词的含义差别很大。到魏晋南北朝时期，一方面许多人仍然沿用汉代的说法，把现代所说的文学称为"文章"，把现代所说的学术称为"文学"；另一方面也有许多人开始在同一种意义上来使用"文学"和"文章"，即把这两个词都用来表示现代所说的文学，而将学术著作另外称为"经学""史学""玄学"等等。到了唐、宋时期，由于强调"文以明道"或"文以载道"，于是又不大重视"文"与"学"的区别，重新把"文章"与"博学"合为一谈，"文学"一词又成了一切学术的总称。一直到清代，"文学"一词通常都是在这种意义上被使用的。如清末民初的学者章炳麟在《文学总略》一文中就说:"文学者,以有文字著于竹帛,故谓之文,论其法式,谓之文学。"①

"文学"作为专指语言艺术的美学术语的现代观念,是西学东渐的产物。清末民初,中国传统的文学观念已不能适应社会的发展需要,受西方近代文学观念的影响,中国的文学观念面临着现代性的转换,由传统的杂向纯过渡。这个转换过程与中国近代教育,文学学科的形成关系极为密切,与中国知识分子倡导变革有关,到五四新文学运动后逐渐确定,并被广泛使用。从此,"文学"概念开始成为艺术的一种,专指具有情感性作品,严格排除古代的文献学术等非艺术的种类。因此,探讨中国现代"文学"的概念的形成必须把它放入到中国文学学科确立的背景之下,"与其将'文学'概念视作文学所以存在与确立的依据和前提,倒不如说它实在是'文学学科'的一个结果。历史地看,'文学'这一概念的内涵和外延,恰正是在'文学学科'从传统知识、学科门类中蜕变、确立、发展的过程中逐渐形成、确立和发展着的。"②也就是说文学概念与文学学科的独立有着密切的关系。

中国传统的儒学教育以经学为中心,借助于文学的集合体(经、史、子、集)广义的文学观念进行的教育,而近代教育最重要的突破就是儒学分化,经学与文学、史学分流,这一切改变都是从新学

---

① 章炳麟:《国故论衡·文学总略》,见郭绍虞《中国历代文论选(一)》,上海:上海古籍出版社,1979年,第418页。

② 栗永清:《知识生产与学科规训:晚清以来的中国文学学科史探微》,北京:中国社会科学出版社,2012年,第32页。

制的颁发、新学堂的设立和新式教育观念的形成开始的，虽然过程有些曲折，但最终在民国时期得以确立。鸦片战争的爆发，中国外交的节节失利，使得国人学习西方达成共识，但是洋务运动的器物学习随着甲午中日战争的败退而告结束，国人开始转换方式，维新派的"废八股，兴学堂"顺应了时代的选择。1902年清政府颁布了"壬寅学制"，1904年颁布了"癸卯学制"，1905年废八股，1910取消科举考试，开启了中国近代教育体制的序幕。与教育体制顺应变革的就是现代学科体制的新变和新的思想观念的形成。"晚清知识界由此开始一次至关重要的学术、学科的重新划分和知识范式的转型，而'文学'也在这个过程中，完成了它自身语义现代流变的最为关键的一步"。①

在新的学制颁布之前，来华传教士已经兴办了一些洋式学校传播西方的观念。洋务运动兴办的学堂、派送出去的留学生，这些受过西方教育思想影响的先进人士们开始注意到了西学的重要，他们对西方、日本的考察和鼓吹为新的学科体系进入中国做了铺垫。1902年，清政府在参照泰西、日本学制之后，颁布了近代第一个学堂章程。《钦定大学堂章程》规定"大学分科……略仿日本，定为大纲，分列如下：政治科第一，文学科第二，格致科第三，农业科第四，工艺科第五，商务科第六，医术科第七。"章程规定文学科之目有七：经学，史学，理学，诸子学，掌故学，词章学，外国语言文

---

① 栗永清：《知识生产与学科规训：晚清以来的中国文学学科史探微》，北京：中国社会科学出版社，2012年，第61页。

字学。① 此章程虽然仿照日本，但日本的大学分科中有国文学科和汉文学科，课程有国文学和国文学史，此章程虽然有文学学科的划分，但科目包括的还是传统的经史子集观念，并不是现代意义上的文学学科，文学仍然是一切人文学科的总称。钦定中学堂章程和高等学堂章程的课程设置也是以"修身""读经""词章"为主，这个章程离现代意义上的文学观念还很远。1904 年，清政府又颁布了《奏定大学堂章程》，成为"中国近代史上实施的第一部现代意义上的学制系统"②。《奏定大学堂章程》将经学从"文学"中独立出来，理学划入经学之下，文学科下设九门即中国史学门、万国史学门、中外地理学门、中国文学门、英国文学门、法国文学门、俄国文学门、德国文学门、日本国文学门。虽然史学仍然归入到文学科之下，但已经与中国文学、外国文学并列，划分开来，文学科独立成为以后很长时期内的学科格局和课程架构模式，1912—1913 年的中华民国的"壬子—癸丑"学制基本就是沿用了这一学科设置。虽然在这一章程中，文学科从传统的经学科概念中独立出来，但在具体开设的课程中，仍可见传统的文学词义的概念，从附录 1 "中国文学门"课程设置来看，符合现代文学概念的课程叫"历代文章流别"，而不是叫中国文学或中国文学史。尽管章程说借鉴了日本，在"历代文章流别"

---

① 参见璩鑫圭，唐良炎：《中国近代教育史资料汇编：学制演变》，上海：上海教育出版社，2007 年，第 245 页。

② 栗永清：《知识生产与学科规训：晚清以来的中国文学学科史探微》，北京：中国社会科学出版社，2012 年，第 62 页。

课法讲解中标出"日本有《中国文学史》,可仿其意自行编纂讲授"①。这就比较奇怪了,为什么章程制定者知道日本有中国文学史课程和教材却非要把这门课程叫作"历代文章流别"呢? 如果我们回到中国文学门下列的课程看就不难发现其原因了。中国文学门下属的课程体系仍然是从传统的经史子集学术门类中派生而成的,经部虽然单列一科,史学属于文学门下,但中国文学史的课程内容却仍然是子部和集部,文学门的核心研究内容不是现代意义上的文学范围(诗歌、小说、散文、戏曲),章程对每门课程的略解内容也仍然是传统的"文章""传记""各朝史""诸子"等门类,"博学而知文章源流者,必能工诗赋",说明文学是文章,其范围要远远地高出现代意义上的文学概念。

在高级小学堂章程,高等学堂章程和优级师范学堂章程的课程规定仍然是以"人伦道德""经学大义""周秦诸子"和练习各种文字的"中国文学"为主干课程。这些都说明章程虽然从制度层面上架构了一个中国文学的课程体系,但其教学内容、培养目标仍然和传统联系密切,和现代文学观念还有一段距离。但办新式学堂毕竟动摇了传统儒学的根基,为民国时期的文学学科最终确立打下了基础。1913 年,民国政府教育部公布了大学规程,规程明确了大学文科划分为哲学、文学、历史学和地理学四门,经学被哲学替代,文学和史学正式分家。《规程》规定文学门下设国文学、梵文学、英文学、法文学、德文学、俄文学、意大利文学和言语学八类,基本上

---

① 璩鑫圭、唐良炎:《中国近代教育史资料汇编：学制演变》,上海:上海教育出版社,2007 年,第 365 页。

和现在的学科门类没什么区别。从课程设置来看，国文学类有文学研究法、说文解字及音韵学、尔雅学、词章学、中国文学史、中国史、希腊罗马文学史、近世欧洲文学史、言语学概论、哲学概论、美学概论、伦理学概论共12门。国别门课程设置大体相似，如英国文学门设置英国文学、英国文学史、英国史、文学概论、中国文学史、希腊文学史、罗马文学、近世欧洲文学史、言语学概论、哲学概论、美学概论共11门。中国文学课程已经剔除了《奏定大学章程》中的"文章名家""传记杂史"，代之则是"哲学""美学"更贴近当今中文系课程的名目了。中国文学史也正式成为一门课程名称而不是"历代文章流别"的称呼了。《规程》虽然还保留了"文学研究法""词章学"这样的称呼，但比之前的学制，已经很贴近今天的中文系课程了。1939年，国民政府教育部重新制定了《中国文学系科目表》，必修课有：中国文学史、历代文选、历代诗选、词选、曲选、中国文学专书（一）（群经、诸子）、中国文学专书选读（二）（四史、晋书）、文字学概要、语言学概要、各体文习作、外国语或西洋文学史、毕业论文或研究报告；选修课有：中国哲学史、西洋哲学史、中国近世史、文学概论、训诂学、古声韵学、中国文法研究、佛翻译研究、文学批评、传记研究、中国修辞研究、现代中国文学讨论及习作、诗史、小说史、戏剧史、应用文、西洋文学史、外国语。[1]由此进一步确立了文学选读和文学史作为两大重要课程的地位，而

---

① 教育部编《大学科目表》，正中书局印行，1940年，转引自栗永清著《知识生产与学科规训：晚清以来的中国文学学科史探微》，北京：中国社会科学出版社，2012年，第155页。

且明确了诗歌、小说、戏曲为现代文学范围的概念。从民国时期的一些大学课程设置来看，诗、词、小说、戏曲都已经明确规定在各个中文系的文选课程中。[①]

民国时期大学学科与课程设置可以看出现代文学概念范围基本确立，当然，光从学制角度来说，现代文学观念的确立还不足以说明问题，还需进一步从清末民初的知识分子那里找到答案。清朝末年，随着国门被迫打开，西方的思想、文化、学术观念也随之进入中国，极大地影响着国人传统的思维方式和思想观念，其中传统的"经史子集"文学观念也遭到质疑。清末民初一批受过西方教育的人士开始传播西方现代文学观念，其中最为突出的两个代表就是梁启超和王国维。他们分别代表了当时两种不同的对文学功能看法的自律论和他律论观念。以梁启超为代表的文学他律论认为，文学具有政治教化功能，主张文学界革命，推行政治小说。以王国维为代表的文学自律论认为文学有自身的特质，强调文学独立于社会政治的美娱功能。

与传统的文以载道的文学观念不同，梁启超主张文学应服务现实，使之面向国民，提高小说的地位和功用。同时，他还提出了文学形式上的通俗化和近代化。早在 19 世纪末他就批评八股文，提倡言文一致的新文体，1897 年他在《湖南时务学堂堂约》中称"觉世之文"，追求文学的即时致用价值。为此，他还兴办报纸，推动文学

---

① 关于大学课程开设可以参见栗永清：《知识生产与学科规训：晚清以来的中国文学学科史探微》，北京：中国社会科学出版社，2012 年，第 147—156 页，本文在此不做列举。

的白话运动。他说书经不如八股，八股不如小说，提高小说的地位，为此，他着手翻译西域小说，创作政治小说。梁启超的文学政治功能与传统的"文以载道"有着本质的区别。过去认为文学的价值是"道"，因为"诗之为道，可以理性情，善伦物，感鬼神，设教邦国"，传统的文以载道价值观念是为封建等级制度、封建君主和封建思想服务的，培养和塑造的是一帮奴民分子，而梁启超的"新民说"则是建立在新的资产阶级价值观念上的国民，用新的文学来"变其脑质""取万国之新思想以贡于其同胞"，改造国民精神，虽然都是用文学来为政治服务的功利性思想，但其本质却有着根本的区别。梁启超倡导的"小说界革命"，大力呼吁小说的功能，有力地改变了过去小说卑下的地位，把小说提高到"文学最上乘"的地位，这就打破了传统文体结构观念。小说地位的提高，也改变了小说创作者的地位，作家正在形成一种新的社会身份，与"民"之间的新关系产生，作家关注民众，以国民多数群体利益为目的，这样文学就从士大夫阶层突围出来，实现文学的民主化和社会化。作家身份的改变，文学创作的主旨改变，极大地改变了传统的文学观念。

与梁启超政教型功利主义文学观念不同，王国维吸收了西方的康德、叔本华、席勒等的美学观念，用于中国文学和美学研究中，提出新的与传统相反的文学观："文学者，游戏的事业也。人之势力用于生存竞争而有余，于是发而为游戏。"[①] 王国维认为文学乃游戏的事业，是人精力过剩所为。"文学美术亦不过成人精神的游戏""文

---

① 王国维：《王国维文学美学论著集》，太原：北岳文艺出版社，1987 年，第 24 页。

学可爱玩而不可利用者"①等观念，无疑突出了文学的自律性，文学的审美、无功利性特征，文学的美在于自身，而不是外在的，这与两千多年的儒家文学观念背道而驰。他还把这种美学观念用于探讨屈原、《红楼梦》，认为文学是表现人生的，"诗歌者，描写人生者也。"不过他的这种人生观是与痛苦、欲望联系在一起的，人生有许多欲望不能得到满足，便产生痛苦，无从解脱便产生出悲剧，文学便是生活中的痛苦和欲望的解脱手段，文学具有"净化"人生的作用，是自律的。"人生之所欲，既无以逾于生活，而生活之性质，又不外乎痛苦，故欲与生活、与痛苦，三者一而矣。"②人的生活本质就是欲望的表现，文学不仅能表现生活的痛苦和欲望，而且还能解脱痛苦。"有兹一物焉，使吾人超然于利害之外，而忘物与我之关系……物之能使人超然于厉害之外者，必其物之于人物厉害关系而后可，易言以明之，必其物非实物而后可。然则，非美术何足以当之乎？"③后来的鲁迅也提出了类似的文学审美性特质观点，他说"由纯文学上言之，则以一切美术之本质，皆在使观听之人，为之兴感怡悦。文章为美术之一，质当亦然，与个人暨邦国之存，无所系属，实利离尽，究理弗存。"④文学的美感，使人愉悦，与国家、个人无

① 王国维：《王国维文学美学论著集》，太原：北岳文艺出版社，1987 年，第 45、37 页。

② 王国维：《王国维文学美学论著集》，太原：北岳文艺出版社，1987 年，第 73 页。

③ 王国维：《宋元戏曲史·元杂剧之文章》，上海：华东师范大学出版社，1995 年，第 73 页。

④ 鲁迅：《摩罗诗力学》，《鲁迅全集》（第一卷），北京：人民文学出版社，1956 年，第 202 页。

利害关系，接着他又说文学不能如史学那样使人益智，不能如格言那样告诫人，不能如工商那样使人富裕，也不能给人带来功名利禄，但是文学可以涵养精神上的情思神虑，给人提供精神食粮，是不用之用。周作人1908年在《论文章之意义暨其使命因及近时论文之失》中也说文学与其他不同，自成一家，具有神思（ideal）、能感兴(impassioned) 和艺术性 (artistic) 三个特质，文学虽然没有其他事物那么实用，但"有远功"。很明显，周作人也是借用了西方的纯文学观念，强调文学的艺术美感，他们这派通常被称之为"人生派"观，人生派观都是借用西方的文学观念，强调文学的艺术性，审美性，是纯文学的观念，当时一批持"为人生派"文学观念的人都喜欢借用美国人 Theodore Hunt 的文学观点"文章者，人生思想之形现，出自意象、感情、风味，笔为文书，脱离学术，遍及都凡，皆得领解(intelligible)，又生兴趣 (interesting) 者也"①来解释文学。

论文学的美术特质即审美性特征，就从根本上否定了传统的杂文学观念，突出了文学的情感、审美、游戏等非功利性特征，对于建构纯文学的观念体系意义重大。王国维的思想对后来的黄人、徐念慈、鲁迅、周作人等思想影响极大。黄人就认为美是小说的基本品格之一，徐念慈认为小说的美之特征有五大要素，即"醇化于自然""美之究竟在具象理想，不在于抽象理想""美之快感""形象

① 引自陈广宏：《黄人的文学观念与19世纪英国文学批评资源》，文学评论，2008年，第6期，第57页。

性""理想化"①，他认为小说只要具备了这五样特征就是文学中最上乘的了。

文学观念变革中一个最大的表现就是对文学文体的重新认识。纯文学观念推崇文学的怡情、美娱功能，对于纯文学观念的文学体裁小说、诗歌、戏剧的改革也是巨大的。清朝末年知识分子们对传统的质疑和向西方学习的目标终于在 19 世纪末开启了文学现代化的第一次大讨论，首先便是对小说的地位和功能的再认识。传统观念认为小说是不入流的旁门邪道，是难登高雅殿堂的。梁启超就曾批评中国小说，称其内容充斥着的都是"状元宰相之思想""才子佳人之思想""江湖盗贼之思想""妖巫狐鬼之思想"，"今我国民惑堪舆，惑相命，惑卜筮，惑祈禳，因风水而阻止铁路，阻止开矿；争坟墓而阖族械斗，杀人如草，因迎神赛会，而岁耗百万金钱，废时生事，消耗国力者，曰惟小说之故。今我国民慕科第若羶，趋爵禄若鹜，奴颜婢膝，寡廉鲜耻，惟思以十年萤雪，暮夜苞苴，易其归骄妻妾、武断乡曲一日之快，遂至名节大防，扫地以尽者，曰惟小说之故。今我国民轻弃信义，权谋诡诈，云翻雨覆，苛刻凉薄，驯至尽人皆机心，举国皆荆棘者，曰惟小说之故。今我国民轻薄无行，沉溺声色，缱恋床笫，缠绵歌泣於春花秋月，销磨其少壮活泼之气；青年子弟，自十五岁至三十岁，惟以多情多感多愁多病为一大事业，儿女情多，风云气少，甚者为伤风败俗之行，毒偏社会，曰惟小说之故。今我国民缘林豪杰，偏地皆是，日日有桃园之拜，处处为梁山

① 参见阿英：《晚清文学丛钞·小说戏曲研究》，上海：上海古籍出版社，1960年，第 157 页。

之盟，所谓'大碗酒，大块肉，分秤称金银，论套穿衣服'等思想，充塞於下等社会之脑中，遂成为哥老、大刀等会，卒至有如义和拳者起，沦陷京国，启召外戎，曰惟小说之故。"①梁启超最后归结为中国旧小说是群治腐败的总根源，直接或间接的祸害人，陷溺人群。要打破传统的文学观念，必须提高西方文学观念中的小说的地位。1897年，夏曾佑在天津《国闻报馆附印说部缘起》一文中，阐述了小说的地位和作用，认为小说在西方和日本开化发达中起着至关重要的作用，"且闻欧、美、东瀛，其开化之时，往往得小说之助。"②同一年，康有为也提到小说对启发民智的巨大作用，他在《日本书目志》中说"六经不能教，当以小说教之；正史不能入，当以小说入之；语录不能喻，当以小说喻之；律例不能治，当以小说治之……今中国识字人寡，深通文学之人尤寡，经义史故，亟宜译小说而讲通之。泰西尤隆小说学哉！"③夏曾佑和康有为极大地提高了小说的地位，把它抬高到与儒家六经平齐的地位。康有为的弟子梁启超更是把小说提高到文学最上乘的地位。当然他提倡的是政治小说，认为小说在影响民众、唤醒民众觉悟上有着极大的作用，是改造国民的武器，是国民的灵魂，他说："在昔欧洲各国变革之始，其魁儒硕

---

① 梁启超：《论小说和群治关系》，《梁启超全集》(第四册)，北京：北京出版社，1999年，第885—886页。

② 严复，夏曾佑：《国闻报馆附印论部缘起》，《国闻报》，1897年，转引自钱中文，《五四前我国文学观念的论争和现代化之首演》，陕西师范大学学报(哲学社会科学版)，2004年，第6页。

③ 康有为：《日本书目志》，《康南海先生遗著汇刊：十一》，台北：台湾宏业书局，1976年，转引自《"五四"前我国文学观念的论争和现代化之首演》，陕西师范大学学报(哲学社会科学版)，2004年，第4期，第7页。

学，仁人志士，往往以其身之经历，及胸中所怀，政治之议论，一寄之于小说。于是彼中辍学之子，黉塾之暇，手之口之，下而兵丁、而市侩、而农氓、而工匠、而车夫马卒、而妇女、而童孺，靡不手之口之。往往每一书出，而全国之议论为之一变。彼美、英、德、法、奥、意、日本各国政界之日进，则政治小说为功最高焉。"①1902年在《论小说与群治之关系》中开篇即说道："欲新一国之民，不可不先新一国之小说，故欲新道德，必新小说；欲新宗教，必新小说；欲新政治，必新小说；欲新学艺，必新小说；乃至欲新人心、欲新人格，必新小说。何以故？小说有不可思议之力支配人道故。"②梁启超从他的政治改良的角度出发，认为小说最适宜于普通大众，小说最能反映社会人士，可以满足人们认识社会的需要，最易为国民所接受，因为小说有"熏""浸""刺""提"的功能，最能感动人，吸引人。梁启超从他的政治改良的角度，提出了小说的社会功能，这已经不是传统意义上的文以载道观，而是面向大众、启蒙大众的新型的政教型文学观，是值得肯定的。他赋予小说最上乘的社会地位，启发了不少的后来者，使得清末出现了小说空前繁荣的局面。梁启超之后的夏曾佑在1903年发表了《小说原理》，进一步发挥了梁启超的小说观念，提出了小说创作的一些问题。随后狄宝贤在《论文学上小说之位置》对梁启超的理论进行补充，提出了小说的妙谛在于"对待之性质"，即简与繁、古与今、蓄与泄、雅与俗、实与虚等，这样就要求小说的语言之变革，进一步引发了文学上的变革，对后

---

① 梁启超：《译印政治小说序》，《清议报》，1898 年 11 月 11 日。
② 梁启超：《梁启超全集》北京：北京出版社，1999 年，第 884 页。

来的文言与白话之争影响极大。

与小说观念发生变革的还有戏曲方面的革新。对中国戏曲地位提高贡献最大的要数王国维，他否定了日本学界认为中国无悲剧的观点，说《汉宫秋》《梧桐雨》《西蜀梦》等都是悲剧，认为关汉卿的《窦娥冤》和《赵氏孤儿》最有悲剧性质，称赞其虽然有恶人从中做坏，但那些好人们出于自己的自愿保护弱小者，可"列之于世界大悲剧中"也是当之无愧的。王国维还把悲剧理论用于小说，来阐释《红楼梦》是"悲剧中之悲剧"。他不仅论及了中国有悲剧，还大力提高中国戏曲的地位。在《宋元戏曲史》中他从上古开始追溯戏曲产生、发展和演变的过程，认为元代是戏曲发展的顶峰，元代戏曲代表着元代文学的最高成就。他用"楚之骚，汉之赋，六代之骈语，唐之诗，宋之词，元之曲"概括中国历代文学成就，把"后世儒硕，皆鄙弃不复道"[①]的戏曲抬高到与高雅文学诗歌一样高的地位，影响了整个中国文学史。除了王国维，当时还有其他学者注意到了戏曲的作用，提高戏曲的地位，如蒋观云在《中国之演剧界》（1904）里说外国人认为中国没有悲剧，外国人崇尚悲剧，因为悲剧能"鼓励人之精神，高尚人之性质，而能使人学为伟大之人物也。"[②]1905年，陈独秀发表《论戏曲》，阐述戏曲的感化功能，提出了戏曲改良，要提倡有益于风化的戏，使人长见识，不要演神仙鬼怪的戏，要除去功名利禄的俗套戏，同时他还认为要提高戏子、优

[①]　王国维：《宋元戏曲史》，南京：江苏文艺出版社，2007年，自序。

[②]　蒋观云：《中国之演剧界》，见阿英《晚晴文学丛钞》，北京：中华书局，1960年，第50页。

伶的地位。蒋观云和陈独秀都是基于文学的功利性上来提高戏曲的地位，符合当时的时代潮流，为启蒙、促进民智服务，和王国维基于文学的审美自律性上看待戏曲不同，但是毫无疑问，他们共同促进了戏曲在中国文学上地位的确立。

清末民初推动文学观念变革除了文学学科的确立和知识分子的倡导外，还与当时大量西方文学的翻译有很大的关系。维新变法之后，大量的国外文学翻译进来，动摇了传统的诗文一统天下的局面，使国人重新看待小说的地位和功用。当时就林纾一人翻译的欧美小说达180余种，他为"中国人打开了一扇通往世界的窗口"①，"改变了西方文学在中国人心目中的地位"②，"有人说，有了林纾，中国人才知道有外国小说，在此之前，中国文化人总以为枪炮武器实学我不如人，词章（文学）人不如我，到了林先生介绍了不少西洋文学作品进来，于是大家才知道欧美亦有所谓文学，亦有所谓可与我国太史公相比肩的作家。"③我们可以在民国时期的英国文学史书写中看到林译小说的影响，林纾翻译的狄更斯、司各特、笛福、斯威夫特等英国作家为众人所知，极大地影响了国人对英国文学的了解和评价。他们成为国人写文学史的参考和借鉴，成为文学经典得到详细介绍。王靖在《英国文学史》、欧阳兰在《英国文学史》、徐名骥在《英吉利文学》中都借用林纾的观点来评价英国文人。从这些外国文

---

① 杨联芬：《晚清至五四：中国文学现代性的发生》，北京：北京大学出版社，2003年，第87页。

② 龚翰熊：《西方文学研究》，福州：福建人民出版社，2005年，第28页。

③ 谢天振、查明建：《中国现代翻译文学史（1898—1949）》，上海：上海外语教育出版社，2004年，第56页。

学作品中，国人初步认识到小说的地位，小说与人生关系，以及专为下等社会写照的现实意义。这些都极大地动摇了传统的文学观念，共同促进了现代意义上的文学观念的发生和确立。

"到 1920 年代之后的'纯'文学史，国人的文学观念得到持续的修正，最终同化于欧美的近代文学观念和学科体制，并导致文学史面貌的由杂趋纯。"[①]在西方纯文学观念的影响下，中国建立了纯文学观念，重视小说、戏曲的作用，文学史包括诗歌、小说、散文、戏曲四大类别。但是自 80 年代末期开始，文学界开始重新反思纯文学史模式，一方面源于西方观念和中国国情之间的冲突，另一方面源于外来思想的影响，尤其是西方文学理论的冲击和文化研究的崛起，直接推动了文学观念的变革。进入 90 年代以后，受西方的影响，随着市场经济的发展，文化侵入文学，日常生活审美化趋势扩大，中国在进入新世纪后，文学的概念范围也一度遭受质疑，传统的典范文学、高雅文学的光环逐渐褪去，西方甚嚣尘上的"文学终结"论也传入中国，传统的文学概念本身，文学研究的范围，文学理论都遭到质疑和挑战，文论界关于"文学终结论""日常生活审美化""本质主义与非本质主义"的论争引起人们重新思考文学概念的边界与定义。坚持日常生活审美化论争的学者认为文学的定义和界限应该扩大，文学研究范围应该扩展到文化的领域，电视文学、电影文学、图像文化、网络文学、广告宣传、街头文化现象都应该成为文学研究的对象，高雅文学与通俗文学、精英文化与大众文化之

---

① 胡景敏:《大文学观与文学史研究的文化转向》，北方论丛，2008 年，第 6 期，第 7 页。

间的鸿沟应该消融。但也有继续坚持传统的文学研究立场，认为文学有自己独特的审美场域，文学是不可替代的，不能用文化研究的范式来给文学扩容。

国内的这些学者的观点和观念无疑会影响着国人的文学史书写，国人在书写英国文学史的时候，在文学观念上有哪些特征？受哪些因素的影响？他们和英国本土的文学史有何相似或区别？这些将是下面要讨论的问题。

第二节　文学观念变革与英国文学史书写

纵观国内英国文学史，发现国人在书写英国文学史的时候，主要受三种文学观念的影响，即传统的泛文学观，在西方影响下产生的纯文学观和后理论时代影响下的大文学观。通过对比中国、英国本土文学史，找出国内的英国文学史在文学观念上与英国本土的文学史有何相似与不同，并试图对此不同作出分析。

一、传统"泛文学"观

如前一章所说，中、西方文学观念都经历了由泛到窄的过程。中国古代的文学观念非常泛化，凡是有文字记载的东西都可以算作文学。据考证，文学最早出自《论语》。《论语·先进》说："文学子游，子夏。"是说这两人很博学，学识广。《韩非子·难言》说："殊释文学，以质性言，则见以为鄙。"这里的文学也是泛义的文献的意思。在近代以前，中国的文学观念基本上没有突破他们的陈说，在内涵和外延上远远大于西方近代观念上的重在审美体验和审美价值判断的诗歌、散文、小说、戏剧。早期的中国文学史书写受传统的泛文学观念的影响，如黄人、林传甲、谢无量、曾毅、王梦增等著的文学史书籍，文学的范围和概念相当混乱驳杂，把文学与学术等同起来，缺乏明确的文学观念，贪大求广，把经学、文字学、训诂学、诸子著作、史学、理学等都包括进来，文学史成为学术史。所谓"文史哲不分家"即是这种情况的真实说明。西方文学观念最初也是泛指一切学术、文献，直到19世纪文学才逐渐独立出来，专指带有审美情感的文本。在泛文学观念的影响下，中、西的英国文学史在文学观念上都存在泛指的情况，通常把哲学家、历史学家、思想家著作归于文学的范围之内，以及把学术著作如文学批评、文学理论著作和文学传记、宗教史书籍、翻译著作、《圣经》、书信、日记、箴言、宣传册子等都包括进来。

我们首先看看西方的文学史著作中的泛文学观念。Neilson 和Thorndike 合著的《英国文学史》（1920）就包括了《圣经》翻译者Wycliff、思想家埃德蒙·伯克、大卫·休谟、达尔文、赫胥黎、经济学家亚当·斯密、历史学家吉本、麦考莱、文学评论家 L·Hunt。卡纳尔（Carnall）的《牛津英国文学史》之《十八世纪中期》卷（1979）则包括会议录、传记、论说文、书信、对话录、演说等。艾弗·埃文斯的《英国文学简史》（1984）以及哲学家霍布斯、伯克、洛克、思想家休谟、赫胥黎、达尔文、边沁、历史学家吉本，经济学家凯恩斯、埃文斯还把日记、书信也包括进来，他说"十八世纪散文中许多最有吸引力的作品属于这一时代的私人书信和日记……使得通信成为一种艺术。"①并举出了韦斯利、华尔波尔等的书信。桑普森的《简明剑桥英国文学史：十九世纪部分》（1987）包括期刊报纸杂志的评论人员、神学人员、教会史的作者、历史学家、文物专家、目录学家，从事各种学术活动的学者、哲学家、文学评论家。可以说他的文学范围极为广泛、驳杂，文学史成了文献史。桑德斯的《牛津简明英国文学史》（2000）也包括神学、宗教、哲学、历史、论说文、文学批评等方面的著作。

民国时期的文学史如王靖《英国文学史》（1920），欧阳兰《英国文学史》（1927），曾虚白《英国文学 ABC》（1928），徐名骥《英吉利文学》（1934），金东雷《英国文学史纲》（1937）都存在包括历史学家、哲学家、文学评论家的现象。王靖版收入了哲学家埃德蒙·伯克，历史学家爱德华·吉本，麦考莱，印刷家卡克斯顿，圣经翻译家约翰·威克里夫。欧阳兰包括历史学家阿尔弗雷德国王、吉本、思想家伯克、休谟。曾虚白收录了历史学家麦考莱、Walter Raleigh，哲学家霍布斯。徐名骥版收入了历史学家麦考莱。金东雷收入了圣经的翻译，历史学家麦卡莱。

新时期后的文学史也存在着同样的情况，如范存忠《英国文学史提纲》（1983），陈嘉《英国文学史》（1983），杨周翰《十七世纪英国文学》（1986），王佐良五卷本之《十八世纪英国文学史》（2006）和《二十世纪英国文学史》（1996），常耀信《英国文学通史》（三卷本）（2010）等都带有文学观念泛指的意思。范著对思想家潘恩、实

---

① 艾弗·埃文斯：《英国文学史》，北京：人民文学出版社，1984年，第374页。

证主义哲学家赫胥黎及他们的思想、著作进行了介绍。陈著把圣经的翻译、思想家伯克、历史学家吉本、传记作家鲍斯威尔、文学理论家理查兹、利维斯等都包括了进来。杨周翰对 17 世纪的思想家伯克、对圣经的翻译做了大量介绍，还展示了 17 世纪丰富的文学史料，书信、日记、格言、小册子等。五卷本对思想家洛克、伯克、休谟、物理学家牛顿、政治家丘吉尔、哲学家罗素、经济学家亚当·斯密、凯恩斯、历史学家特里维廉、科林伍德，文学批评家刘易斯，及一些传记作家都包括了进去，十八世纪卷还把报刊小品、日记、书信等与文学事件密切相关的史料纳入文学史。常著对阿尔弗雷德的历史著作《萨克逊编年史》，思想家潘恩、伯克、达尔文、赫胥黎，哲学家霍布斯、罗素，政治家丘吉尔，科学家哈尔丹，历史学家亚瑟·莫顿，宗教学家怀尔德，护理学家南丁格尔，文学理论家包括新批评派、精英文化派利维斯、伯明翰学派等都进行详细的论述。

对比中英两国英国文学史的书写发现，中英两国的文学观念泛指有两点相似：一是按照纯文学的观念来分类，把哲学著作、历史学著作归入散文一类，如民国时期的几部著作，曾虚白、徐名骥、金东雷还有 80 年代陈嘉都把哲学著作和历史著作归入到散文类属下讲述，分类非常明确，严格按照诗歌、戏剧、小说、散文四个类别来展开叙述。这和埃文斯《英国文学史》按照文学体裁进行分类，把哲学、历史著作归入散文里是一样的。但是，埃文斯多次强调说明这些哲学家、思想家、历史学家的作品不能算文学作品，因为他们属于"思想史而不是富于想象力的文学作品""必须作为一个思想家，而不是按他的散文风格来加以评价"①，尽管如此，他还是把书信、日记等归入了文学种类。其他几本如 Neilson &Thorndike，Carnall，桑德斯虽然没有按体裁归类，但把哲学著作、历史著作纳入进来应该也是基于它们属于散文的观念之上。

另外一个相似点就是把书信、日记、小册子、论说文、箴言、文学评论都包括在文学范围之内，如王佐良之《十八世纪文学史》，杨周翰《十七世纪英国文学》，常耀信《英国文学通史》，埃文斯《英国文学史》都是此种情况。这是持一种广泛的凡书写的文字都属于文学史料的观念。

但是中英在文学观念上又存在着不太一样的情况。如国人虽然把哲学著作、历史著作纳入文学的范围之内，但明显地，作家数量有限，仅仅限于麦考莱、伯克、吉本等少量几个，数目远远少于英国本土的文学史。金东雷版多次引用 Neilson 和 Thorndike 的英国文学史，但他列举的散文家仅选择了圣经的翻译和历史学家麦考莱，说明国人书写英国文学史时候，虽然参考西方或本土的文学史，但他们会从中选择，剔除他们认为不能归入文学史的史料。很明显《圣经》是西方文学的源头，每个作家都会从中汲取素养，圣经翻译成英文，也经历了一个创作的过程，某种意义上也可以算作文学范围，而麦考莱虽然作为历史学家闻名，但他的《英国史》并不是信史，而是用艺术的手段，用想象来写作的历史著作。麦考莱认为历史著作必须首先吸引读者，为了达到艺术的效果，可以牺牲历史的真实

①　埃文斯:《英国文学史》，北京：人民文学出版社，1984 年，第 383 页，第397 页。

性，因此，在某种程度上也可以说它是散文。这种观念和中国传统也有一定的关系，因为在中国历史上，文史哲是不分家的，《史记》《庄子》虽然属于历史和哲学著作，但它们同时也是用优美的文笔，美丽的字句，激起人们的审美情感的抒情散文。国人虽然也把哲学和历史著作纳入文学史，但会经过淘汰和选择，最终只有少量具有审美情感的散文得以入选。可以说这种泛文学观念在某种意义上又夹带着纯文学观念。

英国的桑普森《简明剑桥英国文学史：十九世纪部分》把文物专家、目录学家、学术史著作都包括进文学范围，与中国古代的文学观念极为相似，文学史成了文献史，这种情况在国人书写的英国文学史中没有出现。英国本土的文学史通常包括文学批评家、理论家和传记作家，国人的文学史则很少包括传记作家，除王佐良的《二十世纪英国文学史》和常耀信的《英国文学通史》外，可能与我们传统传记文学不发达有一定的关系。英国文学有一个丰富的文学批评传统，通常这些文人既是作家又是文学批评家，所以把文学批评纳入文学范围之内这一点上两者又有诸多相似。

泛文学观念对中国的英国文学史书写最大的影响可能表现在专题史的出现。进入新世纪，在泛文学观念影响下，国内的英国文学史向文学专题史发展，出现了一系列专题史著作，如王守仁的《英国文学批评史》，唐岫敏的《英国传记发展史》，王卫新的《英国文学批评史》，李维屏的《英国文学思想史》等。

正如刚才所说，国人的英国文学史虽然把历史、哲学纳入到文学史范围内，通常遵守的却是纯文学的思路。那么纯文学观念又是如何体现在英国文学史的书写中？

二、近代"纯文学"观

清末民初，中国传统的文学观念已无法适应时代的需要，受西方近代文学观的影响，文学观念由泛向窄，由杂向纯过渡，强调文学的情感表达和审美功能。当传统的文学观念面临着转换的时候，文学史书写的一个典型特征就是不管是中国文学史还是外国文学史在进入叙述之前总要先对文学的定义做一个界定，不厌其烦地引用国外的说法，试图给文学下一个比较确切的定义，然后给文学划定一个范围，作为讨论的对象。金东雷在《英国文学史纲》（1937）里就引用了诸多国外的文学概念包括左拉、泰纳、波洛克、阿诺德、亨特等9位名家言说，然后提出文学有广义和狭义之分，广义的文学就是"表现一切的记录，即哲学和历史，也都可称作文学，但所谓纯文学，却是些思想的及感情的艺术作品，如散文、小说、诗歌和戏曲"[①]的结论。

纯文学观念强调文学作品的情感表达，突出文学的审美艺术要素，要表情达意才能算文学作品，通常认为文学体裁包括诗歌、小说、戏剧和散文。正如我们在泛文学观念一节中所示，英国本土的文学史通常把历史和哲学著作当作散文看待，而国人书写文学史的时候，绝大多数持纯文学观念，仅少数散文家能够入选。纯文学观念在英国文学史书写中最为重要的体现就是按文学体裁进行分类，

---

① 金东雷：《英国文学史纲》，长春：吉林出版集团有限公司，2010年，绪言，第3页。

出现了按文体书写的类别文学史和把每个时期划分为诗歌、小说、戏剧、散文四个种类分别述之的通史，如埃文斯《英国文学史》就是按体裁分类的通史，徐名骥的《英吉利文学》（1934）是国内最早按文学体裁分类的通史。曾虚白《英国文学》（1928）在每一章中也采取了按诗歌、小说、散文、戏剧分门别类地讲述。新时期侯维瑞的《英国文学通史》（1999），王佐良的五卷本英国文学史，左金梅《英国文学》（2004），王守仁的《英国文学简史》（2006），刘意青的《简明英国文学史》（2008），《插图本英国文学史》（2011）等都有按照体裁分类讲述，不过刘意青的《插图本英国文学史》则只出现了诗歌、小说、戏剧三个种类。类别史如王佐良的《英国诗史》（1996），《英国散文的流变》（1994），何其莘的《英国戏剧史》（1999），高继海的《英国小说史》（2003）等等。

纯文学观念最大的影响就是重视小说和戏曲的地位与作用。中国传统文学观念认为小说、戏曲是不入流的旁门邪道，梁启超曾批评传统小说是中国政治腐败的总根源，可见小说在过去的地位极其低下。梁启超否定的不是小说的地位，而是旧小说的毒害人民的陈旧思想，所以他提倡革新小说，改变过去小说的陈旧思想、愚民思想，主张用西方的新观念、民主思想来开民智、启民力，武装教育群众，提高小说在人们心目中的地位。在当时，提高小说、戏曲的地位成为国民趋势，受此影响，民初国人书写的英国文学史也极力抬高小说、戏剧的地位。王靖在其著作的《英国文学史》（成书于1917年，初版于1920年）中盛赞莎士比亚和狄更斯。他称赞莎士比亚虽死犹生，其名"直凌于万古。与天地同长。与日月同光。"并赞扬莎士比亚在教化社会、引领社会道德方面起到了良好的作用。"莎士比亚著作皆含有高尚之理想，伟大之劳力。凡英国之人咸被其感化，社会风俗因之改良，其德泽之厚、学识之博、诚空前绝后之一人。至今大地之上，凡有文字之用者莫不翻译其曲，则受其感化者不独英国也。莎士比亚所以为英人崇拜揄扬而不衰者其在斯乎。"[①] 并用重点符号强调其影响。

在小说方面，从民国时期开始，便重视小说，小说往往占据着重要的分量，尤其是 19 世纪的现实主义小说广泛受到好评。王靖和欧阳兰大力盛赞小说的作用，抬高小说的地位，为小说正名。王靖赞扬狄更斯的小说对社会风气净化和教导民众作用，说"迭氏细察社会情形，著为绘声绘影之小说，使读者内省自疚，不敢为非。政治风俗乃于无形中渐渐感化向善，国富兵强，今日称雄于世界。小说兴有功焉。呜呼！小说岂小言詹詹之类邪！"[②] 欧阳兰也说狄更斯的小说揭露社会的罪恶，目的是为社会指明改进的方向，"他对于人类有很强的爱，有了这种爱，遂使他写出了许多目的在现示罪恶的小说。"[③] 曾虚白说狄更斯小说搅动了人们的良心，促进人们行善，"他的主张虽只是这样的简单，然而一切热心改良社会的学者都应该感激他所建树的功绩。他做了不是科学、不是学识、不是编辑所能单独奏效的事业。他深入到人们的心底，撼醒了他们的天良，挑动

---

① 王靖：《英国文学史》，上海：泰东图书局，1927 年，第 24 页。王靖书中只有句号、叹号和问号，引用遵照原书，后同，不再详细说明。

② 王靖：《英国文学史》，上海：泰东图书局，1927 年，第 87 页。

③ 欧阳兰：《英国文学史》，北京：北京大学出版部，1927 年，第 158 页。

了社会感觉迟钝的神经。他能把监狱和罪恶的穴巢描写得十分生动，让读者在这种境况中，好像身受了万重苦痛，热烈地愿望着废除这种人生的冤孽。"①从王靖、欧阳兰、曾虚白等的文学史可见，虽然他们极力抬高小说戏剧的地位，但明显是受文以载道的诗性传统影响，强调其对社会风气的影响。但毫无疑问，他们为小说、戏剧正名的行为对改变中国文学观念起到至关重要的作用。此后，中国文学观念逐渐从传统观念中解放，获得独立的学科位置。小说、戏剧正是在这样的背景和西方的影响之下，进入国人的视野，影响着国人的文学观念和国人的文学史书写。

重视小说此后便成为国人著作英国文学史的一个显著特征，从18世纪英国小说诞生始至当代英国文学，小说一直都是文学史书写中的重点，在篇幅上，作家的介绍、文本的选择和阐述上，小说明显占据显耀的位置。和小说受到重视一样，由于中国文学，诗歌一直占据高位，被认为是高雅、精英文化范畴，在国人的英国文学史著作中，小说和诗歌平分秋色，成为两大主要文类，有些文学史干脆在某些章节只叙述小说和诗歌。如刘意青的《插图本英国文学史》第五章"浪漫主义时期文学"三节分别为"第一代浪漫主义诗人""第二代浪漫主义诗歌""小说家司各特和奥斯丁"，第六章维多利亚文学则是"主要小说家""主要诗人"两节，第八章现代文学也只讲述了诗歌和小说。王守仁的《英国文学简史》在"浪漫主义时期文学"和"维多利亚时代文学"中也是按诗歌和小说进行分类。

① 曾虚白:《英国文学》，上海：上海书店，1928年，第118页。

47

和诗歌、小说比较起来，散文和戏剧（除莎士比亚外），可以说是最不重要的文类，无论是排序上、篇幅上还是作家群体数目上远远要低于诗歌和小说两个文体。在徐名骥的《英吉利文学》中，散文和其他章节只有 7 页，占全书总内容的 5%，仅叙述了培根等 6 位散文作家。刘意青的《插图本英国文学史》（2008）入选的是诗歌、小说、戏剧，散文作家仅仅包括培根和斯威夫特。吴伟仁的《英国文学史及选读》（2000）散文家仅培根和斯威夫特。朱琳的《英国文学简史》散文仅收入了培根、斯威夫特两人。刘炳善的《英国文学简史》仅包括培根、斯威夫特、兰姆、赫兹里特、亨特、德昆西。王守仁的《英国文学简史》（2006）仅培根、斯威夫特、汤姆斯·莫尔 3 人。这和英国本土的文学史比较起来数目相当有限，我们以英国文学史上的 18、19 世纪散文大师名家辈出的时代为例来说明。埃文斯的《英国文学史》包括斯梯尔、艾迪生、斯威夫特、伯纳德·曼德维尔、乔治·伯克莱、大卫·休谟、约瑟夫·巴特勒、吉本、约翰逊、哥尔斯密、伯克、斯威夫特、韦斯利、华尔波尔、柯勒律治、麦克弗森、兰姆、赫兹里特、德·昆西、威廉·科贝特、弗兰西斯·杰弗里、达尔文、赫胥黎、马尔萨斯、边沁、麦考莱、卡莱尔、纽曼、拉斯金、阿诺德、佩特、罗·路·史蒂文森、切斯特顿等 32 位散文家。桑德斯的《牛津简明英国文学史》则包括洛克、沙夫茨伯里、曼德维尔、伯内特、斯威夫特、斯梯尔、艾迪生、约翰逊、伯克、潘恩、亨特、赫兹里特、柯勒律治、兰姆、德·昆西、皮科克、卡莱尔、科贝克、达尔文、约翰·穆尔、阿诺德、克拉夫、拉斯金、佩特、怀特等 24 位散文家。中国的英国文学史散文家则要少很多，如金东雷的《英国文学史纲》包括斯威夫特、艾迪生、斯梯尔、兰姆、赫兹里特、德昆西、卡莱尔、麦考莱、阿诺德、纽曼等10位名家。常耀信的《英国文学大花园》（2008）缩小到5位，斯威夫特、艾迪生、斯梯尔、约翰逊和阿诺德。刘意青的《插图本英国文学史》缩小到2位，约翰逊和斯威夫特。常耀信《英国文学通史》则比较接近英国本土文学史，包括艾迪生、斯梯尔、吉本、休谟、伯克、哈兹里特、兰姆、德昆西、多萝西·华兹华斯、普莱斯、卡莱尔、穆尔、纽曼、麦考莱、拉斯金、佩特、赫胥黎、达尔文、南丁格尔、沙夫茨伯里，共19位，也远远地少于埃文斯的《英国文学史》。一般说来，国人喜欢按作家的代表作品进行归类，如斯威夫特一般归于小说家类（因为他的名作《格列佛游记》常被当作小说而不是散文看待），柯勒律治归于诗人类，散文则不列出，而英国本土的文学史则分别叙述之。这样看来，仅培根、艾迪生、斯梯尔、约翰逊是国内的英国文学史常出现的散文作家。

中国的纯文学观念重视小说、诗歌、戏剧，而散文成了边缘文体，这和文体本身有一定的关系，从历史发展来看，诗歌都是最先出现的文体，也是最为发达的文体之一。小说随着印刷技术的革命、工业革命的发展、有闲阶层和职业作家的出现、市民社会的兴起开始兴盛，显然是后来居上，在19、20世纪成为超越诗歌的重要文体，得到空前发展。中国本身就是诗歌大国，小说在中国受重视也一般倾向于小说的思想内涵的解读，所有这一切都造成了对诗歌、小说的重视。除此之外，恐怕和苏联的影响也有一定的关系，苏联科学院高尔基世纪文学研究所编的《英国文学史》（3册，1983）对散文作家叙述非常有限，仅包括赫兹里特、兰道、亨特、卡莱尔。阿尼克斯特《英国文学史纲》（1959）曾经是国内高校的教材，也按诗歌、小说、戏剧分类，把斯威夫特划归为小说类，培根都没有被收入进来。这也无形中对国内英国文学史书写产生了一定的影响。这样看来，国内英国文学史和苏联的英国文学史有诸多相似之处，与英国本土的文学史不同，英国本土的文学史重视散文文体和散文作家，而国内的英国文学史和苏联都不怎么重视散文作家，仅仅选取有限的几个。

三、后理论时代"大文学观"

1989 年，文学界开始反思文学史撰写，对经典作家作品重新阐释，同时，国外的文学理论被大量引进国内，这都动摇了典范的文学观念。众所周知，20 世纪 60 年代末期，西方文学理论界经历了巨大的变化，一波又一波的文学理论粉墨登场。在解构主义浪潮的推动下，文学进入了理论时代，大文学观就是伴随着这场解构的风暴产生的，在解构主义、后殖民主义、新历史主义、女权主义、文化研究等的催发下，大文学观于 20 世纪世纪末形成。女性主义要求重建女性文学传统，后殖民主义要求重新解读经典文本的殖民意识，新历史主义重新恢复了文学研究的历史维度，而文化研究则把一切人类社会的符号纳入到了文学文本研究的范畴中，这样文学研究的意识形态性、权力控制、性别种族等机制的批判性功能导致传统的文学观念发生动摇。在这场后学的浪潮中，文学研究开始了文学的多元化时代，文学与非文学，精英文学与通俗文学的边界模糊，文学理论的范式向多元发展。

　　国内大文学观于 20 世纪 90 年代由傅璇宗提出，他在主编的《大文学史观丛书》中称要打通文学史与其他相邻学科的间隔。2000 年底杨义先生在《光明日报》上也提出了他的"文学三世"说的大文学观念，2001 年 8 月北京的"文化视野与中国文学研究"研讨会上，杨义又提出了"重绘中国文学地图"，进一步阐述了他的大文学观念，2007 年在《重绘中国文学地图通释》一书中，他提出了"一纲三目四境"，完整建构了他的大文学观念。大文学观念就是要走出纯文学观念，"看取无限广阔而丰富的人文存在""要求在文化深度与人类意识中获得对自己存在的身份和价值的证明，从而逐渐地形成了一种'大文学'的观念。"原来的纯文学观念文学与整个文化浑然共处的自然生成形态被割裂了，要求"在新的时代高度上实行大文学观的创造整合，催生出一种具有精审的现代理性的文学——文化的生命整体性。"① 总之，大文学观是一种总体的文学史研究，它要求"一、文学史家具有博大的文化胸襟、气度和开阔的文化视野，对不同族群、不同地域、不同形态、不同层面的文化给予充分的尊重与包容，在文化的现象通观中探索文学的多样性与价值的多元构成。二、向其他人文社会学科开放的对文学的综合研究。三、强调文学史的深层结构对整个历史进程的长期影响，注重在文学的本原形态和发展形态中探讨文学的内在机制。"② 大文学观强调文学史研究中的精神文

---

　　①　杨义：《认识"大文学观"》，载于《光明日报》，2000 年 12 月 20 日。
　　②　胡景敏：《大文学观与文学史研究的文化转向》，载于《北方论丛》，2008 年，第 6 期，第 8 页。

化维度，将文学视为人类精神文化形式之一。"去纯文学观的阉割性而还原文学文化生命的完整性，去杂文学观的浑融性而推进文学文化学理的严密性，并在融合二者的长处中，深入地开发丰富深厚的文化资源。"①大文学观虽然走出纯文学观，但又不同于泛文学观，它具有开阔的视野和眼光，具有极大的包容性的文化视角，是时代精神发展的必然结果。"新的大文学观根本特点是宏通开阔，是对大文化背景的宏观和对心灵世界的微观的良好结合，是对学科交叉互渗研究方法的重视。"②大文学观念的研究思路是"首先将文学视为一种文化存在，以原有的纯文学界定为内核，以文化相关性为原则适当扩大文学研究的边界，对文学史现象，文学史料，文学文体进行扩容；其次是在宏观的大文化背景下，对文学做文化发生学研究和文化影响研究，打破了纯文学观长期坚守的文学内部研究，和现象分析中单一的政治、经济、社会历史视角。再次是方法论上的跨学科交叉研究。"③用大文学观来研究文学，就要从以下几个方面着手，第一，文学由过去某一种类一统天下的局面被打破，充分尊重原来处于弱势地位群体的亚类型文学，包括通俗文学，少数族裔文学，妇女文学、地区文学等，经典文本中的殖民意识、性别意识等重新发掘，因为大文学观的核心就是要充分尊重和考虑原来处于文学史边缘的类属，重新看待由典范文学确立的文学史秩序。第二，文学研

---

① 张约林:《关于"大文学观"的几点思考》，载于《滁州学院学报》，2006年，第1期，第69页。

② 董乃斌:《论文学史范性的新变》，载于《文学遗产》，2000年，第5期。

③ 胡景敏:《大文学观与文学史研究的文化转向》，载于《北方论丛》，2008年，第6期，第8页。

究向文化研究转向。正如希利斯米勒所说，印刷时代的文学已经终结，新的技术的发展，文学的形态已由印刷为主转向图像文化为主，传统的文学研究向文化研究转向，这样就要求文学的新品种广播电视文学、电影文学、网络文学等都被纳入文学研究的范围之内。一些文化现象如街头广告、涂鸦等文化符号也被纳入文学研究的对象。第三，文学研究的跨学科性，文学与政治、历史、社会学等交叉发展。

　　虽然大文学观是国内学者提出的，也许用大文学观来形容英国文学史的情况不太恰当，但从大文学观的形成背景和精神主旨方面来说是一样的。大文学观是全球化的产物，是后学理论影响下的产物，是文学研究文化转向的结果所致。促进大文学观的发生与文学研究的文化转向有着密切的关系，是全球化和经济发展带来的必然结果，"在西方，全球化发展带来了文学与文化几个重要变化或转向：一是由于电信传媒的高度发达，文学与文化形态由印刷文化为主转向以图像文化为主；二是由审美文化为主转向以消费文化为主……由此带来了传统文学研究向文化研究转向。"① 由此可见，大文学观念是在后学理论影响下产生的，反对一元中心论，注重文学与其他学科的交叉性、跨学科性，强调边缘文学，地区文学、少数族裔文学，其精神主旨是一样的。大文学观是对文学多元性的充分尊重，是全新的整体文学理念，是文学史深层结构的巨大变革的结果。

　　在西方，大文学观念影响下的文学史新作有 2009 年哈佛大学出

---

① 赖大仁:《全球化语境与文学研究的转向》，载于《江汉论坛》，2004 年，第 7 期，第 4 页。

版的《新美国文学史》，该书囊括了以前文化现象的人物、事件，既包括传统意义上的文学，还包括影视、音乐、文献、人物、物质、事件、观念、学科、文化读物、社会现象、社会活动等[①]，文学与文化画上了等号。在英国，桑德斯的《牛津简明英国文学史》（2000）明显包括亚文学种类如哥特小说，女性文学、侦探文学。增加了18世纪、19世纪的妇女作家，18世纪哥特小说，19世纪、20世纪的侦探小说。强调跨学科的性质的英国本土文学史有21世纪剑桥版英国文学史系列丛书。该系列包括《剑桥中世纪英国文学史》《剑桥英国现代早期文学史》《剑桥英国文学史：1660—1780》《剑桥英国浪漫主义时期文学史》《剑桥20世纪英国文学史》5卷本。大卫·罗文思丁和杰莱尔·穆勒编著的《剑桥现代早期英国文学史》（2002），从文学与教育、文学与教堂（信仰）、文学与赞助人、文学与伦敦、文学与法庭、文学与家庭，文学与商业，文学与出版等各个方面展开了对英国文艺复兴时期的文学史概况的考察，是文学与政治、社会跨学科书写的典范。唐娜·戴利和约翰·汤米迪合著的《伦敦文学地图》作为《布鲁姆文学地图》丛书之一，该书也是从跨学科的性质探讨了历史、地理和文学之间的关系，提供了伦敦这个历史悠久的城市和文学之间的深厚渊源，叙述了从莎士比亚的环球剧院到狄更斯最喜欢的小酒馆，从威斯敏斯特教堂的诗人角到马丁艾米斯笔下的波尔图贝罗街，这些文学大师们是如何从伦敦这个城市汲取灵感和创作素材的。正如布鲁姆在丛书序《心灵之城》中所说的"城

---

① 参见张荣翼、李松：《文学史哲学》，武汉：武汉大学出版社，2014年，第503—518页。

市是文学的摇篮，所有的文学体裁都起源于城市……伦敦是英国的文学之城……城市是文学的主题，是文学必不可少的元素……即使在当今的电脑时代，地域的临近性是文学家建立亲密关系的必要条件"①。

　　20 世纪 90 年代末期开始，国人开始尝试用大文学观念来书写英国文学史，但跨学科性质的英国文学史还没有出现，强调边缘文学类属倒是不少。在具体实践中，少数族裔文学、地区文学、通俗文学、女性文学得到加强，在经典文本的解读上，吸收新观点，注重多角度的理论深入，如经典文本的生态意识、后殖民意识、性别意识等得到加强。代表成果有瞿世镜《英国当代小说史》、王佐良《英国 20 世纪文学史》（1996）、《英国文艺复兴时期文学史》、常耀信《英国文学通史》（2010）等等。瞿世镜在《当代英国小说史》的第五章、第六章，第十章和第十一张分别介绍了妇女小说、地方小说、移民文学和后殖民小说、通俗小说，在第三章第三节列举了海外殖民小说。妇女小说家一章里列举了包括莱辛在内的 17 位女小说家，这些女作家有些属于英殖民地区的作家。除此之外，还有一部分女性作家按其他类别分布在其他章节如地方小说、移民小说、通俗小说中，这样女作家就有 30 余人。地方小说包括爱尔兰、苏格兰、威尔士小说。移民文学和后殖民小说包括英联邦国家的小说如南非戈迪默、印裔拉什迪、日裔石墨一雄、华裔韩素音、提摩西·莫等近 20 位少数族裔作家。作者在第一节总体概况中说道："在英联邦范围

---

　　① 唐娜·戴利，约翰·汤米迪：《伦敦文学地图》，张玉红等译，上海：上海交通大学出版社，2011 年，第 3—5 页。

内，英国本土的白人文学一向是主流，殖民地、自治领地的各民族文学不过是一种陪衬。然而，最近几十年来，形式明显逆转。……来自以前英帝国殖民地的作家已经反戈一击，占领了英语文学的中心。他们和以前的殖民地作家不同。他们不是殖民地的产物，而是第二次世界大战之后逐渐成熟起来的国家多元文化的产物，他们所面对的读者也具有多元文学背景。他们是'后帝国主义秩序'的创造者和创造物，是后殖民时代的作家。他们'把外部的生机与新气息输入英语文学缺乏空气的封闭空间'，促使英语文学重新变得生气蓬勃。"[①] 明确了小说的观念是多元文化下的产物，说明多元文化趋势下，少数族裔、移民文学进入文学史正是在后学理论影响下的产物。在通俗文学一章中，作者分别介绍了科幻小说、侦探小说、哥特小说和言情小说。国内所熟知的"侦探小说女皇"阿加莎·克里斯蒂，"犯罪小说女皇" P.D. 詹姆斯，言情小说家达芙妮·杜穆里埃都进入了文学史。通俗文学往往借助电视电影媒介得以广泛传播，因此，它们往往比严肃文学具有更大的影响力。王守仁的《英国文学简史》（2006）也在 1945 年以来的文学中，加入了"女性作家"和"少数族裔作家"两章，共叙述了 6 位女作家和三位少数族裔作家。常耀信著《英国文学通史》（三卷本），把通俗文学作家如柯南道尔、阿加莎·克里斯蒂以及其他一些畅销作家列入进去，重视区域文学如爱尔兰、苏格兰文学，还专辟一章讲述了英联邦国家的作家（牙买加、圭亚那、印度、加勒比、澳大利亚、加拿大、爱尔兰、肯尼亚、

---

① 瞿世镜，任一鸣：《当代英国小说史》，上海：上海译文出版社，2008 年，第 405—406 页。

南非、尼日利亚、特尼达）。王佐良的五卷本之《文艺复兴时期文学史》《十八世纪英国文学史》《二十世纪英国文学史》都把地区文学（爱尔兰、威尔士、苏格兰）文学单独列出来，还加强了妇女文学，在 20 世纪卷中纳入了广播、影视文学，这些无疑都是后学影响下的产物。

由此可见，国内的英国文学史在文学观念上主要受西方文学观念的影响，形成了三种文学观，即泛文学观、纯文学观和大文学观。在具体操作上，和英国本土的文学史有相似处，也形成了自己的特色。泛文学观念虽然把哲学、历史著作纳入文学范围内，但其数目要远远少于西方文学史著作。纯文学观念重视诗歌、小说、戏剧，散文则成了边缘文体，篇幅上诗歌和小说平分秋色，成为最重要的两大文体。大文学观主要是重新看待和评价原来的经典作家作品，并加入了亚文学类属的通俗文学、地区文学、妇女文学、族裔文学、英联邦国家文学及新品种影视广播文学。

但是，在大文学观念上，国内的英国文学史书写规模和内容有所扩大，收入了亚文学类属，但跨学科研究还没有，从文化角度研究文学也做得不够，今后的文学史书写是否应该在这两方面做出成效，走向多维和多元，在文学和城市的关系研究、文学与地域的关系研究、文学与疾病研究、文学与障碍研究、文学与动植物关系等等方面写出更有特色的文学史来呢？

第二章　文学史观

文学观念是对文学本质、文学功能的认识和看法，决定着文学史料的选取，这是文学史撰写的第一步：收集资料、选取材料。文学史观则是一套具体的指导思想，是文学史家基于某种观念和方法，对选取的这些散漫的、无序的史料进行归纳整理，纳入一定的框架和视野，成为有序的整体，并指导文学史家对此做出评判，这是文学史撰写的第二步。文学史观在文学史的撰写中起着核心纽带作用，没有文学史观的指导，文学史的书写就不能成为系统的写作，因为"文学史的研究和书写须臾离不开文学史观的指导，不管你意识到或没意识到，只要对文学进行'史'的考察都有文学史观在引领"①。

20世纪，我国出现了两大影响深远的文学史观，即20世纪初期的进化论文学史观和40、50年代逐渐取得绝对统治地位的马克思主义唯物史观。文学史观在中国的确立和文学观念、学科体制建立以及文学史的书写密切联系在一起。"文学史"概念是西方舶来品，

---

① 参见朱德发：《进化文学史观与文学史研究实践》，载于《山东师范大学学报（人文社会科学版）》，2008年，第6期，第29页。

在中国古代，没有文学史，只有文学资料和选集，所以就没有在某种文学史观念的指导下进行文学史的书写活动了。国人文学史观的确立是在近代西学东渐的影响下产生的，起始于清末民初之际。最早的国人所著的文学史书籍是1904年左右由黄人、林传甲等所著的《中国文学史》，这时候，文学观念尚未完全确立，混乱杂糅现象严重，受中国传统思想的影响，文史不分，文学与学术混淆，类似于国学史①，但在文学史观上明显体现出进化论色彩。②受当时国家内忧外患局势影响，进化论文学史观随后成为文学史书写的主流，不管是在中国文学史（黄人、林传甲、刘师培、梁启超、王国维、胡适等编撰的文学史），还是外国文学史（周作人《欧洲文学史》、郑振铎《文学大纲》、王靖《英国文学史》、曾虚白《英国文学ABC》、袁昌英《法兰西文学》等），进化论文学史观风靡一时，一度成为占据主导的文学史书写观念。20世纪30年后，随着马克思主义在中国的传播，马克思主义唯物史观开始在中国出现，国人开始尝试用马克思主义唯物论观阐释文学史，如贺凯《中国文学史纲要》、谭洪《中国文学史纲》、金东雷《英国文学史纲》等，但还不成熟。这种文学史观在50年代新中国成立之后发展到极致，过于绝对性地把文学当作社会生活的反映，过度看重社会政治、经济对文学的决定性影响，把一切作家作品打上阶级论色彩，从而演变成庸俗社会学

---

①　参见罗云锋：《现代中国文学史书写的历史建构》，华东师范大学博士学位论文，2005年，第10页。

②　罗云锋：《现代中国文学史书写的历史建构》，华东师范大学博士学位论文，2005年，第10页。

马克思主义文学史观。此后，唯物论文学史观便成为文学史书写的主流和重要范式。进入90年代后，随着重写文学史呼声的高涨，人们开始反思文学史书写中的种种弊病，尤其是在西方各种理论思潮的冲击之下，文学史的书写突破了原来的庸俗阶级论调，在坚持唯物论文学史观书写的同时，开始尝试其他类型的文学史观，如女性主义文学史观、气质论文学史观及用生态批评的研究方法贯穿文学史等。

进化论文学史观和马克思主义唯物论文学史观都是西方影响下的产物，它们进入中国后，发生了怎样的变形？在英国文学史的书写上，体现出哪些特征？这些文学史观有哪些缺陷？针对这些缺陷，又该建构一种什么样的文学史观？

第一节　进化论文学史观

进化论文学史观源自达尔文的进化论观念。达尔文的进化论在19世纪风靡一时，影响深远，罗素在《西方哲学史》中说"达尔文之于19世纪，犹如伽利略、牛顿之于17世纪"①。进化论的核心是生存竞争和适者生存，同种个体在一定的环境中竞争，适应最好的个体将有最大的生存机会和可能性。②在每个时代的各种变体中，有的能够得到最大的发展，有的则萎缩，甚至消亡。达尔文的进化论本

---

① 罗素：《西方哲学史》（下卷），马元德译，北京：商务印书馆，2009年，第295页。

② 参见陶东风：《文学史哲学》，郑州：河南人民出版社，1994年，第53页。

来是用来说明生物界的情况，他的学生赫胥黎和老师持同样的观点，他在《进化论和伦理学》一书中阐述了不能用进化论的观点来解释人类社会现象。但进化论思想在当时社会上传播影响之大远远超过了他们所想，进化论思想被广泛用于社会学中，来解释各种社会现象。

用进化论来解释文学现象的理论家有法国的文艺理论家斯达尔夫人、泰纳等，斯达尔夫人十分重视地理因素对文学的影响，她甚至主张文学的特征和文学的发展极大程度上都要依赖于地理环境，她认为北方人因为天气恶劣，阴沉，所以文学常表现出阴沉幽暗的形象，而南方气候温润，空气清新，所以文学作品常表现光辉明亮的色彩。泰纳吸收了斯达尔夫人的时代精神和地理环境对文学的影响，用进化论观念来解释英国文学史现象。他结合孔德的实证主义和达尔文的进化论，试图用自然界的规律来解释人类艺术现象，他认为精神科学、艺术研究与自然科学在方法上是相似的，世界上一切事物（包括精神现象和物质存在），都可以解释，一切事物的产生、发展、灭亡都有规律可循，于是，泰纳就沿着自然科学的研究方法，建构了关于文学艺术美学的"三要素"说。泰纳在《英国文学史引言》提出了文学三要素说，即种族、时代、环境。他用这三要素来解释艺术现象，认为这三者是"三个原始的力量"，后来他把这三种力量运用到《艺术哲学》中进行分析，把文学艺术比喻成植物，种族是植物的种子，是文学艺术的全部生命力和力量源泉，而环境和时代，就好像自然界的气候条件一样，影响着各民族的文学艺术，进行自然界的选择和淘汰，因此各民族的艺术就要像特定环境中的植物一样去考察，经受不同社会与时代的精神气候的考验最终形成自然界的优胜劣汰。

在泰纳的文学史模式中，环境决定论是一个最基本的信条，艺术的发展被认为受制于环境，适应环境的艺术类型和艺术风格就会得到极大的发展，不适应环境的艺术类型将会消失。可以看出，斯达尔夫人和泰纳都喜欢用生物进化论的观念来阐释文学现象，将生物的生长、发展、繁荣、衰落用于文学界。泰纳所说的种族是包含人的先天的、生理的、遗传的因素，环境包含地理的因素，而时代包含着文化的因素，种族是内部原因，环境是外部压力，时代是后天的力量。[①] "我们所谓的种族，是指天生的和遗传的那些倾向，人带着它们来到这个世界上，而且它们通常更和身体的气质与结构所含的明显差别相混合。这些倾向因民族不同而不同。"[②] 泰纳的文学艺术史观偏重于从整个社会文化环境与自然环境中寻找文学发展的原因，他的文学与时代背景、人种、环境之间关系的观点在19世纪影响深远，广为人们所接受，后来的勃兰兑斯也用他的观点来阐述19世纪欧洲的文学主流。勃兰兑斯在《欧洲文学主流：英国的自然主义》中考察了19世纪初到30年代，英国的时代特点、民族特色和政治背景对英国文学的影响，它们共同导致了英国的自然主义文学的产生。泰纳的文学与种族的关系论被朗松用来阐述文学与国民精神关系。一部文学作品是集体精神创造的产物，凝聚着集体的精神和文化的积淀，"是几代人的智慧的积淀，凝聚着一个时代或一个群

---

① 参见伍蠡甫：《西方文论选》，上海：上海译文出版社，1979年，第233页。
② 伍蠡甫：《西方文论选》，上海：上海译文出版社，1979年，第236页。

体的集体的生命,是它的代表和象征。"①既然文学是集体精神的产物,一个民族的民族特质、精神气质和文化品质无不形塑着这个民族的文学特征,文学与国民性之间的关系便成为理所当然的事情。泰纳的文学三要素说在清末民初之际传入中国,对国人影响极大极深,尤其是文学与国民性关系的探讨成为20世纪初期中国文学的一个重要的命题呈现在国人的笔下。

进化论一进入中国就和中国的社会现实相契合,引发了一场不小的革命。进化论进入中国是在清末民初之际,得益于严复翻译的《天演论》,它使国人的思想和思维习惯发生剧烈嬗变。严复翻译《天演论》正是本着甲午中日战争失败后激愤所做。当时中国从天朝帝国一下子沦落为西方列强的欺凌侮辱的对象,洋务运动的器物学习、维新派的制度学习都不能改变中国落后挨打的社会现实,《马关条约》的签订更加刺激了国人救亡图存的心理,强国保种的念头越发强烈,"物竞天择、适者生存"的观念就这样和中国知识分子变革求新的观念吻合。要改变就要转换国人的思想,进化观念无疑是思想变革的最好武器。严复是在1895年开始宣扬进化论思想的,他的《天演论》既不是达尔文的进化论,也不是斯宾塞《社会学原理》,而是对赫胥黎《进化论与伦理学》的创造性改写和"误读"。他有选择性地将"进化论"部分翻译了出来,并自行发挥,可以说是"中国化"的进化论。进化论观念包含着当时知识分子对中国"自强保种"的强烈期盼,希望能通过"与天争胜"达到强国保种,避免自然界的优胜

---

① 朗松:《朗松文论选》,徐继曾译,天津:百花文艺出版社,2009年,第4页。

劣汰而傲立于世界。从此以后"优胜劣汰""物竞天择、适者生存"成为人们的口号和口头禅。"'物竞天择，适者生存'成为中国人民饥不择食中自立自强，反帝反封建运动中的有力武器。"①胡适形容当时的情况时说："《天演论》出版之后，不上几年，便风行到全国，竟做了中学生的读物……在中国屡次战败之后，在庚子、辛丑大耻辱之后，这个'优胜劣败，适者生存'的公式，确是一种当头棒喝，给了无数人一种绝大的刺激。几年之中，这种思想像野火一样，延烧着许多少年的心和血。而'天演'、'物竞'、'淘汰'、'天择'等术语，都渐渐成了报纸文章的熟语，渐渐称了一班爱国志士的口头禅。"②这从侧面印证了当时国人对变革、图强的强烈要求。从此，进化论观深入人心。

进化论思想也被国人用在文学界，直接导致当时的文学界革命，五四时期的"文白之争"正是进化论观念使然。"进化观念甚至成了五四时期文人发动文学革命基本的理论武器之一，它直接导致了一场伟大的文学革命。"③可见，进化论观对人们的影响之大，非同小可。当人们有意识地在文学研究中用进化论思想看待文学发展的各种现象时，进化论文学史观便形成了。其实中国古代并不缺乏进化观念的影子，只是未成为系统，刘勰的《文心雕龙》就说过"文变

---

① 王瑜：《重审与重构——现代文学史观与中国现代文学史编写问题研究》，北京：中国社会科学出版社，2014年，第29页．

② 胡适：《胡适文集》（第一集），北京大学出版社，1998年，第70页，转引自王瑜著《重审与重构——现代文学史观与中国现代文学史编写问题研究》，北京：中国社会科学出版社，2014年，第30页。

③ 岳凯华：《五四激进主义的缘起与中国新文学的发生》，长沙：岳麓书社，2006年，第50页。

染乎世情""时运交易，质文代变"，但中国古代的文学史观一直受传统史观的影响，秉持着循环发展的观念。如叶燮的"诗之源流本末正变盛衰，互为循环"，纪昀的"有一变必有一弊，弊极而变又生焉"等都体现出循环论的文学史观。从近代梁启超开始，便推崇西方的进化论的文学史观，认为文学和生物发展进化一样，秉持着"优胜劣汰"的原则，不断地进化和发展，未来的必将胜于现在的和过去的。进化论文学史观在中国文学史上引起了不小的变革，一系列的文学史著作都是用进化观念来描述中国文学的发展，如谭正璧的《中国文学进化史》、胡适的《五十年来中国之文学》、陈子展的《中国近代文学之变迁》《中国文学发展史》等都表现出文学进化的思想。进化文学史观认为"一代有一代之文学"，如王国维就曾用"楚之骚，汉之赋，六代之骈语，唐之诗，宋之词，元之曲"来概括中国文学的发展历程。在英国文学史的描述上，一代有一代之文学观念非常流行，如王靖对18世纪散文的兴起，韵文的失落的描述，对19世纪报纸杂志促进小说描述，发出"以视十八世纪之旁观报等。枯涩寡味。顿觉后来居上矣。"[①] 讲到伊丽莎白时代经济发达，文学亦发达，到复辟时期，戏剧衰落，文学亦衰落，"前驱文化发达。极於侈丽。物极必反。清教渐胜。"[②] 曾虚白在《英国文学》中"浪漫派时代"开始就指出："十八世纪，广义地说起来，可以算是散文的时代。以量说，以质说，散文都比诗胜过一筹；可是到了这浪漫派的时代，这形势就倒过来，诗的威权又恢复了它伊丽莎白时代的盛况。当然

---

① 王靖：《英国文学史》，上海：泰东图书局，1927年，第77页。
② 王靖：《英国文学史》，上海：泰东图书局，1927年，第27页。

的，在这个人才辈出的盛世，伟大的散文也不在少数，然而它的地位总是在诗的底下。"[①]欧阳兰同样用进化的观点描述英国文学的时代性，认为16世纪是戏剧极为发达的时期。英国伊丽莎白时代戏剧的繁荣，有多个方面的原因影响，意大利、古希腊罗马古典戏剧的大量翻译进来，政治太平、经济的繁荣，加上莎士比亚个人才能造就了莎士比亚戏剧的巅峰。巅峰过后，戏剧便走向了衰落，即便是琼生因为不像莎氏那样描写人类心灵的东西，"于是遂到了戏曲衰颓的时代"[②]，加上后来没有伟大的创作者，时代的变化，人们趣味的降低，道德的滑落使得戏剧逐步衰落，"不仅是描写不会，情景不好，并且文字亦即淫猥，思想亦不纯净……到了后来道德堕落的时代，比蒙特和弗勒齐的剧反而比莎士比亚的更受欢迎，公众的意见既然如此，因此剧本也就愈趋愈下了。"[③]到了浪漫主义时期则是诗歌的天下，到了维多利亚时代小说又统了天下。

金东雷的文学史观也是用进化论的观点来解释文学的发展，如讲到维多利亚时代社会背景的发展时，他便用了达尔文的进化论来解释英国的文学与科学的勃兴。"学术史一切事业的原动力，新的英国当然也有新的学术，那时英国科学与艺术的勃兴，造成新的政治、社会与思想的基础。"他说"物竞天择、适者生存"是生物界的天然的淘汰。自从他发明这个学说之后，学术界天旋地转，起了多大的

---

① 曾虚白：《英国文学》，上海：上海书店，1928年，第45页。
② 欧阳兰：《英国文学史》，北京：北京大学出版部，1927年，第74页。
③ 欧阳兰：《英国文学史》，北京：北京大学出版部，1927年，第74页。

变化冲突和辩难。"①"一代有一代之所胜"也被他用来阐述文学现象。他认为19世纪前半期是浪漫主义占据优势的时代，到了维多利亚时代则是写实主义盛行的时期，"虽然我们不能把这个时代，完全定为写实主义的时代，但是很充分的可以使人知道，这个时候和前半世纪的作风，绝对不同，他们确实有相当的区别的。"②并说这个时代虽有盛名的诗人，但是"其中最为盛名的两个，无论如何是以散文做时代的代表。"而且这个时期抛弃了以前纯艺术的主张，而趋于"'文以载道'与'诗以言志'的两方面。"③所以他认为这个时代是写实主义时代。

进化论的文学史观秉持的是线性时间观念，是科学和理性思维的产物，"在科学和理性等思想观念的资源的支撑下，人们越来越相信，更高级的，更美好的，更有价值的，更具神圣性的事物，不在远古和往昔，而在现在和将来。"④于是，在进化的观念之下，人们得出新胜于旧，今胜于昔，青年胜于老年等思想。中国传统的思维是崇古、尊古，而进化论让人们由崇古变成了疑古，重古轻今变成了重今轻古。肯定今天，轻视昨天，"世道必胜，后胜于今"，表现在文学史的撰写上，越靠近近代的越详细，越古的便越简略。在进

① 金东雷:《英国文学史纲》，长春：吉林出版集团有限公司，2010年，第290页。

② 金东雷:《英国文学史纲》，长春：吉林出版集团有限公司，2010年，第291页。

③ 金东雷:《英国文学史纲》，长春：吉林出版集团有限公司，2010年，第292页。

④ 岳凯华:《五四激进主义的缘起与中国新文学的发生》，长沙：岳麓书社，2006年，第52页。

化论观念的指导下，英国文学史的书写明显体现出重今轻古的思想。王靖的《英国文学史》写至19世纪的拉什斯金，题名为上编，也即是说作者还有下编。从本身已写的篇幅来看，近代占的篇幅明显要长，英国文学史共90页，其中18世纪至19世纪占57页，古代至17世纪仅占33页。欧阳兰的英国文学史也如此，古代至18世纪占全文篇幅60%，19世纪至现代（20世纪20年代）占全文篇幅40%，金东雷在《英国文学史纲》凡例中说"按照史的体例，讲到近代的事情常是特别详细的。本书亦采用这种做法，自第十一章《维多利亚时代》起，内容更为详尽，俾读者对于'与自身最近的时代'的英国文学，多多明了。"[①] 在叙述古代的文学时通常一句"古时的文学渺不可考"便跨越几个世纪。王靖说"英国古时之文学，渺不可考。既无专门记载，即散见于旧籍者，亦漫漶难稽，莫资考镜。若欲依据史乘、文籍，爬梳抉剔，穷源竟委，殊属难事。"[②] 欧阳兰说"英国古代的文学，不但漫漶难稽，绝无专门的记录，就是散见于古籍旧史中的，其文字亦极古奥，不易理解。"[③] 古代的文学以不可考察一笔带过，轻古思想可见。

用生物进化的规律讲述文学史算不上是对西方进化论文学史观的改写，而真正进行置换变形并运用在英国文学史上则是对文学与国民性关系的强调，以及由此包含的强烈的救国救民的期盼。国人纷纷把文学的进化和民族的进化等同，把文学的改变与民族的进步

---

① 金东雷：《英国文学史纲》，长春：吉林出版集团有限公司，2010年，凡例。
② 王靖：《英国文学史》，上海：泰东图书局，1927年，第1页。
③ 欧阳兰：《英国文学史》，北京：北京大学出版部，1927年，第1页。

联系起来，对英国文学史的书写建立在用西方文学拯救中华民族的思想之上。国人相信一国的文学是一国民族的特性使然，文学的改变正是一国民族特性的改变使之，由此，国人书写英国文学史的目的就是借用英国文学来激励国人民族特性的改变。于是，国人不厌其烦地强调英国文学和它的民族特性之间的关系。欧阳兰便认为英国文学和它的民族性紧密相关，所以彭斯的诗歌是苏格兰风景特色的再现，叶芝的诗歌则是爱尔兰民族灵魂的反应，是"爱尔兰民族思想感情表现的结晶，他的特长，也就在他能够表现出爱尔兰民族的特性来……使写实和理想相混，想象和诙谐相杂，已把爱尔兰文学的特色，完全显出来了。"[①] 在解释凯尔特人时期的文学被文学史家称呼为"塞尔特文学"，他说这些文学完全受到凯尔特人民族特性的影响。"它们很能表现出塞尔特人有一种强烈的想象，和真挚的诗人的感觉，以及爱自然的天才，和表现的优美。"在序言中他称英国的文学之所以具有独特的特性是由于它是岛国，和大陆不同，受它的民族精神、气质和地理环境的影响所致，是英国国民性的反映。

英国文学，自莎士比亚、弥尔顿诸大家产生以后，他在文学上的地位，便从此固定了；然而这亦并不是偶然的：英国文学何以和大陆的文学不同？英国古代的文学，何以和英国现代的文学有异？这其间的原因很多，变迁亦极明显，其所有如此之故，实因英国在地理上本是一个岛国，和欧洲大陆不相连接，所以英国的文学，在实质上也自然和大陆不同，这是因为英国民族的气质和欧洲大陆不

---

① 欧阳兰:《英国文学史》，北京：北京大学出版部，1927年，第191—192页。

同的缘故。英国自诺曼征服后，原有的安格鲁撒克逊民族的气质，遂为之一变，结果，便影响于文学，于是英国文学的特质亦随之一变。我们知道，安格鲁撒克逊人种的祖先，本来是北欧的一种民族，这种民族的气质，是勇敢任侠，刚毅不屈，颇有英雄壮士之慨，同时诺曼人种则系来自南欧，南欧民族温文丰丽，慈和可亲，大有妇人女子之风，这两种民族一混合，便自然地造出了一种不刚不柔、不强不弱、刚中带柔、柔中带刚的一种中和的气质。英国民族因为有这两种血统的混合，所以英国的国民性，便亦同时具有这两种血统的特色：他们既具有北方刚强的性格，又兼有南方丰丽的气质，所以英国人在一方面是活泼强健勇于冒险，在别一方面却又谨慎细密，长于组织。英国的国民性如此，文学自然亦是一样，英国自诺曼征服后，英国文学受了法兰西的影响，结果，便加上了许多法兰西文学的特质。我们知道，欧洲的文艺思潮，南方和北方是全然不同的，南方是热烈的肉感的，北方是严肃的理智的，英国民族，因为兼取南北二民族的气质，所以英国文学，亦兼有南北思潮的特长；这便是说，英国的文学，在一方面既有很热烈的情绪，在别一方面，却又不失其严正的态度，在一方面既有沉痛的调子，在另一方面，却又不脱其滑稽讽刺的风味。英国文学，自乔莎（乔叟）以至近代，虽然无时无刻不受外来的影响，但他这种中和的气质，却永远是保存着的，便如19世纪的浪漫文学，虽然全是南欧热烈放肆的气概，但雪莱摆伦等的诗歌，却亦仍旧不能摆脱北欧那种悲歌慷慨的风味，——这便是英国文学在世界文学上的一种特色。①

和王靖、欧阳兰一样受当时时代的影响，曾虚白也认为英国文学是其国民性的表现。在开篇之首讲述 Beowulf, 曾虚白认为这首长诗"表现出了他自己的民族性……他们的性质是诚恳、忧愁、和坚毅，没有一点儿婉转的气息，幻想的痕迹和装饰的虚伪。这就是盎格罗 - 赛克逊文学的特性，跟后来由脑门人带进来的赛尔德（Celt）民族性有根本的不同……脑门人受着法国赛尔德民族的同化，变成了一种活泼的，幻想的性质，现在再混合了赛克逊沉着的质素，好像把鹞鹰飞扬的精神装进一双牯牛的结实的身体里，于是给英国文学造就一个伟大的基础。"②

金东雷同样深受泰纳的"种族、环境、时代"三要素说的影响，这不仅从他开始引用泰纳的三要素说来解释文学是什么，而且在叙述中不时地提到文学受三要素说的影响，如在介绍维多利亚时代写实主义兴起的时候，就认为受当时的社会思潮达尔文、斯宾塞、欧文的社会主义，黑格尔、马克思、孔德、普鲁东等等他们学说的影响，所以"文学方面，也离不开时代和环境的影响，当然偏重现实了。"③ 关于英国文学与民国特性的关系的论述，金东雷认为"英国是

---

① 欧阳兰：《英国文学史》，北京：北京大学出版部，1927 年，自序，第 2—3 页。

② 曾虚白：《英国文学》，见方壁等著《西洋文学讲座》，上海：上海书店，1928 年，第 2 页。在此，曾虚白把诺曼人和凯尔特人搞混淆了，凯尔特人先于罗马人定居英伦，后被盎格鲁 - 撒克逊人赶到爱尔兰、威尔士，苏格兰。诺曼人是北欧维京人后裔，虽臣属于法国，但他们不是法国人。诺曼人于 1066 年侵占英国，统治英国达 300 多年。

③ 金东雷：《英国文学史纲》，长春：吉林出版集团有限公司，2010 年，第 354 页。

由古代的央格罗，撒克逊二大民族所组成，而英国文学就是这两个刚毅的民族性质和生活混合后所形成的诗歌及散文之表现。""英国的文学和英国的历史相似，是一个伟大的民族回想的和迈进的精神之表现""每当英国的历史有变更的时候，英国文学的内容往往亦随之变更。"[①] 在论述维多利亚时代的文学特征的时候，他说维多利亚是凯尔特人和诺曼人混合的血统，所以"这个时代的文学，也可以把这种眼光来观察，因为这种血统的混合好像便是文学的象征；这便是说：当时的英国文学是撒克逊民族的理想气魄和诺曼人种的文化的混合物。"[②]

对文学与国民性之间关系的强调是和中国复杂的社会现实紧密相关的，也是国人书写英国文学史的目的所在。清末民初复杂的社会现实，内忧外患，受西方列强的欺凌和侮辱，使许多有志之士开始探讨中国国民性问题，也开启了批判中国国民性的旅程。他们认为中国之所以落后挨打就是因为中国的国民劣根性。严复翻译《天演论》就是基于这样一个心理开始的，所以他要开民智，厚民力，启民德，进行救国救亡、破旧立新的革命壮举。梁启超、鲁迅、陈独秀都是当时最激烈的呼吁者。梁启超的"新民"说认为"凡一国之能立于世界，必有其国民独有之特质，上至道德法律，下至风俗习惯，文学美术，皆有一种独立之精神。"[③] 他的"小说界革命""文

① 金东雷：《英国文学史纲》，长春：吉林出版集团有限公司，2010年，第4页。
② 金东雷：《英国文学史纲》，长春：吉林出版集团有限公司，2010年，第291页。
③ 梁启超：《梁启超全集》，北京：北京出版社，1999年。

学界革命"也都是基于改造国民性的目标之上的。鲁迅对国民性的批判发人深省，陈独秀在《新青年》创刊号的"敬告青年"发刊词也源于改造国民性的目的。可见，当时的有志之士们皆以启迪民智、破除国民愚昧顽疾为首要任务。国民性问题成为当时的时代焦点，国民性的焦虑成为五四文学的重要主题，改造国民性成为文人志士呐喊、奔走、拯救国家的思想武器。"从梁启超到鲁迅，无论是新民还是立人，文化的更新，国民素质的改造提升被视为中国社会政治变革和国家独立的强大的首要前提。"①

国人之所以如此强调文学与一国民族特质、民族精神的关系，正是源于借异邦文学来拯救国人，改造国民性。这一点在王靖的文学史中表现得尤为明显。在序言中，王无为和张静庐明确地把改造国民性作为一个首要目标，张静庐说"一国文学，多为一国国民性之表征；吾观英人恒觉其虽介然特立，孤而无隣，而深沉雍穆之风，又足被于三岛之外。所谓'沉潜刚克'舍英人殆莫与归。然其所以致此，实其文学士，能发扬其纯良之国民性，而锡其同类也。吾国学者骛高远而舍实际，欺伪相尚，华而无实，故其人皆虚有彬彬之文质，而无创造之能力。迄今虽有觉其无富，欲矫正之者；顾积重难返，改革之事，费力多而收效绝鲜。诗云，'他山之石，可以攻玉'；今王靖既著英国文学史，以饷国人，冀收潜移默化之效，余亦祝其有改造国民性之能。"②王无为说，"余当言文学左右世运之力，

①　杨联芬：《晚清至五四：中国文学现代性的发生》，北京：北京大学出版社，2003年，第169页。

②　王靖：《英国文学史》，上海：泰东图书局，1927年，张序

奇伟无伦，起衰振弊，咸文学是赖。其尤善者，且足变国俗，移人情。故观世变者，第求于当时之文学，即得其大概。其视文学为末技者，殆受文学覆载，而不知其高厚者也。自科学昌明，文学用途稍狭，未窥文学崖涘者鲜知文学之能福利人类，诽谤繁兴，匪可究诘。其沉溺于文学者，又谬以文学仅章一身，而不足以泽一世；于是并世文学，几日就衰颓；若晚秋衰草之不足以语风霜。王靖之欲为国人介绍世界文学史，毋亦有忧于是，而欲发扬文学之光辉，使之照耀人世乎！"[①]文学的政治功利性目的十分明显，著作英国文学史就是为了借他邦文学来影响国人，提高国民的民族特质，完成民族启蒙和国家救亡的双重任务。因此，王靖非常重视文人的"侠义"精神，他盛赞拜伦的英雄豪举和锡德尼的高贵品质。作者不惜笔墨把拜伦的《哀希腊》悉数列出，也缘于此。读过这十六首诗的读者可由对希腊的哀亡上升到自我国家即将灭亡的哀叹、愤慨，并唤起民众摧毁旧势力、抵抗外敌入侵的斗志和激情。

王靖非常看重文学的教化民众、净化风气的作用。他曾高度赞扬狄更斯对社会不良风气的揭露，教化民众，因此国家富强，"迭氏细察社会情形，著为绘声绘影之小说，使读者内省自疚，不敢为非。政治风俗乃于无形中渐渐感化向善，国富兵强，今日称雄于世界。小说兴有功焉。呜呼！小说岂小言詹詹之类邪！"[②]认为文学能够"增进文明，灌输民智。文之用广，而收效亦速……启蒙常识……风化

---

①　王靖：《英国文学史》，上海：泰东图书局，1927 年，王序。

②　王靖：《英国文学史》，上海：泰东图书局，1927 年，第 87 页。

社会。"① 作者希望借英国文学来改造国民，达到济世救世的目的，国难当头，列强入侵，中华民族面临着生死存亡的境地。因此，借西方的文化来进行政治启蒙成为当时的大势所趋，"别求新声于异邦"成为当时的口号，拯救国民性成为当时的潮流。

　　进化论文学史观秉持机械的生物决定论，认为新生的即是合理的，进步的，以"新陈代谢"规律来看待文学现象，为文学的创新提供了合法化的依据，使人产生了美好的期待和向往②，从而认为文学是不断进化和向前发展的。但是，"进化的文学史观强化了对文学发展的历史线索，论述文学现象往往用归纳法，大而化之，给人简明快捷的结论。"③ 进化论的文学史观描述文学发展的过程过于简单，不能充分细致地说明文学上的复杂现象，这种生物机械决定论把复杂的艺术现象和自然科学及生物界简单类比，用粗线条的方式描述文学的发展过程，忽视了艺术自身发展的规律和独特性，容易忽视艺术家个人在文学中的作用。

　　进化论文学史观的时代意识，线性思维观念的确大大地转换了国人的思维方式，但它抹杀了文学发展的多样性、丰富性，导致编史者不是从为文学发展的角度记录文学的发展，而是带着强烈的功利性和目的意识记录新时代在文学领域对旧时代的超越和突破，在选择的时候，也往往会选择那些适合其观念和思想的研究，其新生

---

① 王靖：《英国文学史》，上海：泰东图书局，1927年，第76—77页。

② 张荣翼，李松：《文学史哲学》，武汉：武汉大学出版社，2014年，第130，256页。

③ 温儒敏等：《中国现当代文学学科概要》，北京：北京大学出版社，2005年，第5页。

的即合理的至今对文学史起着重大的影响。

由此可见，进化论文学史观虽是由西方传入的，但明显区别于西方的泰纳、勃兰兑斯所写的英国文学史，无论是泰纳还是勃兰兑斯都强调了文学与环境、时代、种族（民族）之间的关系，而国人使用进化论时强调的只有一面，即文学与民族之间的关系，这是国人有意选择的结果，也是民国时期特定时代下的产物，是知识分子为改变中国落后挨打备受欺凌的功利目的的在文学史领域的一个反映，体现出鲜明的时代性和功利性，而随后的马克思主义唯物史观不也包含着"新与旧"、"先进"、"革命"的思想吗？其框架指导下的先进阶级文学与落后阶级文学的区分，不也正是进化论思想的继承与发展吗？

第二节　马克思主义唯物论文学史观

马克思主义唯物论文学史观源自马克思主义文艺理论思想。其基本观点有三：第一，马克思主义认为文学艺术的性质和功能，文学艺术的产生、存在和发展必须以生产方式作为社会基础来加以认识，以生产方式作为分析一切文学艺术现象的理论出发点。马克思曾说过："物质生活的生产方式制约着整个社会生活、政治生活和精神生活的过程，不是人们的意识决定社会存在，相反，是人们的社会存在决定人们的意识。"① 第二,文学和其他一切精神文化现象一样受制于物质生产方式,并随物质生产方式的变化而发展,但同时自身具有连续性,即艺术的自身属性:审美性。它虽然由物质生产方式决定,但这种决定是间接的,它的繁荣和发展与社会的发展繁荣不一定成正比,这是因为艺术的审美属性可以超越特定的社会物质条件。第三,无产阶级的历史使命是进行新的社会革命,实现无产阶级和全人类的解放,文学艺术在这些革命中起着重要的作用,要肩负起让无产阶级认识自身、激发他们实现人的自由解放而奋斗的使命。② 由此可见,马克思主义文艺理论的核心就是提出了解释文学艺术产生、存在和发展的社会基础理论和提出了艺术与无产阶级历史使命之间的关系。马克思主义唯物论文学史观正是在此基础上结合唯物主义历史观而产生的,是以唯物主义和辩证法为指导思想的历史观,是在唯物主义哲学指导下的唯物主义文学史观。马克思主义唯物主义历史观认为历史是一个真实的存在,文学是社会历史存在的一个部分,人民群众是历史的主人,是历史的缔造者和推动者,是劳动人民创造了这个世界和世界的宝贵财富,所以要充分认识人民群众的作用和地位。同时,人类社会又分为经济基础和上层建筑,经济基础决定上层建筑,社会存在决定社会意识,生产力是社会发展的根本推动力量。唯物主义史观也是辩证的史观,历史与人类的

---

① 《马克思恩格斯文集》,1版,第2卷,北京:人民出版社,2009年,第591页.引自冯宪光主编,《新编马克思主义文论》,北京:中国人民大学出版社,2011年,第6页。

② 参见冯宪光:《新编马克思主义文论》,北京:中国人民大学出版社,2011年,第6—7页。

生产力水平息息相关，某时期的生产力水平和物质生产方式制约特定的社会文化，产生特定的社会文化，文学作为社会文化的一部分，是特定时期社会现实的反映，因此有必要把文学文本当作社会历史的一部分来考察，分析其反映了什么样的社会现实。由此可见，考察作家的生活年代背景、家庭背景、社会地位、个人经历、政治倾向等有助于分析其作品反映的社会现实。

马克思主义唯物论文学史观的集大成者为普列汉诺夫，他根据"马克思主义的基本原理，面对文学艺术的实际学理问题，深刻地阐述了关于艺术起源和艺术形式的马克思主义观点。"[1]普列汉诺夫坚信马克思主义社会存在决定社会意识的观点，他说："我对于艺术，就像对于一切社会现象一样，是从唯物史观的观点来观察的"[2]。

马克思主义唯物论文学史观传入中国之初乃至相当长时间内过于强调文学的社会政治功能，忽视了文学的艺术特征，在新中国成立后发展演变成庸俗的经济决定论和阶级论色彩的文学史观。经济决定论对文学史的影响就是特别强调社会存在与社会意识之间的关系，社会存在决定社会意识，社会意识是社会存在的反映，在文学史的叙述中，尤其重视社会经济、政治对文学发展的作用。文学的发展变化、文学作品的解释、思想内涵的揭示，总是要找一个经济和政治的背景。在叙述中，首先会对当时的经济社会背景做一个介

---

[1]　冯宪光:《新编马克思主义文论》，北京：中国人民大学出版社，2011 年，第 12 页。

[2]　《普列汉诺夫美学论文集》，北京：人民出版社，1983 年，第 303、350 页。转引自陶东风著《文学史哲学》，郑州：河南人民出版社，1994 年，第 81 页。

绍，这几乎是所有国内文学史书写的通病。经济决定论的一个很重要的写作范式就是时代背景＋作家生平＋作品分析的模式，茅盾曾说研究文学，要考虑文学作品产生的时代，环境和主人翁的身世等。20世纪20—30年代，茅盾就运用阶级分析的方法，把作品和作家的身世、经历和政治思想联系起来，分析鲁迅等作家作品，初步形成政治背景＋作家身世＋作品分析的模式，对后来的文学批评影响深远，直至今日，这种典范式的社会历史批评仍然是文学史书写的主流模式。当然此写作范式可以帮助"人们从一个相当重要的方面去认识文学现象的原始起因和最终决定因素，使许多文学现象的存在之由、变迁之故得到了更加合理的解释。"① 人们根据马克思主义的基本原理之一——经济基础决定上层建筑来分析和观察文学现象，从社会存在方面探求文学艺术存在的基本原因，从"社会经济、政治的变化中探求文学变革的基本动因"②，从根本上解答了文学艺术发展变化的原因，改变了过去因陈述太多而主次不分、找不到要领的问题。但是，这种模式的弊端也有许多，如过于强调经济基础的决定性作用，而忽视了影响文学发展的动因是多方向的，是多个方面合力的结果，容易导致单一化的结论（如认为经济发展了就一定带来文学的繁荣）。

中国对马克思主义较为系统的介绍始自李大钊，他在《我的马

---

① 党圣元:《文学史理论》，北京：中国社会科学出版社，2011年，第175页。
② 陈伯海:《文学史与文学史学》，北京：北京大学出版社，2012年，第223页。

克思主义观》中向国人介绍了文学艺术领域中阶级斗争观念①。阶级虽不是马克思的首创，但对之系统性研究的还是马克思。马克思认为社会的物质生产力发展到一定阶段，便同它一直在其中运行的现有的生产关系发生矛盾，矛盾激化到一定阶段，社会革命随之产生，那么这个社会革命在阶级社会里则表现为阶级斗争。阶级斗争不仅发生在政治、经济领域，还存在于思想文化领域中。因此，思想文化领域内的文学艺术便也具有"阶级"的特性了。马克思恩格斯认为阶级社会里，每个人都具有所属阶级的阶级特性，他们的思想情感也就具有了阶级性。作为创作者和作家，艺术家也不可能摆脱其所属的阶级属性。列宁在马克思恩格斯的基础上进一步发挥，提出写作应成为无产阶级总事业中一部分，成为由全体工人阶级的整个觉悟的先锋队所开动的那巨大的社会民主主义机器的齿轮和螺丝钉。②这样文学成为阶级斗争的工具便产生了。在20—30年代的中国，尽管有李大钊等人的宣传，国人对马克思主义的了解还比较模糊和片面，当时对国人影响巨大的莫过于在文学领域的"革命文学"之说了。创造社的部分同志把文艺作为阶级斗争的手段之一，成仿吾直接呼吁"革命文学"，也就是无产阶级文学。革命文学与进化论一样，成为当时的时髦用语，一批激进的文学青年，口口声声喊着革命文学的口号。革命文学的影响在30年代出版的金东雷著的《英

---

① 详见王瑜：《重审与重构——现代文学史观与中国现代文学史编写问题研究》，北京：中国社会科学出版社，2014年，第55页。

② 王瑜：《重审与重构——现代文学史观与中国现代文学史编写问题研究》，北京：中国社会科学出版社，2014年，第54页。

国文学史纲》（1937）中得到反映。他在著作中不时流露出革命和进步的思想，正如陆建德所说，金东雷的文学史不时流露出进步的思想倾向，同情劳动人民，赞扬社会主义，"宣扬时运的变动，进化的原则，主张破旧立新，对社会主义多有褒扬之词。"① 在对 20 世纪的英国文学的介绍中，他非常推崇无产阶级文学，他说欧战结束后，世纪的文学便产生了两大类，一是无产阶级文学（他称为普罗文学），另一类是颓废派文学。他花了大量的笔墨（8 页）来介绍普罗文学和颓废文学各自的特征。"今后的世界文学便是新兴的文学的世界了。"② 过去的文学是象牙塔里的文学，把"社会意识，完全遮蔽"③，而普罗文学是对资本主义政治和社会强烈不满下产生的，"大家内心上都起了强烈的反抗；反对战争、反对资本主义的社会、反对帝国主义的霸道，便酝酿了充满革命色彩的文学。"④ 普罗文学有四个特征，"一是倾向社会主义，二是科学色彩的浓厚，三是认识时代与社会对于文学的重要，四是反抗精神。"⑤ 他认为普罗文学就是"一致地要建设一个新世界出来，以改正资本家对于劳动者不合理的待遇和一切强

---

① 金东雷：《英国文学史纲》，长春：吉林出版集团有限责任公司2000年，陆建德作序，第6页。

② 金东雷：《英国文学史纲》，长春：吉林出版集团有限公司，2010年，第404页。

③ 金东雷：《英国文学史纲》，长春：吉林出版集团有限公司，2010年，第404页。

④ 金东雷：《英国文学史纲》，长春：吉林出版集团有限公司，2010年，第405页。

⑤ 金东雷：《英国文学史纲》，长春：吉林出版集团有限公司，2010年，第405页。

权对于'正义'、'人道'所下的压逼"是"代表大众的文学"①，能体现出普罗文学特征的作家有高尔斯华绥，威尔斯和萧伯纳。他认为威尔斯的思想和萧伯纳的社会主义很有相像的地方，但是有区别，因为"威尔斯的人生观，完全建设在平凡的事物上，他并没有高贵的和出世的理想，"他"对于解决时代问题所成就的贡献，也极有力量，能够使旧的社会改成新的社会，……尤足鼓舞群众的兴趣……主张为社会的艺术。……小说对于他，不过是一个社会主义思想发表的机关。……就是他最空想的科学小说里，也织入他的社会思想，最能体现他社会主义作家本领的是《克梨梭特的世界》②。对于高尔斯华绥，他同样持有较高的评价，说高尔斯华绥是"人道主义作家""他用艺术家的功夫做社会改造家的事业""反英国传统者""用严正不苟的眼光观察社会和宇宙"。③对于萧伯纳的评价则最高，他花了 14 页介绍萧伯纳，仅次于莎士比亚（16 页），称萧伯纳为"自由的战士"④，并说没有那个称呼比这个更贴切了，萧伯纳信仰马克思科学社会主义，宣传社会主义理论，着手改造英国社会，具有社会改造和世界革命的伟大思想，"他对旧道德挑战，对社会挑战，对政府挑战，对文化挑战，对世界挑战，对宗教挑战，就是对于艺术等，

---

① 金东雷：《英国文学史纲》，长春：吉林出版集团有限公司，2010 年，第 405—406 页。

② 金东雷：《英国文学史纲》，长春：吉林出版集团有限公司，2010 年，第 418—419 页。

③ 金东雷：《英国文学史纲》，长春：吉林出版集团有限公司，2010 年，第 419—427 页。

④ 金东雷：《英国文学史纲》，长春：吉林出版集团有限公司，2010 年，第 469 页。

亦挑战不已。在反面说，他为社会主义而战，为人类幸福、公理、正义而战，终肖氏的一生，是一个'自由的战士'。"①金东雷做过记者和编辑，对 30 年代萧伯纳到上海访问一事必定了解，所以他才如此高度评价萧伯纳。

可见，马克思主义唯物史观在 30 年代的中国已经产生了巨大的影响，但从金东雷的描述中，还没有出现那种绝对阶级化色彩的观念。由革命文学到左翼作家联盟成立，文学的阶级性观念被一步步强化。到 1942 年，毛泽东《在延安文艺座谈会上的讲话》提出了"知识分子必须接受劳动群众的改造"的命题，知识分子由五四时期的思想启蒙者转变成了被改造者，进一步标志着文学的阶级性和文学为无产阶级服务的思想已经开始普及到作家和文艺工作者身上。1949 年新中国成立之后，我国实行"一边倒"的对外政策，加上政治意识形态重合的原因，我国的文艺政策、文学观念、文学研究方法等很多方面都有照搬前苏联的倾向。政治意识形态标准被视为衡量文艺作品的首要标准，"文艺从属于政治""文艺是阶级斗争的工具"之类被奉为圭臬，用阶级性来解释文学现象成为常态。当时的一系列文学史著作如王瑶的《中国新文学史稿》、刘绶松的《中国新文学史初稿》、丁易的《中国现代文学史略》都是阶级论指导下的书写实践。对于英国文学史，当时各校都是自编教材没有出版，无法找到确切的依据，但新中国成立初期为适应高校教学的需要，1953年曾由高等教育出版社出版《英国文学史教学大纲》（以下简称《大

---

① 金东雷:《英国文学史纲》，长春:吉林出版集团有限公司，2010 年，第 470 页。

纲》），从中仍然可以看出英国文学史的阶级论色彩。同时，"文革"结束后，为恢复中断的教学需要，教育部开始组织专家出版高校英国文学史教材，此时出版的几部教材如刘炳善的《英国文学简史》、范存忠的《英国文学史提纲》、陈嘉的《英国文学史》都是当时在原来自编教材基础上经各高校专家讨论修改后发行使用的。虽是经过修改的，原来的政治正确和阶级论色彩仍留有痕迹。下面就来看看当时的政治意识形态论如何影响英国文学史书写的。

前面说过，用阶级性来衡量作家是新中国成立后文学史书写的一个普遍的现象，特别在中国文学史、外国文学史，国别史亦未能免俗，阶级性分析不彻底就会遭到批判指责。用阶级性衡量外国作家作品的一个结果就是把他们分为三六九等，划分为不同的等级，这样传统的经典被重新定位、定性和评价，等级被重新洗牌。第一等级是工人阶级作家作品和社会主义现实主义作家作品。按照马克思主义生产力生产关系原理，工人阶级代表了先进的生产力，因此，文学的阶级属性就决定了他们的作品反映了先进阶级的意识形态，与反动的落后的阶级的意识形态相比，必然是进步的、第一流的、符合社会发展的。社会主义现实主义是建立在进步的思想立场和世界观基础上，正确地反映了社会主义的现实。因此，在文学史中，20 世纪社会主义现实主义作家作品主要是以林赛和阿尔德里奇为代表，在《大纲》里规定讲授课时不少于 14 课时[①]，可见其受重视的程度，而如今的文学史，这两个人几乎不见了。威廉·莫里斯及 19 世

---

① 参见附录 4。

纪 30—40 年代的宪章主义运动作家也得到了重要讲解，宪章运动从此在相当长时期内，在英国文学史中占据着重要地位，以致如今有些文学史仍然给以重要的篇幅和地位详细讲述，如常耀信的《英国文学通史》（2011）还专门劈出一章节讲述宪章主义运动作家。

第二类就是具有社会主义思想倾向的作家作品，如高尔斯华绥、萧伯纳、威尔斯。《大纲》规定萧伯纳是帝国主义阶段英国文学史中最重要的作家，此时期的讲授不少于 13 课时 [1]。范存忠在《英国文学史提纲》（1983）中详述了萧伯纳、威尔斯等费边社会主义，并用恩格斯对费边社会主义的批评作评判标准，说："在伦敦这里，费边派是一伙野心家，他们对社会变革的必然性有足够的了解，但是他们又不肯把这一艰巨的事业仅仅付托给粗笨的无产阶级，因此他们大发慈悲地自己出来领头了。害怕革命，这是他们的基本原则。他们是道地的'有教善的人'……除了各种各样的废物，他们尽力出版了一些好的宣传文章……但是他们一旦回到他们抹杀的阶级斗争的特殊策略，那就糟糕了。他们之所以疯狂地仇恨马克思和我们大家，就是因为我们都主张阶级斗争。" [2] 可见，费边社会主义和具有社会主

---

[1]　大纲规定的课时详见附录 4。从附录中课堂时间安排可以看出英国文学史的重点为文艺复兴（24 课时）、启蒙运动（20 课时）、批判现实主义（20 课时），次重点浪漫主义（15 课时）、现代英国文学（14 课时）、帝国主义时期英国文学（13 课时），最不重要的时期为资产阶级王政复辟时期（7 课时）和中世纪文学（9 课时）。从附录中可以看出各个时期经典作家有乔叟、莎士比亚、弥尔顿、斯威夫特、菲尔丁、拜伦、狄更斯、萧伯纳、杰克·林赛、阿尔德里奇。从这些经典名单中也可以看出重视英国文学史的现实主义传统。这些经典作家除了最后两个外，随后一直是国内"英国文学史"的经典作家。

[2]　范存忠：《英国文学史提纲》，成都：四川人民出版社，1983 年，第 438 页。

义倾向的资产阶级作家们一方面揭露资本主义社会的罪恶，但同时又害怕阶级斗争和暴力革命，这是他们不能和社会主义现实主义及工人阶级作家相比的原因。萧伯纳、高尔斯华绥虽然揭露了当时的社会问题，但他们对资产阶级抱有幻想，思想觉悟还远远不能和工人阶级相比，因此，排第二等级。

第三等级是具有进步思想的资产阶级作家作品，主要是马克思、恩格斯、列宁、苏联民主革命人士赞扬过的作家们。这里面又分三类人物，一是批判现实主义作家作品，主要是19世纪一大批作家如狄更斯、萨克雷、勃朗特姐妹、乔治·艾略特、盖斯凯尔夫人、伊丽莎白·勃朗宁等，他们在作品中揭露社会黑暗，但又不够彻底，对资产阶级抱有幻想，幻想用人道主义解决社会问题。二是革命浪漫主义，指拜伦、雪莱。这两人由于具有强烈的反叛性，同情法国革命，对英国资产阶级本性揭露得体无完肤，属于进步文人的行列。三是在当时属于进步阶级，反对落后阶级，主要指弥尔顿，他反对封建君主专制，支持英国资产阶级革命，在当时属于进步阶级行列。

批判现实主义与社会主义现实主义存在着等级差别，主要是由于批判现实主义以人道主义为武器，以写实的手段来揭露资产主义带来的社会灾难和人性的堕落，他们对资本主义造成的苦难和堕落进行了揭露、控诉和抨击，并提出了以爱为核心的社会理想，企图以人道主义治疗社会疾病，而社会主义现实主义以对国家主义的绝对认同、顺应国家意识形态、以肯定现实为主义倾向。① 批判现实

---

① 更多参见张荣翼、李松：《文学史哲学》，武汉：武汉大学出版社，2014年，第523页。

主义无法认清社会矛盾的不可调和的道理，他们不主张暴力革命和阶级斗争，对资本主义抱有幻想，虽然批判现实主义和社会主义现实主义都刻画现实，但社会主义现实主义是以马克思主义理论为指导，是用科学的方法指导创作的，而且他们描述的社会现实"不是社会主义现实生活，而是在于以社会主义的立场和观点来表现革命发展中的真实。"①很明显，这种现实是带有乌托邦色彩的现实，已经完全背离了马克思主义关于社会真实的思想。批判现实主义的主人公由于在社会生活中无法调和理想和现实的矛盾，容易陷入悲观、失望、分裂之中，而社会主义现实主义则能够在现实与理想中找到统一，因此社会主义现实主义是马克思主义的，是进步的，代表先进阶级的文学，因此比批判现实主义要进步。批判现实主义比浪漫主义进步主要是创作手法上和内容上，批判现实主义是写实的，而浪漫主义则是幻想的，虚构的，虽带有革命思想，但主观上容易悲观、失望。

第四等级则是古典派作家，主要是以乔叟和莎士比亚为代表。对他们的评价一般是肯定其作品对现实的刻画，如莎士比亚刻画的典型环境中的典型人物哈姆雷特等，同时又认为他们由于自身的阶级局限性，无法看到进步人民的力量，幻想与贵族妥协，当然就更不会赞同暴力革命了。对此，杨周翰曾做过批评，他说："如果简单地以反映现实为尺度，这些作品就往往被排除在文学史之外，对作家的评价也不易公允。拜伦总是讲得多些，雪莱总是讲的少些……

---

① 张荣翼、李松:《文学史哲学》，武汉:武汉大学出版社，2014年，第525页。

莎士比亚只是一个简单的现实主义作家，强调哈姆莱特的典型意义，忽略了他的理想性……莎士比亚很少作为一个诗人来考虑，这就很难勾勒出文艺复兴时期文学的全面、生动、活泼的面貌。"[1]

第五等级就是那些落后、反动的资产阶级文人。包括消极、被动的浪漫主义诗人华兹华斯和柯勒律治，和颓废派的资产阶级文人如以王尔德为代表的唯美派、以艾略特、乔伊斯为代表的现代派等。他们宣扬拜金主义、物质主义、肉欲享乐主义，沉溺于资产阶级物质生活中，或者如华兹华斯之流逃避社会矛盾，反对暴力革命，归隐在大自然和神秘主义之中。范存忠称华兹华斯"在大多数诗作中使大自然神秘化，并且自己沉溺于泛神主义幻想中的倾向。他给大自然加上它并不具有的美德，而且常以田园牧歌式的朦胧不清的眼光来看待他所选择的退隐地区的人们。湖区成了他的象牙之塔。华兹华斯对农民阶级传统和陈旧不变的特征写得很多，他颂扬逆来顺受，颂扬它的贫困，无知、偏狭，而且欣赏人们的智力上的落后。他在生活的最后二十年里，力图维护过去的和过时的东西，他反对议会改革，反对天主教徒的解放。因此，在年轻一代的心目中，他是一个'落荒而逃'的首领。"范著对华兹华斯的评价是极不公平公正的，有意地丑化华兹华斯，典型地体现了那个时代弊端，用阶级性定论文人，可见当时的阶级定性是多么的可怕。对柯勒律治，他的评价是"梦幻者，是浪漫主义的一个流派—遁世派的代表……他的诗都是逃避现实的—逃往遥远和过去，躲进重视的传奇世界……在这些诗中，

---

① 杨周翰：《欧洲文学史研究工作的一些问题》，载于《文学评论》，1963 年，第 1 期，第 103 页。

各种人和人物形象都不是真实的，而是神秘的，超自然的，他们不是生活的映像。而是想象的影子。这些东西，他要求读者能心甘情愿，不加怀疑地读下去。"①对比华兹华斯和柯勒律治，华兹华斯显得更加的反动、落后。这也是80年代文学史仍然继承着新中国成立后一段时期内对文人评价的一套标准和套路。范著对现代派作家一字未提，对唯美派则引用马克思对他们的批判来做评语，说明他们脱离社会现实，陷入幻想和肉欲中。刘炳善对现代派也只字未提，对华氏和柯氏评价较低，仍然坚持消极被动浪漫主义的标签。

积极浪漫主义和消极浪漫主义之分，源自高尔基，后来在阿尼克斯特的《英国文学史纲》中进一步继承发展。传入中国后，在相当长时间内得到国人一致支持，甚至在今天在文学史中仍然作此区别对待和定性，如刘意青的《插图本英国文学史》（2011）中把华氏、柯氏、骚塞归为第一代浪漫主义诗人，把拜伦、雪莱济慈归为第二代浪漫主义诗人，虽然没有贬义之分，但描述评价中无疑贴了标签，他说第一代浪漫主义诗人也被称为湖畔派，"年青时代都曾热心于激进的民主事业和革命运动，但随着法国大革命转向暴力专政和屠杀，他们的政治思想也转向保守，退隐到远离尘嚣的湖区潜心写作，寄情山水之间。"第二代诗人评价则是"与湖畔派不同，积极浪漫主义诗人拜伦和雪莱对国内外如火如荼的民主革命事业始终热情百倍。"②

---

① 范存忠：《英国文学史提纲》，成都：四川人民出版社，1983年，第363—364页。

② 刘意青、刘阳阳：《插图本英国文学史》，北京：外语教学与研究出版社，2011年，第74、80页。

这里第一代虽然没有用消极浪漫主义的称呼，很明显在和第二代积极浪漫主义的对比中显示出来。张荣翼在《文学史哲学》一书中对积极浪漫主义和消极浪漫主义的等级差异做过分析，认为无产阶级文学应该反映光明面，具有面对历史未来的乐观主义态度，带有政治乌托邦的理想色彩。消极浪漫主义显然不具有此特征或者说是违背此特征的。

由上可知，文学史观由进化论转变为马克思主义唯物史观（以历史辩证法为方法论），以阶级性、人民性为指导原则，以现实主义为纲领撰写英国文学史。这种文学史书写实践有以下几大特点，首先，特别强调对历史发展规律的揭示，关注文学发展的历史进程，强调文学发展中史的一面。其次，阶级分析的方法被引进文学史研究，虽然它有助于区分文学发展中的不同思想倾向，但过于强调阶级分析的方法，容易把某一文学作品从它本身的背景中抽离出来，任意贴标签，出现强拉硬扯的现象，文学史的书写变得机械化和庸俗化。一切文学作品被强拉来上纲上线，以人民性、阶级性、革命性为标准，评价作家作品，致所有文学作品被划分为两类：现实主义作品和非现实主义作品，用"现实主义和反现实主义"两条路线来建构文学史的内在发展规律和逻辑结构，也就是文学的演进为阶级与阶级之间的斗争发展的结果，掩盖了作品的丰富性，艺术性和差异性。凡是不能归入现实主义范畴的文学作品都被贴为反现实主义的作品，这样硬是把多姿多彩的文学历史切割成僵死的两半，它实际上不是马克思主义辩证法，而是形式主义的表现，是对马克思主义僵化的理解。这样两极对立并绝对化的做法违反了文学的规律，一部文学作品之所以成为文学经典，一定会"包含一种可以超越它的具体时代背景而覆盖到后代的超时性，也一定会有超越它的具体描写内容和主题,可以涵盖到更广阔社会生活的普遍意义。"① 这样看来，一部经典作品不是因为他揭露了社会的阶级矛盾，站在无产阶级的立场上能够造就的。现实主义本只是文学创作中多种方法中的一种，结果在新中国成立后成了唯一的标准，忽视了文学发展中创作方法多样性的现实。

以阶级论为原则的还出现许多"以论带史"的现象，教材大量引用马克思、恩格斯、列宁、毛泽东语录论断来评价文学作品。"以论带史的治史方法强调在文学史编纂中坚持使用马克思主义理论统领史料，编著者以理念灌输于文学史之中，找寻一条或多条理论线索将文学史现象串联起来。"② 这样，编著者容易犯随意裁剪史料，以适应某种先验的结论。《大纲》、北京大学西语系著《英国文学史》（1960）、范存忠版、刘炳善版都存在着大量引用马克思、毛泽东语录的问题。③ 这类书写实践艺术性非常薄弱，公式化，概念化，甚至

① 张荣翼，李松:《文学史哲学》，武汉：武汉大学出版社，2014年，第35页。
② 陈婧:《论新时期外国文学史范式的建构与转型》，华东师范大学博士论文，2013年，第70页。
③ 如《大纲》每章的开头首先用马克思、恩格斯、列宁等经典作家论对各个时期评价，其着眼于文学是社会矛盾的反映论。在评价作家、作品时也善于引用马克思、恩格斯、列宁、毛泽东以及俄罗斯革命民主主义批评家对文艺作品（思潮）的评价和批评原则。凡是马克思、列宁、毛泽东的评价均用来作为基本理论观点。西语系编的文学史时不时地引用马克思、恩格斯、别林斯基、普希金、杜勃罗留波夫等话语佐证自己的观点，短短的105页（全书共105页）引用他们的话达45处，其中引用马克思恩格斯全集达一半以上。范著稍微好点，但在评价一个作家的时候也存在着引用马克思恩格斯的经典话语的现象。

可以说带有很强的政治意识形态的色彩，而缺乏艺术的感染力和对普遍人性的关怀。在这种特殊的政治语境下，文学与政治的关系异常紧密，强调文学为政治服务，政治标准成了衡量一切文艺作品的重要标准。文学是作家对生活的体验、感触基础上的情感凝结，用文学的阶级属性来衡量文学作品，忽视了作家的情感体验，结果必然是做出价值判断时，只看作品的思想性，社会性，而不顾作品的艺术价值，不注意作品的艺术技巧和艺术创新等审美特征，最终文学作品的丰富复杂的属性便消失不见了，文学作品变成干巴巴的社会史。过于强调文学作品的人民性和现实主义，凸显了文学作品的社会功用，虽然可以帮助人们对文学作品的思想内容的揭示和阐释，但同时也使得文学作品的分析流于肤浅。

最后，马克思主义文学史观还表现在它非常重视人民群众的力量，认为人民群众是历史的真正缔造者，强调文学作品应该反映人民的生活和思想感情，重视文学史上那些反映普通大众生活的文学作品，如民间文学等，强调文学的人民性和现实主义传统。但是这样做也容易导致以人民性和现实主义独尊天下的倾向，排除掉其他文学形式的作品，甚至容易把二、三流作品当作一流的作品来对待，典型的例子就是很长一段时期，爱尔兰的小说家伏尼契的《牛虻》、英国的宪章运动诗人都被当作一流的作家作品置于经典之列。

在这种特殊的政治语境下，文学与政治的关系异常紧密，强调文学为政治服务，政治标准成了衡量一切文艺作品的重要标准。那些符合官方意识形态和价值观念的作品得到大力赞扬，不符合主流审美的作家作品得到排斥贬低，使得文学史的主观性极力抬高，忽视了文学史的客观性一面，著作者任意凌驾于原生态的文学史之上，脱离实际事实越来越远，文学史成了真正的政治史、思想史。这种情况在 80 年代后期开始得到反思，随着改革开放的进一步发展和西方文学理论的进入，马克思主义唯物史观虽然仍是主流，但原来的阶级论调得到修正，并且国人开始尝试用其他的史观来统领英国文学史。

第三节　新时期多元化文学史观

进入 90 年代，随着改革开放的深入，市场经济的繁荣，人们的思想得到进一步解放，国外理论思潮不断引入国内，原来单一的文学史观模式受到冲击，虽然马克思主义唯物论文学史观仍然是主导，但典范文学观念的冲击引起了多样化文学史观的出现，文学史书写模式呈现多元和丰富多彩的一面。女性主义文学史观正是后理论时代兴起的一支较为突出的一种史观模式。女性主义文学史观是女性主义理论发展的结果，是在 20 世纪解构主义影响下产生的一股思潮。女性主义文学史观认为女性文学存在着一个丰富而独特的传统，该传统一直被男权文化压制和淹没了；历来的文学史只遴选少数几个妇女作家从而掩盖大量妇女作家存在的事实，并且一直以来文学界对妇女文学实行双重标准把女性文学作品排斥在主流文学之外。女性批评家的任务就是寻找这个传统，一方面她们发掘出了大量的被历史淹没的女性作家，另一方面对过去的经典文本重新解读评价。其中较有影响的有肖瓦尔特、吉尔伯特和古芭。肖瓦尔特在《她们自己的文学——从勃朗特到莱辛的英国女性小说家》一书中发掘出了大量 19 世纪始被淹没的女性小说家，并把女性文学发展描述为三个阶段，即女性的、女权的、女人的。女性的阶段较长时期都是对主流模式采取模仿的姿态，内化男权社会性别定位。女权阶段则是对这些标准和价值观的强烈抗议，而女人阶段则是转内，是对身份的寻找。吉尔伯特和古芭在合著的《阁楼上的疯女人——19 世纪妇女作家和文学想象》一书中用精神分析方法对布罗姆的认同的焦虑提出批判，认为 19 世纪妇女作品呈现出惊人一致的、脉络清晰的文学传统，"疯女人"形象便是具体体现，是妇女作家创造力的源泉。和男性与前辈同性作家认同焦虑不同，妇女作家和前辈之间是认同的关系。在随后的姊妹篇《20 世纪妇女作家》三卷本中继续了此问题的探讨。其他评论家包括米利特、莫伊等对男性文人经典作品进行了重新解读。总之，女性主义文学史观用女性主义批评方法，重在对女性作家和作品的分析。李维屏等著《英国女性小说史》（2011）就是运用女性主义文学史观书写的，该书用女性主义文学史观来梳理统领整个英国小说的发展历程，追溯了从文艺复兴时期开始的玛丽罗斯夫人（1586—1651）始至 20 世纪末的英国女性作家，把英国女性小说史划分为起源与发展时期（16—18 世纪），19 世纪女性小说和 20 世纪女性小说，对各个时期重要的女性作家做重点分析并简述了各个时期其他不重要的女性作家，论述中不仅有传统的看法，更重要的是对国际国内最新研究成果的吸收，用新观点、新方法重新解读了经典女性作家作品，不啻为一部紧跟时代的研究著作。

　　文学生态批评也是其中的一个比较独特的书写方法。文学生态批评不能说是史观，更多只是一种方法，一种批评的视角，是借用生态批评的方法，用生态意识作为方法和手段，把文学史上众多的作家作品串联起来。用生态批评解读文学作品，从而提出了许多新的观点和看法。生态批评也是当前热门的理论范式，是伴随着人类活动越来越威胁到地球的生存与发展出现的，产生于 20 世纪 70 年代的西方，80—90 年代达到高潮。90 年代随西方文论的引入，文学生态批评进入了中国学者的视野，迅速成为中国文学研究领域里的新宠儿，为文学批评打开了一个新局面，提供了一个新视角。文学的生态批评团队也应运而生，厦门大学的生态文学研究团队就是其中的一个。他们推出了一系列欧美生态文学丛书，成为这一领域的新成果，李美华教授的《英国生态文学》便是该丛书的一个成果。文学的生态批评以生态整体观和生态联系观为指导思想，借用生态批评的方法关照文学作品，挖掘出文学作品中的生态意识和生态思想，重新解读经典作家作品，找出生态危机的根源，即人类中心主义思想观作祟的结果。因此，文学生态批评旨在利用文学作为武器，反思人类的活动，批判人类中心主义、唯发展主义，征服自然的欲望观念，倡导生态整体主义，生态发展观，与自然和谐相处的绿色环保观，把生态文学研究当作一个"救赎性行为—拯救地球和自我的拯救行动。"① 可见生态文学批评研究是出于一种社会责任意识和伦理意识，把文学作为改造人类思想的武器，并认为文学应该有助于人类社会的幸存为目标和任务。"生态文学主要探讨和揭示的是自然

---

①　李美华：《英国生态文学》，上海：学林出版社，2008 年，《欧美生态文学丛书》总序，第 7 页。

与人的关系，表现自然对人的影响，人在自然界的地位，自然万物与人的联系，人对自然的破坏，人与自然的融合等。"①

《英国生态文学》便以此为指导思想和批评方法，从生态的角度重新解读英国文学作家作品，按照时间的脉络描述英国文学史上各个时期的文学作品中与自然有关的主题和作品体现出了作者怎样的生态意识和生态思想。作者对经典作家作品重新解读，如对大家耳熟能详的笛福的《鲁滨逊漂流记》的解读就用了生态批评的观念。过去认为该书反映的是资产阶级原始积累时期的冒险精神的赞扬，在生态批评者看来，鲁滨逊则彻底是人类中心主义思想下对大自然进行征服掠夺行为的有力证明，他的一切活动都是建立在人类是大自然主宰的思想下，人才是万物的尺度、灵长，对动植物有着绝对的支配权和控制权。"毫无疑问，鲁滨逊在岛上的这些行为都是人类中心主义者的行为，纯然是一种反生态的行为。"②该书对斯威夫特的《格列佛游记》中慧骃国里人和动物马的描述也用生态批评的方法做了分析。

除了以上文学史观以外，气质论文学史观也是较为突出的一种。朱虹版《一本书搞懂英国文学》（2012）认为英国文学表现出了一种独特的气质，与英国人的特征和英国文化相关联，相契合一致。她说："英国文学作品，无论是在古代，还是当代，往往带有一种独特的气质：高雅、精致、矜持，且或多或少地沾些古旧色彩。这种气

---

① 王诺：《欧美生态文学》，北京：北京大学出版社，2003年，第5页。
② 李美华：《英国生态文学》，上海：学林出版社，2008年，第57页。

质也是英国人的特征，与英国文化的'贵族化'倾向深深契合。"①并认为大英帝国曾经的辉煌造就了英国人的民族自豪感和绅士风度以及刻意的讲究，在文艺方面表现很明白。

"英国文学非常注重雕章琢句，力求从字里行间散发出优雅的风范，而这种风范直接造就了独树一帜的英国散文。中世纪，法国人曾经一度征服英国，法国文学也随之悄然改变着英国文学，但是，正如一位西方评论家所说的：'法国征服者在一件事情上完全失败了：他们在中世纪未能成功地使法国已经十分流行的短篇散文故事扎根于英国的土壤。

"英国文学在发展的道路上体现出一种自信、自得的风范，坚持着鲜明的特色……随着英国殖民统治的不断强化和英语国际化进程的不断加快，英国文学越发独立、自信与自得。

"这使得英国文学的优雅风范更加牢固。它不像德国文学那样哲学化，不像法国文学那样放纵，也不像美国文学那样阳刚气十足。英国文学是冷静的、克制的，甚至略显刻板。在任何情况下都抵御放纵的刻板，是一种深沉的力量，绝非缺乏想象力。无论是古典作品，还是当前的风靡世界的《哈利波特》和《魔戒》，都证实了英国文学的这一特征。"②

所以，她认为读了法国文学，总觉得不踏实，而英国文学则即

---

① 朱虹：《一本书搞懂英国文学》，北京：北京理工大学出版社，2012年，第7页。

② 朱虹：《一本书搞懂英国文学》，北京：北京理工大学出版社，2012年，第7—8页。

使在沉闷中，也可以沿着思绪摸到路。这就是英国文学的妙处和英国文学的气质所在。气质说观点和泰纳的文学三要素说有异曲同工之妙，两者有很大的相似处，泰纳认为文学是时代、环境和种族三者结合的产物，种族是"天生的和遗传的那些倾向，人带着它们来到这个世界上，而且它们通常更和身体的气质与结构所含的明显的差别相结合，这些倾向因民族的不同而不同。"① 即文学与一个民族的特性之间的紧密关系，并且不会随着环境的改变而改变，"定居于具有各种气候的地区，生活在各个阶段的文明中，经过三十个世纪的变革而起着变化，然而在它的语言、宗教、文学、哲学中，仍显出血统和智力上的共同点。"② 他认为文学因种族的原因呈现出的特点（即血统）不管环境如何变化，都不会改变，他这一点和气质说有类似之处，朱虹同样认为文学的气质和民族的特性之间的关系紧密相连，不管时代如何发展，即便是英国受其异族统治和影响，但它的文学气质却永远不变。

　　但两者又存在着明显的区别。泰纳的文学是由种族决定，他说的这种影响是单向的，而气质说则认为文学气质和民族特性是相互影响，共同作用的，民族特性影响文学气质，而文学气质反过来也加强着民族特性。"英国人对于文学家的尊崇和热爱，是发自内心的。这种深厚的情感，必然来自长期的历史积淀。可以说，英国的国民性格，使英国文学更富有自尊，进而促进了它的形成及发展；而英国文学的日渐成熟，又进一步塑造了英国人的性格。两者相得益彰，

---

① 伍蠡甫：《西方文论选》，上海：上海译文出版社，1979 年，第 236 页。
② 伍蠡甫：《西方文论选》，上海：上海译文出版社，1979 年，第 237 页。

使无论是英国人还是英国文学,都具备了鲜明的'英国特色'——英国人的言行举止,像文学作品中的骑士一样彬彬有礼、文雅考究;而英国文学也像英国人一样,颇具绅士风度"[①],二者还是有很大区别的。

气质论的文学史观认为文学与一国民族特性的关系紧密,正如我们刚才所说的,泰纳已有类似的观点。这种观点对中国的影响很大,如早前我们分析的民国时期的英国文学史便持此观点,是文学民族特性说的一个推进和实践。

无论是进化论的文学史观还是马克思主义唯物论的文学史观,都是伴随着对现代性的追求产生的。现代性作为一种时间观念,标注着不同的时间指向,意味着与过去决裂,体现出向前的,进步的,不可逆转的未来意识。"它体现出未来开始的信念,这是一个为未来而生存的时代,一个向未来的新的敞开的时代,这种进化的、进步的、不可逆转的时间观不仅为我们提供了一个看待历史与现实的方式,而且也把我们自己的生存和奋斗的意义统统纳入这个时间的轨道,时代的位置和未来的目标之中。"[②]由此,现代性指向未来,与过去传统决裂,意味着人们观念和思维发生了变化,开始新的价值取向,和对于新的信心与信念,强调新生胜于往昔,今战胜古的思维。现代性"指的是一种直线向前,不可重复的时间意识与线性思维方

---

① 朱虹:《一本书搞懂英国文学》,北京:北京理工大学出版社,第1—2页。

② 汪晖:《关于现代性的答问》,转引自王瑜《重审与重构—现代文学史观与中国现代文学史编写问题研究》,北京:中国社会科学出版社,2014年,第78页。

式以及乐观主义的乌托邦想象。"① 表现在文学史的书写上就是一种历史元叙事方式，"把人类历史看作是秩序的、进步的、整体的、目的论的启蒙思潮。"② 进化论本身秉持的就是一种历史进化、发展、新陈代谢的时间向前意识。马克思主义关于人类社会发展从低级到高级的发展形态也是基于此逻辑的结果。无论是进化论文学史观还是马克思主义唯物史观体现在文学史的书写上就是本着改变落后中国的目的，力求追求西方现代国家的焦虑，使中国进入现代强国。"毛泽东曾说：'我们共产党人多年以来，不但为中国的政治革命和经济革命而奋斗。而且为中国的文化革命而奋斗，一切这些目的在于建设一个中华民族的新社会和新国家。在这个新社会和和新国家中，不但有新政治、新经济，而且有新的文化'。他总的构想在于不但把一个政治上受压迫、经济上受剥削的中国变成一个政治上自由和经济上繁荣的中国，而且要把一个被旧文化统治因而愚昧落后的中国，变为一个被新文化统治因而文明先进的中国。"③ 因此，无论是洋务运动的器物学习，维新派的制度学习，孙中山领导的三民主义，还是毛泽东领导的社会主义革命，其目的都是摆脱落后贫穷的中国和外强的欺辱，建立独立富强的新型国家。这种现代性的追求被称作启蒙现代性或有的学者称社会现代性，追求的是理性精神的信仰，相

---

① 张荣翼，李松：《文学史哲学》，武汉：武汉大学出版社，2014 年，第 501 页。

② 张荣翼，李松：《文学史哲学》，武汉：武汉大学出版社，2014 年，第 489 页。

③ 引自张荣翼、李松：《文学史哲学》，武汉：武汉大学出版社，2014 年，第 490 页。

信理性的力量。因此，中国现代性的追求是在国门被迫打开、遭受外强欺辱的情况下展开的，其一开始就与政治紧密结合起来，功利目的性十分强烈，为了国家富强和民族独立，在文学艺术上明显是"救亡"第一，"启蒙"第二，所以国内也有称之为现代性的文学史观。现代性的文学史观在叙事上要求规范统一，与传统划分界限，体现出不断扬弃的过程。

但是，正如前面所示，无论是进化论的文学史观，还是马克思主义唯物论文学史观，都有着不可避免的缺陷，解读单一、片面，忽视了文学的多样性。正如马克思主义所示，文学艺术虽然由一定的社会生产方式决定，但艺术的审美属性可以超越特定的社会物质条件，具有一定的自律性。克莱夫·贝尔说文学文本是"有意味的形式"，苏珊朗格说文学是"生命的形式"，说明文学史不同于历史，文学是情感体验性的，文学的认识活动既是认知性的，也是情感性的，文学的研究主体即文学史家在尊重史料和客观历史的基础上，必然会带着个人的情感体验、独立思考和独到发现去书写文学史，必然带有个人的主观看法和个性特征去书写文学历史。那么，用多样化的文学史观去书写英国文学史，尝试不同的方法，必然会展示英国文学史的丰富多彩来。

第四节　英国文学史观的思考与建构

针对文学史书写的单一和僵化现象，80 年代末 90 年代初专家学者们提出了重写文学史的呼声，出现了一系列成果，如 1996 年章培恒和骆玉明主编的《中国文学史》就采用了人性论的文学史观念来统领中国文学的发展历程。他们的论著一出来就得到了文学界的热烈好评，被认为是突破极"左"路线，"重写文学史"之后的一个有效尝试，被誉为"石破天惊之作""开创了文学史研究的新境界"等等。人性论文学史观的确是重写文学史之后的一个重大突破，将文学中人性的发展作为贯穿中国文学演进过程的基本线索，考察"在人性的发展制约下文学的美感及其发展"，并认为中国文学的发展也是人性不断发展的过程，"中国古代文学的趋势，则是以体现现代性的文学——与'五四'新文学的性质相类似的，以追求人性的解放为核心的文学——为不可避免的指向的"[①]。

和中国文学史在漫长严酷的封建体制的夹缝中，人性的发展极其曲折复杂相比，英国文学史中人性的发展则更为清晰、明白，突出宗教禁欲主义、科学理性主义和世俗欲望之间的对立纠缠，显示出一条清晰的脉络。正如陈国恩教授所言："人类的成长史，从某种意义上说就是一部灵魂挣扎在欲望与救赎之间的历史，在这种几乎没有终点的挣扎中，按不同民族所采取的方法和策略的不同，人类创造了不同的文化，以基督教思想作为文化底蕴的西方人文精神对于人性和人的问题的认识，有着与中国截然不同的文化内涵，他们对人的价值和意义的探究自始至终回荡着对自我灵魂的拷问之声，贯穿着深沉而强烈的生命意识和人文精神，并在探寻人类自身救赎

---

① 章培恒，骆玉明：《中国文学史新著》，上海：复旦大学出版社，2007年，导论，第1—11页。

之道的过程中形成了支撑其人性空间的不同维度"①。

　　如果以人性论文学史观念来统领英国文学史，是非常有道理的。西方受两希文化的影响，希腊的世俗文化追求人生的享乐，而基督教文化则抑制人生的尘世欲望，西方文学就是在这两种文化的交织斗争中发展，英国文学也不例外。下面就来看看英国文学中人性的发展过程。自从基督教从公元 6 世纪传入英国到文艺复兴之前，英国文学史中便存在着宗教救世主义和人文主义思想交织的局面，宗教文化和世俗文化相互作用，共同影响着英国文学的发展。英国早期文学《比奥武夫》虽然展示了氏族社会一个神化的世俗英雄人物，但其中仍承载着许多基督教所推崇的价值观念，如基督富于牺牲的救世观念，比奥武夫为了国家的人民而牺牲了自我和耶稣基督多么相似。比奥武夫拥有的还是早期社会为民除害、为民牺牲的集体意识，人性中的自我意识极为淡薄。英国的第一个诗人凯德蒙及其他诗人创作的都是关于上帝的赞美诗，说教成分大，几乎没有个人自我意识。中世纪是基督教占据统治的时代，禁欲主义风行，宗教文学占主流，但同时也是世俗文学与其并行发展的时代。中世纪的骑士文学就是对宗教文学的一个反拨和抵抗，骑士文学宣扬个体意识、对爱情的追逐和献身精神。在乔叟的《坎特伯雷故事》中最能体现人性张扬的呼唤。随后的文艺复兴运动，倡导人文主义，竭力赞美人性的解放，提倡人权，否定神权，贬抑神性。"在人文主义者眼中，人性更多的是与自然相关的人的本能欲望和意志自由，他们对'人'

---

　　①　陈国恩：《学科观念与文学史建构》，北京：中国社会科学出版社，2012 年，第 214 页。

的发现，首先表现的是感性或原欲的'人'的发现。"①此时的一大批人文主义者托马斯·莫尔、斯宾塞、锡德尼、马洛、莎士比亚等都积极弘扬人文主义，带领人们从封建社会的桎梏中走向资本主义的人本主义，从盲信上帝走向张扬人性，从禁欲走向追求世俗人的欲望。

人文主义在世俗欲望极度膨胀下，宗教情怀仍若隐若现地出现在他们的作品中，如莎士比亚的悲剧英雄，其负罪感和渴望救赎的宗教意识。随后的琼生、多恩及其当时的诗人们一面在诗歌中宣扬上帝，一面又追求现实的享乐，发出了"人生得意须尽欢，莫使金樽空对月"，"花开堪折直须折，莫待无花空折枝"的慨叹。从17世纪开始，英国文学集中体现了人的启蒙意识，理性欲求的萌芽同时也是宗教思想开始日益占主流的时代。培根的科学实验主义到弥尔顿、班扬浓郁的宗教情怀，宗教的"原罪""救赎"充斥着英国文坛，班扬的《天路历程》里描述了罪恶世俗之人如何得救并最终回归上帝，绝对是对现实人生的否定和背弃，追求彼岸灵魂的家园。进入18世纪，在科学的带动下，理性主义到来，崇尚知识、推崇人的理性至上，强调人性的鲜活，反对任何形式的奴役，同时又用理性原则来规范人，约束人的行为，在某种程度上压抑了文学表达人性的自然情感。此时的大家如笛福、蒲伯、斯威夫特，约翰逊都强调人的理性精神，塞缪尔·理查逊，菲尔丁则在小说中呼唤人的道德自律意识。到18世纪后半叶，这种束缚最终催生了怀疑主义，强调

---

① 陈国恩：《学科观念与文学史建构》，北京：中国社会科学出版社，2012年，第219页。

"感伤"派的文学出现，为后来的浪漫主义奠定了基础。浪漫主义注重个人情感的抒发，崇尚自由，反对习俗的束缚，具有强烈的反抗精神，是人性张扬的进一步发展，华兹华斯、柯勒律治、拜伦、雪莱、济慈作品都是重视个人情感的表现，是对理性主义束缚人的发展的一次大反叛。

19世纪中后期，英国完成了第一次工业革命，资本主义的弊端也日益暴露，贫富差距进一步拉大，底层人民生活在水深火热之中，这时期的现实主义作家都在作品中表达了强烈的人道主义精神，关心同情下层人民的疾苦，抨击社会黑暗，提倡社会改良。但此时期的作家大都注重伦理说教和道德约束，人的个性自由受到限制，直到唯美主义矫枉过正的反拨，为后来的现代主义做了铺垫。在理性主义的指导下，英国快速发展，但人们的生活并没有改善，社会矛盾加剧，使人们对理性主义至上产生了怀疑，各种非理性主义开始出现，现代主义便是其中的表现，现代主义文学反对现实主义外在的对生活的再现，主张文学应从人的心理感受出发，从人的自我意识深层探讨人性的本能欲望，表现人的孤独感和荒诞感，探索人性意义上的困惑和绝望，是"非理性意识体现出的深刻的理性探索精神，是'上帝死了'之后对人性终极价值的重新探索"[①]。

由此可见，英国文学的发展史就是一部人性发展和探索的历史，是人对自身生命活动自由追求而产生欲求的过程，中间受制于基督教的形上欲求，是人寻找自由生存方式的精神探索过程，原欲、神

---

① 　陈国恩：《学科观念与文学史建构》，北京：中国社会科学出版社，2012年，第225页。

性、理性共同决定了英国文学史发展过程中人性发展的不同维度。

人性论文学史观是可以尝试的方法之一，用人性论统领英国文学史，可以很好地展示出人的自我发展和自我探求的过程，以文学的方式表现出来。这种方法不同于进化论史观，也不同于马克思主义唯物论史观。除此之外，还有其他多种文学史观可以尝试，这里简单地提一下在西方影响极大的原型模式的文学史观。弗莱是原型模式的集大成者，原型就是反复出现的意象，现代文化学家列维 - 布雷尔以原型指称人类集体表象，和荣格所说的人类心理深处的"集体无意识"类似，"它既不产生于个人的经验，也不是个人后天获得的，而是生来就有的。"① 它保存在人类集体经验之中，并不断重复的非个人意象领域。在原型批评理论中，"它指一种最先出现之后，以后又循环出现或者反复出现的单位，指人物、事件、主题模式、情节模式等。"② 弗莱则认为原型是文学意象，是"一个象征，常常在文学中出现，并可被辨认出作为一个人的整个文学经验的一个组成部分"、"一个把一首诗与另一首诗联系起来因而帮助使我们的文学经验成为一体的象征。"③ 他试图找出文学作品叙述和意象表层下的原型结构，把一部作品与另一部作品连接起来。张荣翼认为重复和循环是原型概念的核心意义，"从原型的观点来看文学史，文学史就成为

---

① 荣格：《荣格主要著作选》，引自朱立元：《当代西方文艺理论》，上海：华东师范大学出版社，1998 年，第 167 页。

② 张荣翼、李松：《文学史哲学》，武汉：武汉大学出版社，2014 年，第 253 页。

③ 弗莱：《批评的解剖》，引自朱立元：《当代西方文艺理论》，上海：华东师范大学出版社，1998 年，第 171 页。

人的历史循环的文学记录；或者说以文学循环的方式来展示了人类的历史进程。"①后一时期的文学可以在原先时期文学中找到某些相似点，"是对早时期文学传统的回归"。②弗莱的原型批评就把文学史的模式对应为四季的循环，春天，阳光明媚，生机勃勃，对应的是喜剧；夏天色彩缤纷，气象万千，对应的是传奇；秋天树木凋零，秋风瑟瑟，对应的是悲剧；冬天，死气沉沉，了无生趣，对应的是讽刺文学，文学史的发展规律就是这样一个循环往复的过程。虽然这种模式遭到一些人的反对，但毫无疑问，它为文学批评提供了一个新的范例，即用原型的意象观念作为纽带来串联文学作品成一个有机的整体，可以帮助学习者更好地理解文学作品。叶舒宪教授曾用原型理论分析了中西文化上表现爱与美主题的原型女神——高唐神女和维纳斯。他认为中国传统礼教文化造成了爱神的缺失，便在文学领域中以隐形和幻化的形式表现出来。他从宋玉的《高唐赋》《神女赋》到曹植的《洛神赋》追溯下来，一直到明清之际的《聊斋》《金瓶梅》《红楼梦》等，从而勾画出了中国古典文学中的爱与美女神的原型形象发生演化的过程。"中国的这位女神却未能像异域女神们那样幸运，按其原有面貌流传后世，她只能以隐形和幻化的形式依稀地潜存于民族集体无意识中"，③积淀成为一个具有永久生命力的

①　张荣翼、李松：《文学史哲学》，武汉：武汉大学出版社，2014年，第253页

②　张荣翼、李松：《文学史哲学》，武汉：武汉大学出版社，2014年，第253页。

③　叶舒宪：《高唐神女与维纳斯：中西文化中的爱与美主题》，北京：中国社会科学出版社，1997年，第312页。

原型，并且"每当文人欲表达女性的性爱和美艳时，总是自觉不自觉地回溯到这个原型……后人在借用这一原型就如像引用普遍公理一样，无须对不证自明的东西再加论证。"①用原型理论来看英国文学史，就不能忽视英国文学上的亚瑟王传奇故事，以及由亚瑟王演变而来的理想王国的化身和寻找圣杯的故事两个主题。"亚瑟王传奇故事成为英国文学史的源泉"②，影响了后世的中世纪骑士传奇、文艺复兴时期斯宾塞、18及19世纪浪漫主义诗人以及丁尼生、20世纪的艾略特等等，一直到新世纪，"甚至到21世纪，亚瑟王传奇不仅存在于文学，也进入戏院、影视和其他媒体中。"③如果用原型来串联英国文学作品，我们还会发现英国文学作品中一些相似的原型意象，如《比奥武夫》开启了海上旅程文学原型，中世纪则是骑士旅程文学（以《高文与绿衣骑士》为代表）和乔叟的朝圣旅程文学（《坎特伯雷故事》，16—17世纪则是心灵旅程文学（以莎士比亚和班扬为代表），18—19世纪则流浪汉旅行文学（以菲尔丁、狄更斯作品为代表），到了20世纪则开启了现代人精神漫游小说（以伍尔夫、乔伊斯为代表）。女性主义文学批评家吉尔伯特和古芭在《阁楼上的疯女人》一书中就是用"疯女"的原型来阐述19世纪英美妇女作家共同呈现的意象。这些妇女作家虽生活在不同的时期，地域相距甚远，心理特征不同，题材风格相异，却共同展示了相似的主题和意象。

---

① 叶舒宪：《高唐神女与维纳斯：中西文化中的爱与美主题》，北京：中国社会科学出版社，1997年，第317—318页。

② 常耀信：《英国文学大花园》，武汉：湖北教育出版社，2007年，第3页。

③ http://en.wikipedia.org/wiki/king Archur

她们以"疯女"和天使两个对立的意象来展示对男权社会迂回的反抗，"疯女人"形象是妇女作家对男权社会表示的愤怒和不满。

总之，影响中国的英国文学史书写的两大文学史观——进化论文学史观和马克思主义唯物论文学史观在进入中国后都进行了某种程度的变形，是国人为改变中国落后、屈辱的历史，追求西方现代化，使国家进入强国而有意选择的结果，顺应了时代的发展，推动了英国文学史的书写，但也造成了一家独大的局面，遮掩了英国文学丰富多彩的一面，尝试多元化的文学史观念，书写不一样的英国文学史是今后努力的方向。

第三章　文学史书写体例

文学史书写体例是指文学史家如何对文学历史组织叙述，如何进行章节安排，这就涉及文学史的分期和体例安排问题。文学史著作者在一定文学史观的指导下，把纷繁复杂的材料纳入一定的框架之中，首先得对文学发展的历史进行分期，分期是文学史著作要解决的首要问题。分期解决之后，著作者还要解决如何把这些材料依据一定的体例方式整合起来，如何进行组织叙述，这就涉及体例安排问题。

中国的英国文学史在分期和体例安排上有何特征？受哪些因素的影响？和西方及英国本土的文学史在分期与体例安排上有何相似与不同点？这是本章要解决的问题。

第一节　文学史分期

一、文学史分期模式

对历史做较长时段的研究无法回避分期问题，文学史也是一样，尤其是通史问题，涉及到整个漫长的历史，不划分几个时间段，笼统地从起始一直到最近时期，无法很好地描述整个文学发展的过程，就比如吃西瓜，一个整西瓜，我们是无法一口吞下去的，必须把它切分为若干块，才好方便吸收。不同于切分西瓜，文学史的分期工作是一个复杂而又困难的事情，因为文学史演进的时间之流绵延不绝，分期就是人为的切割或断分，无论怎样分期，都会在某种程度上歪曲我们的史料。① 但文学史的分期又是必然、首先要解决的问题，因为时段分期是人们认识对象、把握对象的必要手段，是历史研究的基础。对文学史进行分期，是书写文学史首先要解决的基础问题。分期合适与否关系到能否有效地解释文学史上纷繁复杂的文学现象，关系到文学史著作的面貌，也是文学史著作是否科学的量化手段。

　　通常文学史分期有几种常用的模式，比如朝代划分法。以历史上某一个朝代为划分文学史分期的依据，这是最典型的做法。这种划分法简便，容易操作。以朝代更迭为时间节点，可以看出这一时期文学发展的规律和特征，同时，也可以最大限度地避免文学史分期过程中的主观性，毕竟文学史是客观存在的文学的历史，具有史的一面。其次，文学，作为社会意识，受当时的经济基础影响，一个朝代的经济、政治、社会环境对此时期内的文学影响重大，文学作为社会意识又是社会存在的反映，一定时期内的文学必定对当时的社会做出某种程度的反映。文学的发展和时代关系密切，著名的文学史家泰纳对此有过详细的论述，他认为环境决定着当时的文学，

---

① 佴荣本:《文学史理论》，北京：社会科学文献出版社，2012 年，第 79 页。

考察一国某个时期文学必须把它放入时代环境中去。

这种文学史分期模式显然是他律论的文学史观，认为文学的发展与时代环境关系密切，文学是社会史、思想史的一部分。一个朝代和君主对当时文学固然有很重要的影响，比如英国伊丽莎白一世时代，非常重视文艺，特别是戏剧，所以当时戏剧发展迅猛，产生了一代文豪莎士比亚，成为欧洲史上继古希腊时代后戏剧发展的又一次高峰。但这种文学史分期模式也有其弊端，过于强调外部环境的影响，忽视了文学自身发展的规律，对于这种划分法，美国文学理论家韦勒克曾作出批评："大多数的文学史著作，要么是社会史，要么是文学作品中所阐述的思想史，要么只是写下对那么多少按编年顺序加以排列的具体文学作品的印象和评价。"[1]

还有一种较常见的分期模式就是用纪年的方式，以世纪、时代来划分，按日历上的年代顺序来排列作品，比如20世纪文学，1950年代文学等等。按世纪或时代为节点划分文学史是最简便的方法，这种方法被阿恩海姆讥讽为"最没有希望的对风格的界定。"陶东风认为这种分期方法把复杂的精神现象降低为物理现象，将历史建立在非人化的物理时间上。[2]尽管遭到猛烈的批评，但是文学史还是很偏好这种分期方法。这种分期方法虽然简便，但是弊端也很明显，首先如何处理跨世纪的作家，如哈代跨越两个世纪，有些文学史把他放入19世纪，有些文学史把他放入两个世纪都做介绍。其次，时

---

① 勒内·韦勒克、奥斯汀·沃伦：《文学理论》，刘象愚等译，北京：文化艺术出版社，2010年，第292页。

② 陶东风著《文学史哲学》，河南人民出版社，1994，第279页。

间点的选定是从世纪的元年开始还是往前推，显然很多作家创作并不是从元年才开始。

　　除了以上两种常用的分期方法，还有一种按照文学史自身发展规律来分期的方法，就是文学思潮划分法。这种分期模式特别注重文学自身发展的规律，它强调文学自身发展的阶段性，把各个期间文体的演变、文学思想的变迁、风格的演化展示出来，这种阶段性常常被认为是文学的形式规范、结构惯例的交替兴衰。

　　那么，国人在进行英国文学史分期的时候，有哪几种模式？和西方的文学史有何相似及不同之处？

二、英国文学史分期

　　首先来看看西方的英国文学史分期问题。Neilson 和 Thorndike 在《英国文学史》（1930）中划分为："盎格鲁－萨克逊时期（426—1066）""从诺曼征服到乔叟（1066—1350）""乔叟时代，1350—1485""通俗文学"、"文艺复兴"、"莎士比亚时代：非戏剧文学，1564—1616""莎士比亚时代：戏剧，1564—1616""骑士与清教徒，1616—1660""德莱顿时代，1660—1700""蒲伯时代，1700—1744""约翰逊时代，1744—1784""浪漫主义时期诗歌，1785—1832""浪漫主义时期的散文，1785—1832""19 世纪中期的散文，1832—1881""19 世纪中期的诗歌，1832—1881""19 世纪中期的小说，1832—1881""20 世纪英国文学，1881—1929"。艾弗·埃文斯的《英国文学简史》则划分为："诺曼人征服英国之前""从乔叟到约翰·邓恩的英国诗歌""从弥尔顿到威廉·布莱克的英国诗歌""浪漫主义诗人""丁尼生以来的英国诗歌""莎士比亚以前的英国戏剧""莎士比亚""从莎士比亚到谢立丹的英国戏剧""谢拉丹以后的英国戏剧""笛福以前的英国小说""从理查逊到司各特的英国小说""狄更斯以来的英国小说""18世纪以前的英国散文""现代英国散文""最近的英国文学"。

这两本著作一个明显的特征就是以文学史上的重要作家为分期点，Neilson和Thorndike则直接以某一个时期的领袖人物来命名一个时期，这样就突出了文人在文学史上的重要作用，他们或引领一个时代或代表了当时某一领域的伟大成就，如乔叟、莎士比亚、约翰逊、蒲伯、谢立丹、狄更斯、丁尼生等都是当时的代表人物，在他们之前或之后一段时期内，这一文体发展可能萧寂过一段时间，而他们能重新恢复这一文体在当时的地位，获得公众的认可；或是他们开创了某一文体，如笛福被称为"英国小说之父"，他的《鲁滨逊漂流记》被认为是近代小说的开始，一般叙述小说当从他开始；或者是他们之后文学风气的转变，另一种文风的开始，如威廉·布莱克，他是古典主义向浪漫主义时期转变的过渡人物。这些文学领袖如同历史中的英雄人物一样掌握了天下的时势，决定了社会发展方向，是文学史中某个时代引领潮流者，他们集中体现了那个时代的精神、时代的特色和时代的发展变化。

桑德斯《牛津简明英国文学史》则为："引言""古英语文学""中世纪文学1066—1510""文艺复兴与宗教改革：1510—1620年间文学""革命与复辟1620—1690年间文学""18世纪文学1690—1780""浪漫主义时期文学1780—1830""维多利亚早期文学

1830—1880""维多利亚晚期和爱德华时期文学：1880—1920""现代主义及其选择：1920—1945 年间文学""战后和后现代文学"。William Joseph Long 著《英国文学》则是按"盎格鲁 - 萨克逊或早期英语文学""盎格鲁 – 诺曼时期""乔叟时期""文学的复兴""伊丽莎白时期""清教徒时期""复辟时期""18 世纪文学浪漫主义时期""维多利亚时期"。桑德斯和 William Long 两部著作差不多，是多种分期方式的混合体，有语言（古英语），政治（革命与复辟、维多利亚、盎格鲁 – 萨克逊、盎格鲁 – 诺曼、伊丽莎白），宗教（宗教改革、清教徒时期），文学思潮（浪漫主义、现代主义、后现代），纪年、世纪（中世纪、18 世纪、战后）等等。Neilson 和 Thorndike 也有按政治（盎格鲁 – 萨克逊、盎格鲁 – 诺曼，思潮（文艺复兴、浪漫主义），世纪（19 世纪、20 世纪）划分。多种方法的混合体是许多文学史采用的方式，比较普遍。

David Loewenstein 和 Janel Mueller 编写的《牛津现代早期英国文学史》（2002）则基本是按照朝代为分期线的，包括"绪论""文学生产、发行和接受的方式和手段""都铎王朝：从宗教改革到伊丽莎白""伊丽莎白到詹姆斯六世""斯图亚特王朝早期""内战和英联邦时期"。专以朝代划分的通史是很少见的，多是某一个时期具有影响力的王朝才成为该时期文学史的分期，如"盎格鲁 – 诺曼"、"伊丽莎白"、"复辟时期"、"维多利亚时期"等。这和中国的文学史不太一样，中国古代的文学史基本上都是以朝代划分为依据，英国的文学不像中国那样可以明确地挂靠在政治下。下面会继续阐述这一点。

苏联阿尼克斯特的《英国文学史纲》则是"中世纪""文艺复兴时期""17 世纪""启蒙主义时期""浪漫主义""19 世纪现实主义""19 世纪后半期""20 世纪"，是由世纪和文学思潮两种分期方法结合而成的，并没有出现任何政治朝代的分期方式。这种分期方式比较简化，有序，看起来一目了然，不像多种方式混合体，显得庞杂、混乱，是比较好的分期方式。

纵观中国的英国文学史分期，多是几种方式的混合体（见附录 3），随便列举几个，就会发现这种混合体方式非常普遍，金东雷的《英国文学史纲》（1937）："绪论""盎格罗·萨克逊时代""盎格罗·诺曼时代""乔叟的时代""民间文学""文艺复兴""莎士比亚的时代""清教徒的时代""古典主义的时代""约翰孙时代""浪漫主义时代""维多利亚时代""现代文学"。刘炳善的《英国文学简史》（1981）："早期和中古英国文学""文艺复兴时期""英国资产阶级革命时期""18 世纪""浪漫主义""英国 19 世纪中后期文学""20 世纪之交的文学""英格兰的工人阶级文学"。朱琳的《英国文学简史》（1991）："中世纪文学""文艺复兴时期文学""17 世纪文学""18 世纪文学""19 世纪文学""20 世纪文学"。常耀信主编的《英国文学通史》（2008）："序""英国文学的渊源与英语的发展历史""凯尔特和盎格鲁－撒克逊时期""中世纪时期""伊丽莎白时期""内战和王政复辟时期的文学""18 世纪英国文学""19 世纪初期""维多利亚时期""20 世纪初年""20 世纪 20 年代""20 世纪 30—40 年代""战后英国文学""当代英联邦国家文学""20 世纪英国的文学理论家"。

在这种混合体中，以政治、朝代划分的时期有"盎格鲁－萨克逊时期""盎格鲁-诺曼时期""伊丽莎白时期文学""资产阶级革命和复辟时期文学""维多利亚时期文学""爱德华时期文学"等等，这种划分在西方也很普遍。以政治、朝代更迭作为分期的依据方便，而且也有一定的合理性。文学是社会文化的一部分，社会政治的变化，环境的变迁必然会影响文学的发展。西方文化派在19世纪及20世纪初的影响很大，以泰纳、朗松为代表的文化学派非常重视文学的社会环境影响，即时代精神和社会环境对文学的决定作用。社会环境和时代精神当然包括当时的政治状况，而朝代是最能体现当时的政治状况的。对此，泰纳曾说过："要了解一件艺术品，一个艺术家，一群艺术家，必须正确地设想他们所属的时代精神和风俗概况。这是艺术品最后的解释，也是决定一切的基本原因，这一点已经由经验证实，只要翻一下艺术史上各个重要的时代，就可看到某种艺术和某些时代精神与风格情况同时出现，同时消灭的。"[①] 以政治、朝代划分文学史在《中国文学史》的书写中应用非常普遍，这和中国古代文学依附于历史尚未取得独立的学科意识有一定的关系。"从学科划分来看，中国古代的文学史研究一般归入以朝代更替为主要分期分段的史学领域，有碍于史家对文学史分期的重视即文学史作为专门学问的形成。"[②] 传统文史不分、重史学轻文学也造成了文学学科意识缺乏。班固的《汉书》开辟了文学专栏的《艺文志》，第一次把文学独立归纳出来进行叙述，此后的范晔《后汉书》进一步设《文

---

① 丹纳：《艺术哲学》，傅雷译，天津：天津社会科学出版社，2004年，第11页。

② 佴荣本：《文学史理论》，北京：社会科学文献出版社，2012年，第72页。

苑传》，使文学史传成为传统，为后来的史书仿效。由于文学是依附在历史中，而史书一般又是以帝王更迭和王朝的兴衰为历史分期，那么就造成了依附在历史上的文学自然也采用了此种方法，文学的历史发展以朝代更替为主要分期依据的体例便沿袭下来，成为后世的范例模仿，加上文学史是舶来品，在文学史学科意识未确立的时候自然便采用了历史的分期方法。从早期的中国文学史一直到目前的文学史著作，这种分期方法几乎占据了全部文学史著作，作为国人书写的英国文学史自然不免受此影响。如此说来，国人喜欢用政治、朝代来作为文学史分期的依据是受传统的影响，但是，我们也要看到文学史作为舶来品，国人在初写文学史的时候，必然会参照西方的文学史著作，既然西方也喜欢用政治、朝代划分文学时段，中国传统史学也往往采取政治朝代的方式，这样两者结合，以政治、朝代划分文学时段就是国人最喜欢、最擅长的方式了。

新中国成立后，文学与政治之间的紧密关系得到进一步强化，随着马克思主义在中国全面展开并取得意识形态的胜利，文学与政治之间的关系便得到重点强调，马克思主义的经济基础与上层建筑、社会存在与社会意识之间的关系为文学依附于政治提供了理论依据。马克思主义认为社会存在决定社会意识，社会意识是社会存在的反映，经济基础与上层建筑是决定与被决定的关系，一定水平的社会生产力水平产生并制约着特定的社会文化。文学毫无疑问是属于上层建筑，经济基础决定论从根本上解释了文学艺术产生的社会根源，解读一部文学作品一定要从产生它的社会背景和时代中找到原因。因此，在文学史的书写中，强调社会经济政治背景无疑是非常普遍的做法。当然，这种做法可以帮助人们分析文学艺术产生的最终决定性因素，但容易矫枉过正，演变成新中国成立初期的文学史成了社会政治图解史的做法。而且文学与政治之间的关系并不一定是直接发生的，一定时期的政治稳定、社会繁荣并不一定带来文化的繁荣，用这种方法书写的文学史容易导致文学史成为社会史、思想史。韦勒克曾对此作出讥讽："大多数的文学史著作，要么是社会史，要么是文学作品中所阐述的思想史，要么只是写下对那么多少按编年顺序加以排列的具体文学作品的印象和评价。"[①] 但是，由于英国文学史并不像中国文学史那样显示出一个明确的、清晰的挂靠在政治下的线索出来，所以最常用的政治划分为伊丽莎白时期和维多利亚时期。这种文学史分期从民国时期已经开始，王靖的文学史（1920）就有"伊丽莎白时代""英国革命及复辟时代"的分期方法。随后的文学史大多用"伊丽莎白时代""英国革命及复辟时代""维多利亚时代"来概括当时的文学情况。国人喜欢用这三个朝代，和这三个时期的文学与政治关系密切也有很大的关系。伊丽莎白时代和维多利亚时代是英国比较稳定繁盛的时期，这两个时期产生了众多的文学大家，在世界文学史上留下了印记，这两个时期及英国革命时期的文学与政治紧密联系，体现出当时的时代特色，所以深受国人喜爱，成为文学史分期的常用方式。

　　用世纪、纪年进行分期也是常用的方式，如"17世纪""18世纪""19世纪""20世纪"等，如王靖的《英国文学史》（1920）、欧

---

① 勒内·韦勒克，奥斯汀·沃伦：《文学理论》，刘象愚等译，北京：文化艺术出版社，2010年，第292页。

阳兰的《英国文学史》（1927）、范存忠的《英国文学史提纲》（1983）、王佐良的五卷本《英国文学史》（2006）等等。其中 17 世纪有时候为"资产阶级革命与复辟时期"代替，18 世纪有时被称为"理性时代""新古典主义时期"，19 世纪则被"浪漫主义时期和维多利亚时期"代替，20 世纪有时也被"现代主义""后现代主义"或"当代作家"取代。在用世纪纪年的方法分期时，用得最多的是 18 世纪和 20 世纪，主要是因为 18 世纪如果用理性的时代或新古典主义时期则往往不能兼顾整个世纪，18 世纪上半期虽则是启蒙时期下的产物，但下半期时，风格上已经向浪漫主义转化，在感伤主义小说里，以哥尔斯密的墓园派诗歌里以及前浪漫主义诗人彭斯、布莱克和哥特小说等的兴起，浪漫主义已经抬头，用古典主义很难替代整个 18 世纪。20 世纪就更别说是主义更替频繁，派别林立，变幻之快，令人眼花缭乱。瞿世镜从社会经济政治的角度分析了 20 世纪英国小说基本走向是在现实主义和实验主义之间像钟摆一样徘徊，"在 20 世纪英国小说的发展过程中，有时是现实主义占领导地位，有时是实验主义占领导地位，这种变化似乎有一定的规律性。资本主义经济存在着一定的周期性，反映到资本主义社会的文学中来也就出现了一定的周期性变化，在资本主义社会经济陷入危机，阶级矛盾尖锐的时期，现实主义往往占上风，当资本主义社会经济相对繁荣，阶级矛盾有所缓和的时候，实验主义往往占优势。在经济衰退，社会动荡，矛盾激化的年月，各种各样紧迫的社会问题纷至沓来，需要人们去解决，确有燃眉之急，谁还有闲情逸致去欣赏精巧的艺术手法，微妙的心理分析和象征性哲理寓言？"①戴维·洛奇则用雅各布森的结构主义关于隐喻和转喻的方法，从艺术形式、结构方面阐述了 20 世纪英国文学在反现代主义和现代主义之间交替更迭，轮流支配像钟摆一样有规律地在两极之间摆动的原因。他所谓的反现代主义即新时期的现实主义，他认为摆动的周期大约是十年。由此可见，20 世纪复杂的社会现实无法用政治朝代统一起来，也无法用思潮流派来简单划分，用世纪纪年似乎比较统一。但是世纪纪年虽然简化，批评之声也不少，阿恩海姆讥讽为"最没有希望的对风格的界定"②，这种分期方法把复杂的精神现象降低为物理现象，将历时建立在非人化的物理时间上。同时，这种分期方法的弊端还要面对跨世纪的作家如何处理的问题，时间点的选定是从世纪的元年开始还是往前推的问题。如王佐良的五卷本英国文学史在处理哈代问题时，便显示了重复。哈代在 19 世纪卷维多利亚小说中详细论说，在 20 世纪卷中又专辟一章"跨世纪的作家"重复书写。世纪、纪年的方法英国、苏联的文学史中都有，而中国传统史书没有此种分期方式，说明国人用世纪、纪年的方式借鉴自西方，和自己的传统关系不大。

除此之外，以思潮划分文学史的做法，也是国人常用的分期方法。这种分期模式有"文艺复兴""浪漫主义""现实主义""现代主义""后现代主义"等，曾虚白《英国文学》大体上是按照文学思潮划分文学史时期（除了第四、第八章外），她把整个英国文学史分为

---

① 瞿世镜，任一鸣：《当代英国小说史》，上海：上海译文出版社，2008 年，第 513 页。

② 陶东风：《文学史哲学》，郑州：河南人民出版社，1994 年，第 279 页。

"初创期""文艺复兴初期""文艺复兴时代""清教时代""古典派时代""古典浪漫过渡时代""浪漫派时代""科学时代""现代文学"几个时期。曾虚白不仅注意按文学思潮分期，而且注意思潮与思潮之间过渡问题，这是非常难得的，因为一个文学思潮转换为另外一个不是一蹴而就的，也不是断裂的，中间有一个过渡的过程。用思潮划分文学分期是外国文学史特别是欧洲文学常用的方法，但在中国文学史中很少见，因为中国文学尤其是古代文学是在封闭的圈子里自我发展的。这种分期方式在国外的文学史中较为常见，因为西方文学特别是欧洲文学相互影响，自成一体，文人之间交流频繁，虽然某一国家偶有滞后性，但是文学思潮的更替几乎都是一样地发生。所以，此种划分方式是源自西方。

除了以上几种混合体分期之外，还有一种基于外来影响的分期方法。金东雷在绪言中说，英国文学史可以划分为四个时期，即草创期（约426—1400年）、意大利文化影响期（1400—1660）、法兰西文化影响期（约1660—1750年）和近代新时期（1750—至今），这种文化分期把英国文学纳入欧洲文学的范围之内，认为欧洲文学具有一个统一性和联系性，但过于强调外部作用对英国文学史的影响。[①] 他虽然看到了英国文学受外来影响，但划分的时段不太准确，

---

① 龚翰熊在《西方文学研究》中探讨了对金东雷此分期方法提出了批评，他认为这种方法不恰当，过分地强调了英国文学受外来影响的作用。金东雷这么分是有一定的道理的，第一，他受泰纳的"种族、时代、环境"三要素影响。第二，他是想把英国文学作为欧洲文学的一部分，强调英国文学与其他国家文学间的影响。英国文学的确受欧洲影响之深，乔叟就曾深受意大利文学的影响，文艺复兴时期更是如此，英国文学的成长过程也是在欧洲的文学的模仿中渐渐成熟的。

第三时期的理性时代的文学是资产阶级上升时期在文学上的表现，此时期的英国已经完成了资产阶级革命，在世界范围内扩张，英国日益成为世界上的头号宗主国，论文学，英国从乔叟时期开始，经过文艺复兴，文学风格日渐成熟，虽和欧洲相互影响，但不至于像早期模仿法国、意大利，受他们的影响。此时的法国还处于封建帝国统治时期，论经济、政治实力，都比不上英国，至于文学风格，也谈不上对英国有早期那么深的影响。

民国时期还出现了以某个具有代表性，文坛上极具影响力的作家来命名该时期的方式，如欧阳兰版的"约翰逊时代文学"，金东雷版的"乔叟的时代""莎士比亚的时代""约翰孙时代"等等。这种分期方法认为某一时代是产生巨人的时代，认为巨人既具有那个时代的特征，又代表了那个时代的精神，代表了当时的文学潮流和文学成就。如前所述，用文坛上的领袖人物分期在英国本土的文学史如 Neilson 和 Thorndike 的《英国文学史》中出现，金东雷明确指出自己参考了 Neilson 和 Thorndike 的《英国文学史》，而欧阳兰也说自己参考了 Howes, Painter, Long, Brooke 等人的英国文学史著作，由此可知，用时代命名的方式取自西方。新中国成立后则很少使用这种分期方式，毕竟用某个伟大人物命名一个时期会放大这个作家而缩小甚至忽略同时期其他作家，也会冒着用这个作家的行文风格、特征等来概括同时期所有作家风格的危险，所以，这种分期方法后来很少用了。

和这些外在的文学史分期模式不同，以文体的流变演化为参照来进行分期也在中国书写的英国文学史中得到了应用。这种分期以文体的结构、形态、叙事技巧、方式等文学的内在要素的发展变化为主线，来勾勒文体的变迁的不同时期的一种模式。温晓芳著《英国文学发展历程研究》（2014）就是其体现，作者认为英国文学的发展历程对于了解英国文学的来龙去脉是十分必要的，所以作者采用了"以历史进程为顺序，以文学体裁演变为框架，以流派更迭为线索……追溯英国文学的发展演化。"① 作者采用了在大时段内分期下，以文学各体裁发展为纲的文学史分期的模式，即作者认为在盎格鲁－撒克逊时期是"诗歌的初步发展，散文的多样化呈现"，在中世纪是"诗歌的缓慢发展、传奇故事散文的兴盛和戏剧的萌芽"，在文艺复兴时期则是"诗歌的多样化发展，小说的萌芽和戏剧的发展"，在17世纪则是"诗歌阵营的对立，散文的多样化风格，小说的初步发展和戏剧的衰落与复兴"，在18世纪是"诗歌的沿革，散文的兴盛，小说的崛起，戏剧的衰微"，19世纪是"诗歌的多派别发展，散文的进一步繁荣，小说的成熟与繁荣，戏剧的进一步发展"，20世纪上半期是"诗歌的现代主义呈现，散文的新创作，小说的现实主义延续与现代主义崛起，戏剧的现实主义创作与爱尔兰民族戏剧复兴"。作者这样的划分可以清晰地反映出文学的各个体裁是如何萌芽、发展、繁荣和兴衰的过程，显示出了清晰的发展脉络，读者便可以清楚地掌握英国文学发展的历程。以文体的演化文分期依据最常见的是用于分体文学史上，如高继海的《英国小说史》便是按照小说的发展状况把英国小说划分为"英国小说的源流（1500之前）、英国小说的

① 温晓芳、吴彩琴：《英国文学发展历程研究》，北京：中国书籍出版社，2014年，前言。

孕育（1500—1700）、英国小说的兴起（1700—1740）、英国小说的第一次繁荣（1740—1765）、18世纪末的感伤、恐惧与观念（1765—1800）、英国小说形式的成熟（1800—1820）、幽默的浪漫与社会意识（1820—1848）、维多利亚小说的辉煌成就（1848—1880）、19世纪末的多元化倾向（1880—1900）、小说观念与形式的变化（1900—1915）、现代主义小说的鼎盛（1915—1930）、左翼文学与社会讽刺（1930—1945）、二战后的小说（1945—1960）、存在主义与后现代主义小说（1960—1980）、20世纪末的新探索（1980—2000）"这样几个阶段，从他的划分来看，可以很清楚地看出小说这种体裁如何萌芽、发展、繁荣到形式技巧的革新等。这种划分很好地避免了以往文学史分期不能清楚地反映各个文学体裁的演化过程，同时也注意到了文学自身的发展规律，是文学自律论文学史观反映下的产物，是国人书写的英国文学史的一个新的研究成果的体现。

除了以上几种外，还有一种很特别的分期方法，那就是常耀信版《英国文学大花园》（2007）。他将英国文学史划分为四个重要的时期，即第一个高峰期（伊丽莎白时期）、第二个高峰期（浪漫主义时期）、第三个高峰期（维多利亚时期）和第四个现代主义时期，在这之间之后加入了王政复辟时期、新古典主义时期和当代英国文学。"在英国文学的发展过程中，曾出现过几个高峰时期，伊丽莎白时代、浪漫主义阶段、维多利亚时期以及现代主义阶段[①]。"他的划分方法依据很明显，以文学史上产生的巨人作家和他们创造的优秀成

---

① 常耀信：《英国文学大花园》，武汉：湖北教育出版社，2007年，第114页。

果来划分的。第一个时期之前属于古英语时期，虽在中世纪产生过乔叟大作家，但他一人的成就极有限，而王政复辟时期虽也有弥尔顿、班扬、德莱顿等文学大家，但这个时期动荡不安，常耀信认为这个时期的文学仍然是伊丽莎白时代的延续，"这个时期的文学，伊丽莎白时期的浪漫气氛大体延续下来，主要作家作品……多是浪漫主义的感情之作。"① 而古典主义时期只能算是过渡时期，没有产生文学巨人。这四个时期是集中产生伟大文人的时代，成就具有世界级影响的文学巨人的时代，文学巨匠多，成就影响广，引领文学潮流，开创文学革新，是名人辈出的时代。这四个时期大体上代表英国文学的经典，也可以说是世界文学史上的经典。这种以集中产生经典作家时期为分期法是很有道理的，也是国人在英国文学史书写上的突破和创新，是寻找新方法的一次很好的尝试，值得学习和借鉴的。但是，以经典的坐标为依据划分文学史也容易忽视文学史上虽未取得巨大成就，但却是承上启下过渡时期的文学，如古典主义时期，虽然这个时期没有产生具有极大影响力的大师，但这个时期也是人才辈出的时代，是英国文学诗歌、散文、戏剧、小说大齐放的时代，是散文极大发展的时代，是小说逐步确立完善的阶段，"18世纪英国文学最重要的发展是小说的崛起"②，理查逊的书信体小说，劳伦斯·斯特恩的《项狄传》对小说叙事技巧的革新，这些小说的发展为后来的维多利亚小说繁荣奠定了基础。18世纪也是文学批评繁荣的时代，出现了众多身兼文学创作和批评于一身的大家，如蒲伯、

---

① 常耀信：《英国文学大花园》，武汉：湖北教育出版社，2007年，第35页。
② 王守仁：《英国文学批评史》，南京：南京大学出版社，2012年，第76页

斯威夫特、埃迪森、约翰逊等，他们为后来形成英国文学作家兼批评家的文学传统做出了重要贡献。因此，以文学经典为坐标，极容易造成对过渡时期文学成就不大，但对文学发展起着至关重要作用的时代的忽视。

应该说，以文学体裁的演变和文学史上产生的众多人物的时期为线索来划分英国文学史，是国人在英国文学史书写中做出不同的尝试，这在西方的英国文学通史类著作中也是比较少见的，是值得效仿的。除了以上几种分期方式外，是否还可以考虑其他的分期方式？比如以文学思潮的演变、文学的接受和传播等为分期依据，将会是不错的选择。

三、英国文学史分期模式的思考与建构

对文学观照的视点不同，会产生不一样的文学史分期模式。以往几种流行的文学史的分期总是以政治朝代为主线，把文学当作社会政治的附庸，还有基于历史分期法把文学史分为上古、中古、近世、近代、现代的分期方法，这些方法都没有注重文学史自身的发展演变，把文学当作社会学、历史学，是他律论模式的文学史分期。蒋寅认为合适的文学史分期应该具有以下功能，第一能清晰地呈现文学史发展的阶段性，第二能凸显出不同文体发展的节律，并能揭示其间孕生、蜕变、消长过程的同步性，第三能有效地展现并解释不同时期文学在作家类型、写作范式、作品风格上呈现的统一性。[1]

---

① 蒋寅：《基于文化类型的文学史分期论》，见党圣元：《文学史理论》，北京：社会科学出版社，2011年，第104页。

并把中国文学史的分期划分为贵族、士族、庶民三种类型。蒋寅的分期标准注意到了文学史自身演变的规律。但是对于每个国家而言，情况可能又不尽相同，对英国文学来说类似的划分应该是贵族文学、市民文学和大众文学。贵族文学和市民文学的划分以资产阶级意识形态领域的文艺复兴的人文主义精神开始。但这种分期方法并不能很好展示出文学自身发展的规律，如果按照文学自身演变规律，基于语言和文学思潮为主体的分期模式，即把英国文学史划分为古英语时期、中古英语时期和近代英语时期三段到是一种可行的办法。

古英语时期从公元 5 世纪到 12 世纪，中古英语时期从公元 12 世纪到 15 世纪，近代英语时期从 15 世纪到今天。近代英语文学发展速度之快、内容变化之迅速，让人目不暇接。这期间又可按文学思潮、写作风格变化划分为文艺复兴时期的人文主义、新古典主义、理性主义、感伤主义、浪漫主义、现实主义、现代主义、后现代主义。三段时期的划分依据是综合英国历史的实际、民族的融合、民族语言、民族文学和民族国家的形成发展变化的历程考虑的结果。从英国历史讲，英国文明的历史要追溯到公元前 2000 年的比克人和公元前 8 世纪登陆的凯尔特人融合，他们虽然创造了丰富多彩的口头文学，但由于无文字记载，没有流传下来。英国最早的文学要追溯到公元 5 世纪，罗马人迁出不列颠岛，来自北欧的日耳曼民族的三支盎格鲁人、撒克逊人和朱特人侵入不列颠岛，把凯尔特人赶到偏远的西部和北部高原地带，慢慢发展了自己的语言和文化，即在盎格鲁–撒克逊语基础上形成的古英语。古英语时期是原始公社社会向封建社会过渡时期。古英语时期产生了大量以北欧日耳曼民族文化特色的古文学，以《比奥武夫》为最。此时期的文学风格为头韵体诗歌，特色为孤独、忧郁及表现出航行和大自然恶劣的气候的书写。1066 年法国诺曼底公爵威廉率军渡过英吉利海峡，征服英国，建立帝制，英国从此进入了封建社会。他们带来了法语和法国文化，法语取代英语成为官方语言，文学创作多以法语和拉丁语为主。中古英语时期的法语大量渗入英语，原来的日耳曼文化逐渐转向吸收欧洲南方文化，英国此时的文学受法国文学的影响，由头韵诗体转为脚韵体诗歌，直到 14 世纪又出现了头韵体复兴的场面。在法国文学《罗兰之歌》和骑士文学的影响下，英国文学产生了许多流传至今的好诗歌，如民间侠盗《罗宾汉》的故事，亚瑟王传奇等题材的作品。可以说此时期的文学主要受法国文化的影响，这种影响持续了近 300 年一直到 15 世纪。近代英语文学是在意大利的文艺复兴影响下产生的，这个时候产生了重要的诗歌形式——十四行诗，就是受意大利皮特拉克十四行诗体影响。英国文学之父乔叟的著名作品《坎特伯雷故事集》就是受薄伽丘《十日谈》的故事模式和架构影响。文艺复兴时期的许多大剧家、大诗人都是从意大利文化中吸收了大量的文学源泉，翻译古希腊、古罗马、意大利文学在当时相当繁荣，大诗人、大剧家莎士比亚就是从这些翻译中得到了灵感和素材，才创造出如此伟大的文学成就，莎士比亚的十四行诗体也是从意大利诗体中变化而来的。

　　"现代英语是在都铎王朝时期（1485—1603）形成的，并随之产生了英格兰是个民族国家的明确意识。"① 近代英语时期也是英语从一个岛国语言逐步崛起成为世界性语言的时期，是英国民族文学形成并走向世界享誉全球的时期，是英国民族国家形成，最终成为日不落帝国的时期，所有这一切的形成都要从 15 世纪开始。15 世纪是文艺复兴和地理大发现的时代，是英国近代历史开始和现代性启动的时代，是英国民族国家形成，并逐步走向稳定和繁荣，开始征服世界的时代。"17 世纪时，霍布斯因为使用真理语言（拉丁语）写作而享誉欧洲大陆，而莎士比亚却因以方言写作而声名不闻于英吉利海峡彼岸。如果英语没有在 200 年后变成最显赫的世界性的帝国式的语言，莎翁果真能免于先前默默无闻的命运吗？"② 因此，把 15 世纪作为英国近代文学开始是有道理的。

由此可见，从语言上看，古英语和中古英语和近代英语差别巨大，但又是一脉相承的，中间经过若干次民族语言冲突、融合和演进，并于每一个时期出现一个主导性的语言风格，以北欧日耳曼语的古英语时期，以日耳曼语和罗曼语结合下的中古英语时期，以吸收更为广泛但又以伦敦方言为基础而逐渐标准化的近代英语时期，近代英语时期也是使英语逐渐从一个岛国的语言走向世界的时期。从风格上说，古英语是头韵体诗歌，中古英语是以吸收法国的脚韵体为主，两者一度同时并存，近古是兼取两者之长又各有所侧重并

---

① 桑德斯，桑德斯：《牛津简明英国文学史》，北京：人民文学出版社，2000年，第 125 页。

② 本尼迪克特·安德森：《想象的共同体：民族主义的起源与散布》，吴叡人译，上海：上海人民出版社，2003 年，第 20 页。

吸收欧洲其他各国特色及至近代美国的诗歌精华，创造了丰富多彩、独具民族特色的结果。从文化上讲，古英语展示的是北欧的日耳曼文化，中古英语受欧洲南部法国文化和拉丁文化影响，近代英语吸收各家之长。因此英国文学是和其他民族融合，向其他民族学习，逐渐发展至近代摆脱外来影响，使英国文学走向成熟和定型，最后发展出自己的风格和民族特色，为世界带来了宝贵的财富。用古英语、中古英语和近代英语划分则能反映出英国文化传统的连续性。许多文学史习惯用"盎格鲁-撒克逊"时期代替古英语时期，桑德斯认为，"盎格鲁-撒克逊"在历史上含有蔑视、野蛮的意思，并认为"古英语是爱国主义的需要和语文学的需要创造出来的。"[①] 而且"盎格鲁-撒克逊"时期并不是一个统一的国家，语言上、文化上，凯尔特语和文化仍然存在。

从近代开始以文学风格、思潮的演变来划分文学史，则能更好地展示文学自身内部的发展规律，并把期间各种文体的演变、消长、文学思想的变迁、风格的演化过程揭示出来，从而可以看出英国文学和欧洲文学存在着哪些一致和不和谐的声音。文艺复兴的人文主义，大约从15世纪到17世纪上半期，新古典主义约17世纪下半期，18世纪的理性主义和感伤主义，浪漫主义约1798年至1832年，现实主义约1832年至20世纪早期，19世纪末的自然主义和唯美主义，20世纪20年代至50年代的现代主义，20世纪60年代后的后现代主义等等。论述中要注意阐述清楚以下几点，第一，这些思潮下的

---

① 桑德斯:《牛津简明英国文学史》，北京：人民文学出版社，2000年，第22页。

文学作品呈现出那些共性特征，又有哪些个性特征，他们之间有哪些承继关系？如浪漫主义内部，通常的惯例做法是把浪漫主义划分为两派，一派以华兹华斯和柯勒律治为代表的消极浪漫主义，另一派以拜伦和雪莱为代表的积极浪漫主义。人们往往很少关注他们之间创作上相互影响、相互渗透的关系，并不是简单两派对立这么回事就完了。实际上华兹华斯和柯勒律治的《抒情歌谣集》宣告了浪漫主义的到来，湖畔派诗歌具有很高的美学价值，直接引起了诗学革命，影响了后来者拜伦、雪莱和济慈的创作。第二，这些思潮之间的变化是怎样的？在内容和形式上发生了哪些改变，这些改变不可能一蹴而就的，那么它又是如何进行的？要把这些过程讲述清楚。举例来说，文艺复兴时期的文学内容呼唤人性，展示人性，在风格上甜美、浪漫、精神高昂，歌颂爱情，以莎士比亚为最高峰，这种风格到弥尔顿结束。但这种转变在文艺复兴后期已经开始抬头，从琼生把古典主义元素用于他的抒情诗中，讲究节制和典雅，到多恩的爱情诗和宗教诗虽然感情热烈，但他喜用玄学，对伊丽莎白时期的文风又一次整顿，到德莱顿在语言和风格上进一步整顿，再到蒲伯理性主义占据文坛，形式很美，但感情在文章中消失。第三，要讲清楚思潮与思潮之间的承继关系，有些思潮看似和后来没有联系，实际上为后来派做好了前提和铺垫工作。如19世纪末的唯美主义和自然主义，为现代派文学做了准备，提供了某种过渡，它们在某些方面，如文学主张、文学形式上为后来做了铺垫，如唯美主义在刻画人物的内心活动，自然主义在否定作者的参与等方面，已经具备了现代主义的性质。

15 世纪末至 17 世纪上半期是文艺复兴时期的人文主义时期，17 世纪下半期新古典主义是对人文主义的反拨，很快被 18 世纪理性主义代替，理性主义是新古典主义的继承和发扬，他们进一步规范文学，压抑感情，强调形式。但理性主义期间产生的以塞缪尔·理查逊和斯特恩为代表的感伤主义为浪漫主义过渡作了铺垫。理性主义过于强调对感情的抑制，物极必反，到 18 世纪下半叶，浪漫主义开始抬头，迎来了经由格雷、彭斯、威廉·布莱克到在法国大革命的影响下产生的以 1798 年华兹华斯的《抒情歌谣集》为标志的浪漫主义高潮。浪漫主义运动发展到 19 世纪 30 年代，为写实主义代替，写实主义一直持续到 20 世纪，期间又产生过自然主义、唯美主义运动。写实主义在柏格森的现象学和弗洛伊德的精神分析学影响下终于被现实主义代替，一直到 20 世纪 60 年代，后现代的实验性写作、元小说等各种新潮写作手法代替了现实主义和现代主义。

以文学自身的发展阶段性为依据是文学形式规范、结构惯例的交替兴衰的过程，这种分期方法坚持文学本身的规律。韦勒克认为以文学的规范为文学史分期的逻辑起点，"文学上的某一个时期的历史就在于探索从一个规范体系到另一个规范体系的变化，"[1]强调的是主导性文学样式，并不排斥期间其他非主导处于支流的文学样式。陶东风也认为："文学史分期当为时代整体文体倾向和结构形式规范的交替，这种交替反映了人类特定时期主导的审美倾向，同时间接

---

① 勒内·韦勒克，奥斯汀·沃伦：《文学理论》，刘象愚等译，北京：文化艺术出版社，2010 年，第 305 页。

地与该时代的社会政治、经济、哲学、宗教等倾向相关联。"[①] 如此看来，只要注意了以上三点，以文学思潮为划分依据是可行合理的。

还有一种基于传播方式的文学史分期论，这种分期论可以尝试但目前还无人运用。以传播方式进行文学史的分期的依据在于，美国批评家艾布拉姆斯认为文学批评应包括四要素，即作品、作家、世界和欣赏者。以往的文学史分期基本上都注意到了前三者，而忽视了后者，即读者，而从传播方式上正好可以弥补这一缺憾。从传播方式上，文学发展经历了口头传播—手抄本传播—印刷术传播—电子媒介传播几个阶段。用这种方式进行分期，便会充分考虑到创作者—作品—读者三个方面的因素，他们之间的变化以及近代科学技术是如何影响到文学的发展和文学各要素之间关系的。在漫长的历史发展中，古今中外最初的文学都是靠口头传播的方式进行的，英国也是如此。当时那些行吟诗人被称作"斯可卜"(scop)，他们吟诵人民的英雄事迹的歌曲，对这些故事每唱一次就增饰一次，有时把几个不同的故事编成一个长故事，这些故事经过斯可卜口耳一代代相传，最后才有了手写本。英国最早的史诗《比奥武夫》就是通过斯可卜吟诵到 10 世纪才有了手抄本。最早的诗歌、民谣都是由于易于吟诵、朗朗上口才得以口头文学时期保存下来。在传播的过程中，后人不断地增加修饰，一首诗歌早已不是原来的样子，据称《比奥武夫》最初只有几百行，到最后增加成了 3300 行。口头传播占据着相当长的时期，后"随着出版行业的发展才逐渐式微，一直到 18、

[①]　陶东风：《文学史哲学》，郑州：河南人民出版社，1994 年，第 256 页。

19世纪才基本上消失。"[1] 口头传播方式适宜于方便朗诵和记忆的诗歌形式，不易于太长，不适宜于散文、小说、戏剧。玄学派诗人多恩的许多爱情诗和十四行诗都是通过口头形式传播存在的，是因为他的诗歌"多为易于吟诵的歌谣和十四行诗，为当时大众所喜闻乐见，几乎到了家喻户晓的地步。"[2] 他的布道文在当时也是非常受欢迎的。所以，口头传播是普通大众易于接受的文学，有着易于朗诵的特点。口头传播受时空限制，受众也有限，但是到17世纪随着咖啡馆等公共场所出现，则可以大大推进口头传播的速度和受众范围。所以咖啡馆在传播口头文学时起着非常重要的作用，作家、听众进入咖啡馆可以不受年龄、身份的差异，随便找个位子，加入到周围人的谈话中，"他可以听到诗人、批评家，剧作家和小说家朗读自己的作品，以及他们的同行和周围听众对此作出的评论。"[3] 正如中国小说在民间传播一样，由于酒馆、茶馆等公共场所的聚众多，便于文学的传播。

手抄本最初是以羊皮纸草等形式，后来有了纸张后才以纸的形式出现。手抄本长期以来也是占据着非常长的时期，即使是在印刷术流行的年代，手抄本仍然盛行。如中国到明清之际，手抄本仍然是极为流行的传播方式，"红楼梦在曹雪芹生前的抄本就有三个保存下来，分别是'甲戌本''乙卯本''庚辰本'，里面出现许多错字，

① D. Vincent .*The Decline of the Oral Tradition in Popular Culture*, RD Storch,ed., *Popular Culture and Custom in 19th century England*, 1982, P20.

② 尼尔·格兰特：《文学的历史》，太原：希望出版社，2003年，第42页。

③ 吴伟：《布拉格街——英国新闻往事》，北京：北京大学出版社，2010年，第77页。

病句，不一致的地方。"① 手抄本容易出现错误，主要限于民间传播，圈子固定，受众有限。特别是中世纪羊皮纸昂贵，文字为拉丁文、古希腊文，传播仅限于上层社会，由懂拉丁文的教会人员把持，阅读的受众极为有限，文学的内容多为宣传宗教教义，所以民间盛行的仍然是口耳相传。

还有一种以戏剧舞台的方式传播，剧作主要是为舞台而创作。在古希腊时代，舞台就是传播的最佳方式。英国的名剧家莎士比亚生前未留下任何一个手迹的剧本和诗歌，他的创作主要是为舞台而作，他的名字也是通过舞台的形式为众人所熟知，所以莎士比亚活着仅限于被英国人所知晓。

英国第一次文学技术革命是在 1476 年，一个叫卡克斯顿的人在伦敦开设了第一家印刷所，将英国带入了印刷时代。卡克斯顿印刷的书籍以英文为主，为不懂拉丁文的英国人开启了知识的通道，引发了英国图书生产方式的革命，因为在这之前，阅读由教会人员把持，包括那些王公贵族都是以听为主，"被动地听读是中世纪阅读的本质特征"②。印刷改变了文学的传播方式，使得古代的先贤们以口头、手抄本形式书写的文学更易于保存下来。卡克斯顿大量印刷古代文学书籍，包括乔叟的《坎特伯雷故事集》，引发了文学创作和阅读的革命，因为"书不再是神谕的象征物，而是传递各种思想与知识的

---

① 裴钰：《莎士比亚眼里的林黛玉》，北京：北京航空航天大学出版社，2008年，第 3 页。

② 史蒂文·费希尔：《阅读的历史》，李瑞林等译，北京：商务印书馆，2009年，第 187 页。

工具"①，读者范围也被扩大，除了那些神职人员外，许多贵族和社会的中上层人员也加入到了读者的队伍中来。

以传播方式来考察文学史，便绕不开18世纪这道坎。17世纪英国文学有世界文豪莎士比亚和弥尔顿，19世纪有大名鼎鼎的浪漫主义诗人华兹华斯、拜伦、雪莱和现实主义作家狄更斯、艾略特、哈代等，而处于两者中间的18世纪，则在文学史上处于一个令人尴尬的世纪，不受史家们重视，连我国著名的18世纪文学史专家刘意青教授都说，"在我国过去的英国文学研究中，18世纪文学被认为是一段散乱的过渡文学，处于不尴不尬的境地，在它的前面有文艺复兴的文化鼎盛即弥尔顿的辉煌，在它之后有19世纪浪漫主义诗歌的灿烂及维多利亚小说的丰硕。因而，这当中的100年便相对地被忽略了，在教学中它常常被处理为零散的几个教学重点，比如：蒲伯和他的英雄双韵体诗歌，斯威夫特和他的讽刺文学……似乎很难从此前此后的生机勃勃、万紫千红的热闹间隙，竖起一面能统领整个世纪、或至少半个世纪的旗帜来，就连西方的各种文学史书籍对这个世纪文学和文学的各个阶段，也只能是巧立了不少名目，如理性时代，新古典主义时期，奥古斯都时期，约翰逊时代等。名目的杂乱本身，正说明了这个世纪文学的多样化及分散性。"② 如果从传播方式来讲，18世纪无疑是一个非常丰满、非常重要的世纪，18世纪是

① 于文：《出版商的诞生：不确定与18世纪英国图书生产》，上海：上海人民出版社，2014年，第68页。
② 吴景荣、刘意青：《英国十八世纪文学史》，北京：外语教学与研究出版社，2000年，序言，第1页。

文学体裁——小说确立兴起的时代。报纸的出现催生了新的文学样式——小说和现代读者群，作家群体，职业作家开始出现，现代意义上的出版商等都在这个时代蜂拥而至。无疑，18世纪不应该成为被遗忘被忽视的世纪。

18世纪这些情况的出现不是偶然的，18世纪的英国早已完成了资产阶级革命，英国是启蒙运动的先锋，"文具行会控制权被打破"①，审查制度放松，报纸大量出现，"印刷社和书店的数量极大地增加"②，教育的普及，识字人数的增加，"在18世纪的英国，地方教育主办依靠当地捐赠的文法学校，开始扩大生源构成，也拓宽了课程范围……18世纪出现了许多新的职业教育中学"③。

首先，看一下报纸的出现是如何改变文学作品、作家和读者群的。18世纪报纸的出现，为休闲人员提供了打发娱乐的时间，扩大了读者群，城市商业的发展造就了一大批以商人、工厂作坊主和政府管理人员、律师、医生为代表的中产阶级家庭，这些家庭的女性能够通过家庭教育获得读书写字的能力，这些家庭通常雇佣女仆，使得他们有时间用来休闲。同时，由于机器用于商品生产，那些从事手工作坊主的女主人也可以腾出时间，从劳动中解放出来，闲暇时间的增多，用来读书读报的时间就多了，报纸也开始抓住这些人

---

① 保罗·理查森：《英国出版业》，袁方译，北京：世界图书出版公司，2006年，第23页。

② 理查德·谢尔：《启蒙与出版：苏格兰作家和18世纪英国爱尔兰美国的出版商》，启蒙编译所译，上海：复旦大学出版社，2012年，第4页。

③ 雷蒙·威廉斯：《漫长的革命》，倪伟译，上海：上海人民出版社，2003年，第142页。

群，在报纸上刊登除了政治文章外，还开始连载小说，据说理查逊、菲尔丁等的小说最初都是通过报纸连载而大获成功的。所以，报纸为小说的发展提供了好机会，增大了阅读群体，也为作家创收提供了来源。

由于出版商的出现，18世纪英国的出版行业也发生了显著的变化，改变了文学作品的创作和读者群体。出版商的出现改变了写作的目的，使原来的作家由非营利性的写作变成营利性的创作，职业作家开始出现。过去的出版一般是自费出版，或是由有钱人赞助。作家出版书大都是为文学赞助人而创作，不用进入商业领域。而现代出版商的出现，使得文学创作和市场挂钩，以市场为导向，以利润为法则，形成以公众趣味为偏好的营利性出版制度。这样，出版商就会挑选那些受欢迎，能吸引大众阅读趣味的作品出版，向市场靠拢，这样作家的观念也得到改变，过去作家创作不愿说是为金钱创作，但现代出版商制度则改变了人们的态度。当时的大文豪约翰逊的态度可以表明人们创作观念的转变，他说："读者是私人赞助最好的来源……文学商业化使得知识生产和销售分散，从而增强了作者和读者间的关系，商业性销售强化了不同观念和见解之间的竞争，读者成为写作质量的最终裁判"[1]。

同时，现代作者的出现也使作者的范围扩大、总数增加，作者群的多样化，其中最为显著的变化就是女性作者和专业作家的出现。由于城市工商业的发展造成了一批有闲阶层，也造就了一批具有阅

---

[1]　鲍斯威尔:《约翰逊传》，罗珞珈等译，北京:中国社会科学出版社，2004年，第36页。

读识字能力的有闲阶层，尤其是女士阶层。她们开始成为重要的作者，一开始只是模仿着写一些流行的言情类小说表达自己的情感，后来随着报纸杂志的发展，使得她们表达自己的空间扩大，有些成为当时的畅销书作者，其中比较有名的有贝恩、海伍德、萨拉·菲尔丁（亨利·菲尔丁的妹妹）、伯尼、夏洛特·斯密斯、安拉德克里夫等。女性成为当时重要的创作群体，"在18世纪的小说创作中，女性作家在数量上一直保持着优势"[1]，"1760到1790年间的书信体小说中，有三分之二到四分之三是出自妇女之手。"[2] 职业作家也是在那时候出现的，成为现代意义上的作家。18世纪的伦敦布拉格街出现了"按劳动量领薪酬的文人，计酬标准就是他们创作的诗歌行数或者缩写文章的长短"[3]。

　　到了18世纪中叶，在伦敦文学市场混饭吃的估计有几万人。要成为一个专业作家，再也不需要是文人或大学毕业生了，现在那些想挣点外快的家庭主妇和簿记员也开始写小说了，包括乡下的那些曾涉足过植物学或考古学的牧师也是如此。[4]

　　这同时产生了一些问题，如质量问题。许多作家以市场为导向，生产了许多当时吸引人而后被遗忘的作品，如上面提到的女作家，她们几乎全部被遗忘，其中一个重要的原因和质量有很大的关系。

　　① 李维屏：《英国女性小说史》，上海：上海外语教育出版社，2011年，第42页。

　　② Jane Spencer, *The Rise of the Woman Novelist*, Oxford:Blackwell,1986, P76.

　　③ 吴伟：《布拉格街：英国新闻业往事》，北京：北京大学出版社，2010年，第124页。

　　④ 利奥·洛文塔尔：《文学、通俗文化与社会》，甘锋译，北京：中国人民大学出版社，2012年，第99页。

这些职业作家的出现推动了 19 世纪小说的发展，并取得了伟大的成就，他们不仅在当时创造了许多受欢迎的作品，而且经受住时间的考验，成为文学史的经典，这些人包括司各特、狄更斯和哈代，小说的创作使得他们摆脱了贫困的生活，一跃成为上流社会的明星。

18 世纪不仅产生了职业作家，催生了大量的女性文人，还变革了文学的体裁——小说的出现和发展。到 18 世纪末，英国的各种文学体裁都有了新的发展，但小说的崛起无疑最为显著，成为这个时代的新特征。"在 18 世纪没有哪种文学体裁能像小说一样推动出版制度的各项发展。"①西方小说是在 18 世纪后期才正式定名的文学形式，"小说在英国的兴起与英国的现代出版商的出现以及英国现代社会的形成几乎同步。"②这种现象绝对不是偶然的，小说要求真实，以传达人们的心理活动为体验，客观再现社会生活，以普通人的生活为题材。这些和资产阶级的兴起、文学不再由少数精英阶层把持有关。小说的作者和读者都是更大规模的中产阶级，小说的出现极大地培养了他们的阅读兴趣，使得读书成为一种消遣行为。"笛福和理查逊是我们文学史上最早在情节内容上并非取自神话、历史和先前文学故事的作家，在这方面，他们有别于乔叟、莎士比亚和弥尔顿……他们这样做，是因为他们接受了他们所处的时代的共同观

---

① James Raven, *The Business of Books: Booksellers and the English Book Trade 1450-1850*, Yale University Press, 2007, p225.

② 于文：《出版商的诞生：不确定与 18 世纪英国图书生产》，上海：上海人民出版社，2014 年，第 80 页。

念……历史里的关于世界的记录就是人类所有确定经验的全部"①。

小说的出现使得文学消费不再是精英阶层化行为，而变成了日常化，因为过去的文学形式是高雅文学，具有普通人难以适应的思想深度和高度，而小说则不一样，由于它叙述的是人们的日常生活，贴近人们的日常行为，不需要反复吟诵思考，读一遍即可束之高阁，消费快而且连续。"现代小说，这种商品通过笛福和海伍德夫人这两位早期缔造者的开创，并由帕梅拉发展成为一种潮流之后，其风行的速度一点也不亚于茶叶在日常生活中的普及，理查逊，菲尔丁、斯特恩就如同早餐的面包和黄油一样成为生活中的侍者。"②小说体裁成为日常消费品之后，反映了消费群体即读者群体的扩大，妇女进入了写作的市场，那些从事写作的妇女作家包括萨拉·菲尔丁等，她们创作多是为了消遣。

文学体裁的变化也造就了现代读者的产生。由于出版变成了商业营利性行为，使得书籍不再是昂贵的奢侈品，据文献记载，15世纪到16世纪一本200页的图书均价为3先令到4先令，相当于一个英国纽曼农一个月的收入，在当时可购买200多斤的面粉，纽曼农是当时仅次于乡绅的中产户，由富裕的自耕农和小地主构成。③但到了18世纪，书商开始采取薄利多销的政策，获得了广泛的读者群。

---

① Ian Watt. *The Rise of the Novel: Studies in Defoe, Richardson and Fielding*, Berkeley and Los Angeles: University of California Press, 1962, p14.

② 于文：《出版商的诞生：不确定与18世纪英国图书生产》，上海：上海人民出版社，2014年，第82页。

③ 于文：《出版商的诞生：不确定与18世纪英国图书生产》，上海：上海人民出版社，2014年，第69页。

如当时一位女性读者记载她一个月平均读 24 本小说。[①] 从售出的情况也可以看出当时读者群体的扩大，笛福的《鲁滨逊漂流记》和斯威夫特的《格利弗游记》在 18 世纪末首次推出廉价本就售出数万册，潘恩的《人权论》销售达 20 万册。[②] 在这些读者群体里，女性占据着多数，她们倾向于阅读理查逊和菲尔丁的作品，从中获得道德指南和消遣。对此，约翰逊说："阅读必须紧跟时代的步伐，有人认为当地的出版物大量繁殖有害于经典文学，但社会让我们不得不为追赶潮流而阅读大量劣质的东西。因为在与人交谈时，一个读了现代作品的人，比读过古代最杰出的作品的人，其虚荣心更容易得到满足……另外，妇女也开始阅读了，这些都是时代的进步"[③]。

"将历史分为若干时期并不是一种实际情况，而只是一种必要的假设，或者说思想工具，这种假设或工具只要能说明问题便能发生效力。"[④] 不同的文学史分期会决定着文学史的叙述，影响着文学史的书写和经典的塑造。没有哪种文学史分期更为合理，只有不同的分期从不同的侧面反映并展示着文学史的丰富性。原生态的文学史是丰富多样的，著作方式呈现的文学史是人写的历史，只要能展示文学史的丰富性，能做出合理有效的解释，都是合理的。

---

① 于文：《出版商的诞生：不确定与 18 世纪英国图书生产》，上海：上海人民出版社，2014 年，第 70 页。

② 于文：《出版商的诞生：不确定与 18 世纪英国图书生产》，上海：上海人民出版社，2014 年，第 70 页。

③ 鲍斯威尔：《约翰逊传》，罗珞珈等译，北京：中国社会科学出版社，2004 年，第 116 页。

④ 蒋寅：《基于文化类型的文学史分期论》，见党圣元：《文学史理论》，北京：中国社会科学出版社，2011 年，第 112 页。

第二节　文学史撰写体例

一、文学史撰写体例模式

文学史分期之后，撰写者还需要对这些材料依据一定的体例进行整合，即如何进行章节安排，如何组织讲述，从而形成一部完整的著作，这便涉及文学史的撰写体例问题。文学史常用哪些体例呢？一般来说国内文学史著作常用的方法有分类合编体，作家传记体，作品评论体，史话体，编年体和表解体。[①]

分类合编体又可称为分体合编体，顾名思义就是将各种类型的文学样式分派到各个历史时期当中去介绍，然后再按照时代先后纵向排列，合编成本。邓敏文认为分类合编体例一般有一个模式，即：

编：以历史时代或历史朝代定名（依年代先后排列）

章：以文学体裁或文学样式定名（可并列若干章，含概述）

节：以具体作家或具体作品定名（可并列若干节，含概述）

分类合编体章节清晰，方便读者查询，只要知道某时期，按图索骥，在章节下面搜寻，即可找到该时期的所有的作家，即使不知道作家具体名字。同时，以历史朝代时期为编，以文学体裁为章节，便于读者对此时期的文学体裁和该体裁下的所有作家有一个清晰的了解。分类合编体撰写模式也是撰写者最常用的方法之一，适合通史类著作。但是分类合编体有一个缺陷：如何处理跨体裁的作家以

---

① 邓敏文：《中国多民族文学史论》，北京：社会科学文献出版社，1995年，第61—69页。

及跨朝代的作家？处理不好，则显得臃肿。比如哈代，有些文学史把他分两次在维多利亚时代和20世纪都做讲解，这样很容易造成读者对作家创作理解上的断裂。

作家传记体也是撰写者偏好的模式。作家是文学创作的主体，没有作家就没有文学作品，就不可能产生各种各样的文学现象，因此重视作家、以作家为中心的作家纪传体文学体例便应运而生。作家纪传体是文学史书写中运用最为广泛，最为普遍的文学史书写体例之一，无论是中国文学史还是外国文学史。对此，陈文新教授说："在20世纪的中国文学史写作中，也是纪传体一枝独秀，不仅在数量上已达到难以屈指，各大专院校所用的教材也通常是纪传体。"①作家纪传体比较注重对作家生平的介绍，以及创作活动和代表作品的介绍，有时也涉及作品的思想和艺术特色分析。编排上基本是按照作家的生存年代的先后顺序排列，同时代的作家按其成就和影响的大小排列。用这种体例编写文学史，突出了文学创作的主体——作家，以人物为中心统领文学事件，便于读者了解各个时期、时段有哪些重要作家，其代表作品、文学成就也一并了解，历史感较强，同时也有利于那些跨越多个文体的多能作家的介绍。孙继海教授同样认为，以作家为中心可以让"发展的践行者从时间中脱出，对文学关注者来说，也是体会作家之间风格差异最便捷的一种方式。"②但

---

① 陈文新：《中国文学编年史》，长沙：湖南人民出版社，2006年，总序，第1页。

② 高继海：《英国小说名家名著评析》，北京：中国社会科学出版社，2006年，前言。

是，这种文学史书写体例也存在着很大的弱点，如不便于阐述文学现象与文学现象之间的相互关系，不便于阐述文学体裁的发展演变过程，也就难以找出文学演变的规律，人为地把文学发展变成了一个个单独的事件，割裂了文学发展整体性。对于文学的发展史来说，似乎成了作家的传记书，文学"史"的意识不强。钱基博曾针对这种史书的体裁做出评判，认为以"文苑传"为代表的文学史不是文学史，只是"作传之旨，在于铺叙履历，其简略者仅以记姓名而已，与文章之兴废得失不赞一辞焉。"① 言外之意，文学史不应该仅仅关注生产知识的人，而在于描述文学的发展过程，兴衰历史。由此可见，纪传体文学史虽然操作方便，脉络清晰，但不利于文学本身流变的描述。

以作家为中心的纪传体文学史书写体例之所以在中国如此盛行和中国的传统观念有着密切的关系。传统文史不分，文学仅仅只是历史的附庸，而历史撰写的模式中纪传体又是最为常见的书写体例之一。中国古代史书的体例最常用的为编年和纪传，前者以《春秋》《左传》为代表，后者以司马迁的《史记》为代表。自从《史记》开创了纪传体体例之后，为以后的许多史书所效仿，如《汉书》《后汉书》等，《汉书》开辟了文学专块《艺文志》，而《后汉书》则延续其模式开辟了《文苑传》，从而开创了以作家为中心的纪传体文学体例，成为最早的纪传体"文学史"书籍。《史记》既是一部史书，也算是一部文学著作，因此，官修史书的纪传体体裁以人物活动为中

---

① 钱基博:《中国文学史》，北京：中华书局，1993 年，第 3 页。

心的书写自然影响到文学史的书写体例。

纪传体文学以人物为纲，以时间为纬。纪传体文学突出的特点是大量人物活动，重视人的活动和人的作用。纪传体文学史强调作家的生平和创作活动。纪传体根据人事的重要程度来控制篇幅，可以"将一个人的生平集中地原原本本地展现出来……以一章一节或是一部分完整叙述作家生平及创作实践，就其篇幅的多少与作家的地位高低成正比，价值立场是一贯的、明确的，读者不难了然。"[①] 也就是说纪传体在书写操作上很灵活、方便，深受撰写者们喜爱。

作品评论体，顾名思义，就是以介绍和评论各个历史时代的重要文学作品为主要内容串联而成的文学史。评论体文学史可以对文学作品进行深入的理论探讨，缺点也很明显，没有史的概念，只有单个的文学作品评论，文学史实之间的联系和规律无法展示，无法阐述文学体裁的发展演变过程，无法找出文学演变的规律，割裂了文学发展整体性。

史话体也称"故事体"，就是用讲故事的方式来讲述文学发展的历史，将文学史上一些重要的片段、事件、人物介绍给读者。历史本身就是一个大故事，有时间、地点、人物、情节。文学也是一样，要将文学史上发生的事件讲述出来，能够像讲述一个个故事一样，做到既生动有趣，又符合客观事实，是很难的。

编年体就是以时间顺序排列史事，编年体是中国历史上最早的书写体例，《春秋》《左传》都是编年体书写的典范。编年体文学史

---

① 陈文新：《编年体文学史如何建立统一性》，载于《洛阳师范学院学报》，2007年，第3期，第1—2页。

就是将历史上所发生的与文学有关的事件按年代先后的顺序排列下来，如郑方泽编著的《中国近代文学史事编年》（1983），陈文新主编的18卷本《中国文学编年史》（2006）。编年体文学史能够使读者产生强烈的时间观念，它们对文学史的研究和编写具有极大的参考价值。但是编年体也有自己的缺陷，编年体文学史时间过于琐碎纷杂，缺少统一性，由于编年体以时间为经，以事件为纬，依据时间的先后顺序讲述文学事件的发展，不能对某一事件做过多的展示，不能"在某一事件或某一人物上作较长时间的停留，更不能把时间暂时凝固起来，对人物或事件做前因后果的完整描述，只能将这些人物或事件敲成碎片镶嵌在时间序列的长廊中。"① 这样文学史变成了一个个文学活动记载事件簿，不能展示文学体裁、文学思潮的变迁，也不能展示文学内部发展的规律性。它的好处就是读者可以对某一年所发生的所有文学事件有一个清晰的了解，方便读者进行横向上的文学联系。

由此可见，文学史撰写模式多样。那么，西方的英国文学史采用何种模式？如何组织讲述？国人的撰写模式又有何种特色？两者有何相似和不同之处？

二、英国文学史撰写体例

首先来看看西方的英国文学史著作的体例安排问题。Neilson 和 Thorndike 的《英国文学史》在目录上仅有分期，有章没节，也就是

---

① 欧阳雪梅，胡志平：《〈左传〉编年体结构的叙事优势及其影响》，载于《重庆大学学报》（社会科学版），2002年，第1期，第45页。

每章就是一个时段，在每个时段内有按文体、按人物分开讲述，在明确以文体为章的部分，则按人物来分类讲述。比如第一章盎格鲁 – 萨克逊时期下面包括：盎格鲁 - 萨克逊时期，英国的形成，异教徒诗歌，宗教诗歌，阿尔弗雷德，第十二章浪漫主义诗歌下面则包括：浪漫主义时期的诗歌，考柏，彭斯，华兹华斯，柯勒律治，司各特，拜伦，雪莱，济慈，次要诗人。艾弗·埃文斯的《英国文学简史》也是有章没节，每一章就是一个整体，在讲述中则按人物分别讲述，讲完一个作家便讲述另一个，作家与作家之间没有截然断开的标志。Neilson 和 Thorndike 则在每章部分都有小标题把每部分断开。桑德斯的《牛津简明英国文学史》也是有章没节，与 Neilson 和 Thorndike 的著作大体差不多，每一章按照类别或人物分类讲述，有小标题把每一部分断开，比如第二章中世纪文学部分，包括：中世纪文学，教会、教会建筑和神职历史学家，中世纪早期的英语文学，骑士制度和典雅爱情，英语传奇和"高文"诗人，14 世纪的英格兰：死亡、动乱与变革，朗格兰和《农夫皮尔斯的梦幻》，乔叟，高厄、利德盖特和霍克利夫，15 世纪的苏格兰的诗歌，中世纪后期的宗教著作。这三部英国文学通史体例相似，有章没节，在每章部分分类都不太明确，有按文体分类，也有按人物分类，总之，分类不太清晰，明确。

桑普森的断代史《简明剑桥英国文学史》则是按人物分别讲述的。David Loewenstein 和 Janel Mueller 的断代史《剑桥英国现代早期文学史》则是按评论性质为体例安排的，如第三章伊丽莎白和詹姆斯六世时期下面包括：文学与民族身份，文学与法庭，文学与教堂，文学与伦敦，文学与剧院5小节。全书共5章26小节，每一小结都论述了文学与当时社会状况。

苏联的阿尼克斯特《英国文学史纲》大体是每章节按照文学体裁分类，体裁下面按作家分别叙述。如第二章文艺复兴时期：第一节 概述，第二节 英国文艺复兴时期的诗歌，第三节 莎士比亚以前的人文主义戏剧，第四节 莎士比亚，第五节 莎士比亚以后的英国戏剧。每个作家又是按照"生平传略——一般评述—代表作品（包括思想内容分析）"的模式来撰写的。这种模式和大多数国内的书写模式非常相似。章节安排比较清晰、有序，便于读者记忆、查找。

纵观国人"英国文学史"著作，主要有作家纪传体，合编体，作品评论体，辞典体几种模式。

作家纪传体是撰写者最为常用的模式。撰写者偏重于作家生平、创作活动和代表作品的介绍，有时也涉及到作品的思想和艺术特色分析。顺序上大体按照作家的生存年代的先后顺序排列，同时代的作家按其成就和影响的大小排序，如王靖版的《英国文学史》便是如此。以卷五为例：

卷五 英国十八世纪之文学及文学家

乌查德士持耳 Richard Steel

约瑟爱狄生 Joseph Addison

约那散士威福德 Jonathan Swift

登尼耳第福 Daniel Defoe

亚历山大蒲伯 Alxander Pope

……

萨木耳约翰生 Samuel Johnson

类似其他著作有欧阳兰版（1927），金东雷版（1937），刘炳善版（1981），吴伟仁版（1988），王佐良版（2006）等等，都是纪传体模式的英国文学史。用这种体例撰写文学史，突出了文学创作的主体——作家，以人物为中心统领文学事件，便于读者了解对各个时期的作家有总体的了解，历史感强，同时也方便跨体裁多能作家的介绍。缺点是不利于读者掌握文学内部的规律性，属于以作家为中心的批评模式。

纪传体模式在中西方都比较常用，区别是国内的纪传体体例往往是每章为一个时期 / 时代，每节则按作家分开叙述。西方的断代史通常是按作家分开叙述，通史则不常用。由于深受传统史书的影响，国内用纪传体体例书写文学史的时候，特别强调人物的生平和活动，忽视对作品内容和艺术性的分析，写作模式通常为：时代背景—作者生平—代表作品。这一点和西方的文学史不同。桑德斯、Neilson & Thorndike 及桑普森虽然也按人物分类讲述，但人物的生平活动非常少，重点集中在作品的分析上，作者背景介绍很少，甚至几乎不介绍。早期国内英国文学史深受传统史书书写模式的影响。以王靖版为例，他的《英国文学史》又称《欧美文学家小史》，书名便显示这不是文学史著作，而是作家的传记史。王靖对作家的创作活动，作品的风格几乎未论述，所述的都是文人的生活经历，作家的轶闻趣事，即便偶然引用了作家的作品也是为了说明文人的个性特征或品质。在介绍文人生活经历的时候，不惜笔墨，许多时候是凭着自己的想象在叙述。如对约翰逊博士的生活经历的描述相当精彩，说约翰逊少时天赋极高，家中藏书咸能记忆，"滔滔如倒三峡水"[①]，及至求学时，家中落魄，衣衫褴褛，拒绝同学的帮助，认为他"虽境遇艰苦。不能屈其志。"[②]最精彩的莫过于对约翰逊婚姻的描述，言语之中，不无鄙视之意。"此媪以年事计，当以儿抚生。在常人眼光观之，此媪侏儒肥硕，蠢蠢一妇人耳……而生情爱既深，目光又弱，且生平未尝与女子周旋，乃视媪若天仙化人……立化作绕指柔，拜倒石榴裙下……直至此媪亡六十四龄考终，生痛抱鼓盆。"[③]从这段叙述可以看出，王靖多出于自己的想象，其主观评价和价值判断非常强，对于约翰逊博士文学成就只字未提，类似的例子比比皆是。如对斯宾塞，王靖详述其穷困潦倒，寄人篱下的悲惨生活，对斯宾塞的婚姻生活，作者是这样夸赞的："斯宾塞成婚八载于兹矣，郎情似醴，妾意如绵，双飞双宿，乐无逾斯，而且熊飞入梦，一索得男。家庭之间，融融泄泄，春风盎然。"[④]然后话锋一转，奈何天不尽人意，正当其春风得意之时，动乱者把斯宾塞的房子付之一炬，其长子在火中丧生，王靖发出浮生若梦的哀叹。

王靖版英国文学史是典型的作家传记史，此后的文学史著作基本上延续了纪传体的故事体例，在作家的生平上和作品的评价上各占一定的篇幅，作家生平的叙述始终是第一步要解决的，对作家的

---

① 王靖：《英国文学史》，上海：泰东书局，1927年，第51页。
② 王靖：《英国文学史》，上海：泰东书局，1927年，第53页。
③ 王靖：《英国文学史》，上海：泰东书局，1927年，第55—56页。后文详述，此处略。
④ 王靖：《英国文学史》，上海：泰东书局，1927年，第11页。

生平、生活经历仍是强调。这种书写模式在新中国成立后得到进一步的加强，特别是阶级论文学史观总是希望能从作者的阶级身份上找出作品的合理解释，作家的出身决定了文学作品的阶级局限，文学作品的局限总是归因于作家的阶级身份，文学史成了阶级史。

分类合编体也是国人喜爱的英国文学史书写体例之一。如徐名骥《英吉利文学》（1934），五卷本之《英国19世纪文学史》（2006），高继海《英国小说史》（2003），刘意青的《插图本英国文学史》（2011），常耀信三卷本《英国文学通史》（2010），等等。徐名骥版是国人著作的第一本以体裁划分的分体合编体，作者将英国文学划分为四个版块，即诗歌、小说、戏剧、散文和其他。

分类合编体在章节安排上，通常每章以时代／朝代／思潮定名，每节则以作家或作品定名。如王佐良五卷本之英国19世纪文学史①，可以清楚地看出19世纪浪漫主义时代和维多利亚时代各个文学体裁的发展情况，包括哪些作家／作品，给读者一目了然的感觉。但是这种体例结构比较死板，虽然可以清楚看出各个时代各文体发展情况，但就通史来说，各个文体的演变，自身经历了哪些发展情况，是如何萌芽、发展、兴盛、衰落的情况则不得而知，或者说很难清楚地描述出来。针对这种缺点，分体文学史则好操作些。如高继海的《英

---

① 第四本分两部分，第一部分为浪漫主义文学（1786—1932），第一章浪漫主义诗歌，下面包括8个小节，即引论，彭斯，布莱克，华兹华斯，拜伦，雪莱，济慈，司各特及其他诗人；第二章为浪漫主义散文，下面包括引论，论战的武器，山水画、流民图，浪漫派散文诸家，诗人的散文；第三章浪漫主义小说，下面包括引论，玛利亚·埃奇沃思，司各特，奥斯丁，玛丽·雪莱。第二部分是维多利亚文学。体例相似，分为诗歌，散文，小说，戏剧四章。

国小说史》[1]就采取了一般通史无法说清楚每个文体自身演变的情况。这样，读者对小说的发展演变情况有所了解，正如作者所说"小说史讨论的是小说，不是小说家，更不是小说的社会背景……小说的阅读必须把小说作为一个相对独立的客体，重点考察其形式特色和美学内涵，而不是仅仅关注其道德或社会作用，小说史应该着重考察小说的艺术形式是如何变化的"[2]。

如前所述，分体合编体例的缺点是如何安排跨时代的作家和跨多文体的多能作家。五卷本对跨时代的作家王尔德遵从文学史的常例归入到 19 世纪卷，但在处理哈代问题上就显示出了不一致性。19 世纪卷和 20 世纪卷都分别给予了重点讲述。对多能作家，徐名骥则是按照著作者认为该作家在那一方面成就更大而定，如德莱顿的处理，就放入诗人专栏，而哈代和司各特则是诗人和小说家都予以重点讲述。五卷本对德莱顿和司各特分别都予以重点讲解，而常耀信版则之归于一方面，如德莱顿归入诗歌，司各特和哈代归入小说。英国本土的文学史则往往对跨文体的作家分开讲述，如 Neilson 和

---

① 高继海章节安排如下：导论：英国小说的流变。第一章：英国小说的源流（1500 之前），第二章：英国小说的孕育（1500—1700）第三章：英国小说的兴起（1700—1740），第四章：英国小说的第一次繁荣（1740—1765），第五章：18 世纪末的感伤、恐惧与观念（1765—1800），第六章：英国小说形式的成熟（1800—1820），第七章：幽默的浪漫与社会意识（1820—1848），第八章：维多利亚小说的辉煌成就（1848—1880），第九章：19 世纪末的多元化倾向（1880—1900），第十章：小说观念与形式的变化（1900—1915），第十一章：现代主义小说的鼎盛（1915—1930），第十二章：左翼文学与社会讽刺（1930—1945），第十三章：二战后的小说（1945—1960），第十四章：存在主义与后现代主义小说（1960—1980），第十五章：20 世纪末的新探索（1980—2000）

② 高继海：《英国小说史》，北京：中国社会科学出版社，2003 年，前言，第 1 页。

Thorndike 版、埃文斯版都是分开讲述的。对于跨世纪的作家，西方往往是把一个时期前后延长，就不存在跨世纪的问题了。

艾弗·埃文斯的《英国文学简史》是按分体体例撰写的，把分期和分体结合起来作为一章，而国人的分体文学史则是按分期（编）+ 文体（章）+ 作家（节）或者是分期（章）+ 文体（节）结合起来的，有编有章有节，层次很分明。

除以上两种最受欢迎的体例之外，作品评论体也是其中应用较为普遍的一种。作品是文学四要素之一，是作家创作活动的现实成果，没有作品也就没有文学和文学史。所谓文学的产生、发展和演变，实际上应该是文学作品的产生、发展和演变，因此，对文学作品的研究是文学研究中的最为重要的一环。研究作家的目的，也是为了更加深刻地理解文学作品，正如，一部作品可以离开作家而存在，而作家离开了作品就无法存在一样，文学的历史，实际上就是文学作品产生、发展和演变的历史。

国内最早的评论体文学史书写实践是草川未雨（谢采江）所著的《中国新诗坛的昨日今日和明日》（1929）。用评论体撰写英国文学事件大都叫作英国文学论集，如范存忠的《英国文学论集》（1981）里面收录了文稿十篇，有笛福的《鲁滨逊漂流记》、菲尔丁的《阿美丽亚》、鲍士威尔的《约翰逊传》3 篇作品评论，彭斯和威廉布莱克 2 篇作家论，约翰逊论莎士比亚戏剧，论莎士比亚与雪莱创作中的现实主义与浪漫主义相结合的问题，狄更斯与美国问题以及《赵氏孤儿》杂居在启蒙时期的英国和中国的思想文物与哥尔斯密的《世界公民》2 篇中英文学关系。可以看到他的论文集没有史的意识，不能叫文学史类著作，类似的还有张彩霞《英国文学评论案例》、张中载《当代英国文学论文集》，刘文荣《英国文学论集》，李赋宁《英国文学论述文集》。具有的史的意识的评论文集有杨周翰《十七世纪英国文学》（1986），肖锦龙《英国文学经典重读》和刘新民《19世纪英国文学选评》等。

　　杨周翰《十七世纪英国文学》是较早的用史的意识贯穿英国十七世纪文学论述性质的文集。此书主体内容包括十四个部分，即"培根""英译《圣经》""性格特写""《忧郁的解剖》""邓约翰（即John Donne）的布道文""托马斯·勃朗""马伏尔的诗两首""弥尔顿的教育观与演说术""弥尔顿的悼亡诗""耶利米·泰勒论生死""约翰塞尔登《燕谈录》""霍布斯的《利维坦》""沃尔顿""皮普斯的日记"，及前加小引，后有"书后"。作者在此书的小引和后记中都说此书不能算文学史著作，"因为它没有系统，讲作家也不是每个作家都全面地讲，有些只讲他一部分作品，有时还做些中外比较，我本来想把它叫做《拾遗集》。"①作者还说此书也不属于断代史，因为要想写断代史，"材料还要多得多，方面还要广的多。"②虽然作者否认此书有一个系统，但我们仍然发现此书有一个系统贯穿所有材料，作者自己在后记中强调的此书贯穿其中的主线是时代精神，即用"他

---

① 杨周翰：《十七世纪英国文学》，北京：北京大学出版社，1996年，书后，第321页，小引，第2页。
② 杨周翰：《十七世纪英国文学》，北京：北京大学出版社，1996年，书后，第322页。

们的作品来说明这一时代的精神面貌。"① 在小引中,作者也简略介绍了此时期的时代背景,认为 17 世纪是社会动荡不安的时期,此时期的政治与宗教关系密切,政治斗争＝宗教斗争,因此此时的文学作品都表现了某种宗教观念,分析他们的宗教观是非常必要的。杨周翰之所以不想用以往的文学史模式来写文学史,是由于他不满以前的文学史著作把文学当作政治的附属,用政治阶级的标准去解读文学史,以及文学史书写必须按照某个模式书写,特别是对新中国成立后文学总是用阶级性去分析文学作品,在讲述作者时总是不厌其烦地讲述作者的生平,希望从作者的生活经历中提供一个分析其作品的有力证据。如在讨论狄更斯时,总是习惯于把他童年的悲惨境遇作为他作品主题的分析,在讲述弥尔顿的时候总是把他在资产阶级革命时期的表现作为《失乐园》的斗争的佐证。"以前囿于对文学的狭隘看法,或则由于照顾到某种需要(如教学),我们只是强调某类作品,或所谓的'重点'作家或'重点'时期,因此,很多好作家都放过了。"② 作者对早期写文学史的方法和条条框框深有感触,导致必须按照官方意识形态说话,想说的不能说,不想说的非要说,哪些重点和非重点都划定好了,编撰者没有多少自由。所以作者说不想写文学史,"写文学史很麻烦,有些不想说的话又非写不可……

---

① 杨周翰:《十七世纪英国文学》,北京:北京大学出版社,1996 年,书后,第 322 页。

② 杨周翰:《十七世纪英国文学》,北京:北京大学出版社,1996 年,书后,第 322 页。

有些想说的话又不一定能说。"① 因此，此书是杨周翰对新中国成立初期文学史书写的不满，寻求新的尝试之作。

西方的 David Loewenstein 和 Janel Mueller 的断代史《剑桥英国现代早期文学史》（2002）也属于评论体性质的体例。应该说评论体体例是中、西方寻求突破的尝试之举，在 20 世纪 80 年代后尤其是新世纪之后的中国和西方都比较流行，这和 20 世纪 60 年代末开始的一波又一波的理论此起彼伏有关，理论的转换如此之快，用各种各样的理论来解读文本让人应接不暇。90 年代后西方文论也大量进入中国，过去的文学作品解读总是从政治、经济入手，甚至进行阶级定性，而此时一元论的文学史观被多元的文学史观取代，西方的女性主义、新批评、结构主义、精神分析、后殖民主义、生态主义等进入人们的视野，国人迫不及待地用各种新理论、新方法去重温经典，从不同的角度去揭示作品丰富的内涵，不再局限于那些一元论的方式和狭隘的阶级论，更倾向于从文本本身出发，挖掘出新的深刻的见解。评论体的文学史大多是注重经典型的作品，不再如以前的文学史面面俱到，做介绍性的陈述，因此，用评论体来书写文学史易于向深刻性方面发展。

辞典体顾名思义类似于字典、辞典，也是一种新的书写模式。一般的文学史通常按时间的先后顺序来叙述作家作品，辞典体文学史则按照作家姓氏字母顺序排列先后，以作家为中心简述作家生平和代表作品。如孙建主编的《英国文学辞典：作家与作品》《当代

① 杨周翰：《十七世纪英国文学》，北京：北京大学出版社，1996 年，书后，第 325 页。

英国小说辞典》。孙建的《英国文学辞典：作家与作品》介绍了自乔叟始到 21 世纪以来的两百多位作家和他们的代表作品，对这些作家的生平、创作和文风作了简要的概述，对其代表作品的思想内容和艺术特征作了简要的分析和说明，可以比较完整地了解英国文学的发生、发展。西方非常盛行词典性质的文学史类著作，如德拉布尔主编的《牛津英国文学词典》（共 7 版），Ian Ousby 主编的《剑桥英国文学指南》等。由于是简述，所以对作家和作品的分析都较简短。这类文学著作优点是方便读者查询作家及代表作品，缺点是由于不叙述时代背景，没有历史感，故无法了解作者的创作背景和时代关系对作品有何影响，也就是它注重了文学四要素中的两个：作家和作品，而世界与读者被抛弃在外。其二，由于是按作者的姓氏字母排序，故无法知道哪些作家属于经典，无法对同时代的作家进行比较。一般的文学史按一定的阶段分期，同时代的作家之间的地位高低和成就大小有一个可比性，甚至不同时代的作家也可以进行比较。其三，这类体例无法看到文学发展演变的轨迹，其文体变迁也无从知晓。应该说国人的辞典体文学著作是向西方学习借鉴得来的。

　　从以上国人书写的英国文学史体例安排来看，纪传体、分类合编体有中国自身的特色，和西方的英国文学史著作并不太一样，首先在章节安排上，非常井然有序，条理明晰、清楚。其次，在内容叙述上，纪传体强调作家的生平事迹和作品的思想内容，评论体和辞典体应该说借鉴西方的可能比较大一些。这些撰写体例虽然都有各自的优点，但也有各自的缺点，它们共同的缺点就是体例比较僵化，在尝试突破上还有待改进。

三、英国文学史撰写体例的思考与建构

王佐良先生在五卷本《英国文学史》序言中曾说过"想编写一部由中国学者为中国读者编写的，不同于外国已有的英国文学史。"① 既然是有中国特色的英国文学史，在撰写体例上也可以考虑中国特有的撰写模式，如编年体文学史体例。编年体是中国历史上最早的书写体例，《春秋》《左传》都是编年体书写的典范。编年体就是以时间顺序排列史事，编年体文学史就是将历史上所发生的与文学有关的事件按年代先后的顺序排列下来，如郑方泽编著的《中国近代文学史事编年》（1983），陈文新主编的 18 卷本《中国文学编年史》（2006）。编年体文学史能够使读者产生强烈的时间观念，它们对文学史的研究和编写具有极大的参考价值。如果国人撰写一部编年体的英国文学史，把英国文学史上的重大事件和时间联系起来，方便读者查阅了解历史上的重要时刻，也是一个不错的方法。

但是编年体也有自己的缺陷，编年体文学史时间过于琐碎纷杂，缺少统一性，由于编年体以时间为经，以事件为纬，依据时间的先后顺序讲述文学事件的发展，不能对某一事件做过多的展示，不能"在某一事件或某一人物上做较长时间的停留，更不能把时间暂时凝固起来，对人物或事件做前因后果的完整描述，只能将这些人物或事件敲成碎片镶嵌在时间序列的长廊中。"② 既然如此，那我们

---

① 王佐良：《英国文学史》（五卷本），北京：外语教学与研究出版社，1996 年，总序。

② 欧阳雪梅，胡志平：《〈左传〉编年体结构的叙事优势及其影响》，载于《重庆大学学报》（社会科学版），2002 年，第 1 期，第 45 页。

在编写英国文学史的时候该如何避免这些缺陷或者说把缺陷降低到最小呢？我们可以从陈文新主编的《中国文学编年史》中汲取有益的尝试。陈文新教授尝试着从以下几个方面来弥补编年体的一些缺陷，他把纪传体文学史的长处纳入编年体文学史书写中。众所周知，纪传体在对人物的整体性把握上具有统一性，可以根据人和事的重要程度控制篇幅的长短，而编年体以时间为经，一个人的事情可能分散到很多年，读者不易获得清晰的完整的概念。如果把纪传体应用到编年体中，则可以结合两者的长处。他们是如何做的？比如说在介绍某位作家的生年时，便同时附上作者的小传，对于某位作者的总体评论和重要著作一般置于卒年。第二点是结合纪事本末体的优点。纪事本末也是中国历史撰写的一种体例，由南宋的袁枢创立。纪事本末体可以避免编年体对于一件文学事件散见几年叙述的弊端，也是避免而纪传体强调作家对于文学流派文学演化照顾不周的弊端，所以陈版在编年体的前提下，有时也采用纪事本末体，比如说在"叙述重要事件或文化动态时，详其起讫，以保证历时态的完整性。"① 如果我们在编写英国文学史时，也利用这种方法，编写一部编年体的文学史，岂不是一部绝对具有中国特色的文学史吗？

文学是诉诸人的主观情感之作，呈现出丰富多彩的面貌，文学史则不一样，文学史是对这些丰富多彩的文学事件的科学记录，以客观的视角和笔触去描述这些事件。相比较情感丰富的文学事件来说，文学史的面貌则要单调得多。文学史家在对这些文学事件整合

---

① 陈文新:《编年体文学史如何建立统一性》, 洛阳师范学院学报, 2007 年, 第 3 期, 第 2 页。

时，总是会用一定的框架和原则把这些千变万化，多彩多姿的文学事件统一成有序、有机的整体。对比中西的英国文学史撰写体例，国内的文学史著作在体例安排上非常井然有序，有时候这种有序反而成了缺点，显得千人一面，比较死板、单调。尽管文学史属于科学的范畴，但文学史的撰写体例也可以多样化，打破以往的叙述规范和整合框架，注入史家丰富的情感和想象，也是可行的。史话体就是这样一种新的书写模式，史话体也称"故事体"，就是用讲故事的方式来讲述文学发展的历史，将文学史上一些重要的片段、事件、人物介绍给读者。历史本身就是一个大故事，有时间、地点、人物、情节。文学也是一样，要将文学史上发生的事件讲述出来，能够像讲述一个个故事一样，做到既生动有趣，又符合客观事实，是很难的，但有些人的确是这么做的。在西方，用讲故事的方式来叙述文学史最早的可能是美国人约翰·梅西。他的《文学的故事》出版于1924年，最早翻译到中国是1931年，由胡仲持翻译，开明书店出版，当时叫《世界文学史话》①。梅西的《文学的故事》除了在古代讲述了东方的文学之外，其他时期都是讲述欧洲的文学史。作者并没有很详细地讲述各个国家各个时期的文学事件，而是如端坐飞机上空的乘客鸟瞰一个民族的整体风貌一样，收入的仅是一些成就显

---

① 约翰·梅西的《文学的故事》在中国有好几个版本，最早的就是胡仲持翻译的《世界文学史话》，1931年开明书店出版，中国书店1988年据此版本影印，后来又有熊健编译的《文学的故事》，中国档案出版社于2001年出版，后又由中国友谊出版公司于2005年再版，改名为《文学简史》；另外还有一个版本是由孙青玥译的《文学的故事》，由陕西师范大学出版社于2009年出版，后又由红旗出版社2014年出版，改名为《西方文学史》。

著的作家。作者没有讲述这些文学事件的时代背景，没有介绍作家
的生平和代表作品，也没有对这些代表作品详细分析其思想内容和
艺术特色，而是对每个时代的显著作家如同讲故事一样把他的生平、
风格、特色简略带过。由于作者使用了一种不同于以往的文学史叙
述模式，受到国内读者的赞扬，当时译者是这么说的："这实在是一
部完美的文学史，他把几千年来影响世界各民族的伟大的文学者及
其相互的关系，重要的书籍及其时代背景都讲明白了，在我看来，
这就尽了文学史的一切职分。倘然说，这和纯粹的文学史有点不同
吧，那不同的地方大约就在这书不会摆着学者模样的正经脸孔，像
一般的文学史似的，他用生动流利的文笔写成，把听讲故事一般的
愉快之感给予读者。"[①] 梅西的《文学的故事》对英国部分从凯尔特文
化至 19 世纪的文学，所选作家非常有限，叙述也非常有限，如莎士
比亚仅用了 5 页，是篇幅最多的，狄更斯仅两段话。

梅西的《文学的故事》虽然用的是故事体，但从总体上说，故
事的趣味性并不是特别明显，他只是未按照通常的书写惯例讲述文
学史，相比较而言，中国的故事体文学史则要有趣得多，生动得多。
这里以郭杰的《中国文学史话》中民间艺人石玉昆为例，看作者是
如何讲述文学的故事。

京城的一个破烂不堪的茶馆里，茶客拥挤得水泄不通。那些争
得座位的人，个个喜气洋洋，得意忘形。他们有的抚摩着茶杯，有

---

① 约翰·梅西:《世界文学史话》，胡仲持译，开明书店，1931 年，译者的话，
第 1 页。

的还把那铜底茶壶，锡底茶壶拿在手中，翻来覆去地审视，好像要从那平常的茶具上，发现什么秘密似的，爱不释手；有的端起九江景德镇的白瓷茶杯，有的拨动那十样锦烟火碟儿，好像在等着什么，他们在等什么？原来都在等着说书的早些进馆，好听他说一段。这时，一个人走进场中那个长方形的横桌子旁，架起了那磨漆三弦，并支起了弦，由放下三弦，离开了去。这事，整个茶馆，立刻平静了下来，所有的眼睛也都注视着那把三弦和桌子。

这时一个中年人走向台桌，还没站定，那围坐在台桌跟前的阔佬们，都表现出一种恭谨敬仰的神态，就好像见到了一件稀世宝贝，前面几排座位上的人，伸着头，远处靠墙站着的人却踮起了脚，都恨不得能同他更亲近一些。

说时迟，那时快，中年人刚一站定，就拨动三弦。那三弦声，就好像是一道施号令，全场立时鸦雀无声。这一刹那间，若干场上掉下一根银针，人们也会听到它的响声。这个中年人是谁？他就是驰名道光、咸丰年间的说书艺人石玉昆。一件破旧的长衫，包裹着那消瘦修长的身躯，仍无法掩盖住他那洒脱的神气和性格，玲珑的指法，嘹亮的嗓门，清新的吐字，博得了全场的轰动。他唱一句，大家夸赞一句，他说一个字，大家又赞美一番。唱到紧要处，全场的听众也会和他合心同悦，以至众口同音按唱一番……不知是谁的脚不稳，撞得坐凳"咯吱"发响，惹得全场听众瞪目惊视，表示对他的谴责。[①]

这段描述把听众的神情、动作、表现描写得活灵活现，侧面衬

---

① 郭杰：《中国文学史话》（清代卷），长春：吉林人民出版社，1998年，第656页。

托石玉昆的才能。这段文字应该是出自一个人物的传记或是一段故事中，用在文学史上的确让人吃惊。这段文字虽然是事实，但明显加入了作者自己的想象和情感。在这里，文学史的客观科学性似乎消失，文学史和文学事件一样，有声有色，形象生动，主观性极强。相比较之下，梅西的文学史则要逊色许多。用这种生动有趣的叙述模式来讲述文学史，是一种创新，新的创造。它生动形象，耐人寻味，比起旧式的，"说教式的"文学史，会更容易被读者接受，更能让读者体会到一种愉悦和身心享受。一般的文学史读起来总是干巴巴的，久了乏味，需要耐力读完，但是读故事体的文学史则不一样，它更多是一种舒心的享受。

　　史话体的文学史著作是对西方启蒙理性下的文学史书写模式的反叛。启蒙理性表现为一种历史理性，认为人类社会的历史是有秩序的，进步的，整体性的历史。但书写的历史是人为建构的，原生态的历史包含着许多偶然的因素，历史的发展是由许多偶然的因素在一起合力作用的结果，并不是如启蒙理性所认为的那样具有齐整性和统一性。启蒙理性观照下的文学史也表现出一种模式和框架结构，一种逻辑架构。在书写上总是体现为一个清晰的叙述框架，先讲历史背景，作家生平，作品介绍，然后是思想内容分析。而史话体则是要打破这种规矩和叙述框架，以讲故事一样娓娓道来，读来妙趣横生。国内著作的史话体英国文学史目前还没有，虽然常耀信在《漫话英美文学》中似乎有一点故事的味道，但实际上只是一般文学史的缩写本，包括时代背景，作家介绍和作品分析，故事性并不强，而且他的书是给备考研究生的学习者使用的。

如果尝试在以上几个方面做出突破，也许就可以写出不一样的英国文学史，避免了千人一面的尴尬，也丰富了英国文学史的著作面貌。

总之，对比西方的英国文学史，国人著作的英国文学史在分期上有向西方学习借鉴，主要是政治、朝代、世纪、文学思潮几种方式的混合体分期模式，但也尝试了其他的分期方式，如以文学史时段上出现众多的文学大家作为文学发展的高峰期模式的通史，和以文体演变发展的过程为依据的类别史。在撰写体例上，受中国传统的影响，纪传体体例一直是主流，按文体分类的体例、评论体和词典体则受西方的影响较大。但是，在分期和撰写体例上模式还比较单一、僵化，适当调整、寻找突破应该是今后国人书写英国文学史该思考的问题。

第四章　文学史经典建构

　　经典研究是文学史研究中重要的一环，是文学史研究的重点问题之一，缺少了经典研究这一环节，就无法完整地勾勒和了解文学历史的发展和演变过程。"以经典为基础便于梳理文学的历史演变过程的线索，文学经典涉及文学的整个认识、阐释和评价的焦点，以文学经典作为研究的重点，其实也就是对文学的整个思想基础和学科体制问题的叩问。"[①] 文学史的书写本身就是塑造经典的过程，因为"文学史的发展进程总是伴随着对某些文学经典的评价的变化，以及塑造出各个时代不同的文学经典的过程。"[②] 在文学发展的历史过程中，有浩如烟海的文学作品和文学作家，但文学史的书写不可能把这些作家和作品都一一记载下来，对文学史家来说也是不可能完成的事情。所以，文学史书写必须考虑哪些作品和作家才能进入文学史，这就涉及一个选择的问题，选择哪些作为经典？对这些被选入的作家作品又如何评价？作为异域文学史的书写，会涉及更多复杂

[①]　张荣翼，李松:《文学史哲学》，武汉：武汉大学出版社，2014年，第34页。
[②]　张荣翼，李松:《文学史哲学》，武汉：武汉大学出版社，2014年，第33页。

的问题。英国文学史在中国书写有近一百年的历史，这期间都经历了哪些变化？在经典的选择和塑造上有哪些特征？和我们的文学传统有哪些关系？都是值得我们探讨的问题。下面将从经典的演变，经典的塑造和中国文学传统的影响三个方面来论述国人书写英国文学史时涉及的经典问题。

第一节　英国文学经典的演变与阐释

经典不是一成不变的，其评价和阐释也是不断发展的，下面我们就以经典的选择、经典作家的评价、经典作品的阐释三个方面来考察百年来国内英国文学史的变化，并对比西方撰写的英国文学史，以期找出经典演化的过程以及造成这些差异的原因。

一、英国文学经典的选择

文学经典是一个不断重构、更新的过程，影响文学经典的变化的原因也是多样的，既有历史的原因，也有现实的原因。童庆炳曾归纳出影响文学经典变化的六因素，即文学作品的艺术价值、文学作品的可阐释空间、意识形态和权力变动、文学理论和批评的价值取向、特定时期读者的期待视野、发现人等[①]。通过对比中、英各自书写的英国文学史之后，发现其中有着重大的区别和差异，这些区别和差异在某些方面说明了文学经典的建构性和它的"动态性"特

---

① 童庆炳，陶东风：《文学经典的建构、解构和重构》，北京：北京大学出版社，2007年，导言，第5页。

征。为了说明这个过程的建构性和动态性特征，本书对比了几部中、英文学史，看看它们各自选择经典上有着哪些变化。为了省去文学史跨越的时间长、名人多等因素，也为了让这种对比更加清楚明白，论文选取某一个时间段为例来探讨形成差异的原因，如以19世纪英国文学大家为例。之所以选择此时间段，一是因为这段时间是英国文学史上产生大量文学名人乃至世界名人的时期，二来这个时期也是国内历年来特别重视、重点讲解的作家群体。在英国本土书写的文学史中，F. Selton Delmer 的《英国文学史》（1930年北新书局翻译出版）把19世纪作家分散在"浪漫主义先驱者""浪漫派的叛变""维多利亚时代的初期""维多利亚时代的散文""近代文学"五个部分，包括的作家有彭斯、布莱克、克雷布、司各特、奥斯丁、华兹华斯、柯勒律治、骚塞、华尔波尔、玛利亚·艾吉沃斯（Edgeworth）、G. 詹姆斯（James）、林顿 (Lytton)、安特沃斯 (Aintworth)、拜伦、摩尔、雪莱、济慈、本萨姆（Bentham）、卡莱尔、狄更斯、萨克雷、查尔斯·里德 (Reade)、迪斯拉利 (Disraeli)、勃朗特姐妹、盖斯凯尔夫人、拉斯金、查尔斯·金斯利 (Kingsley)、达尔文、斯宾塞、乔治·艾略特、丁尼生、布朗宁夫妇、罗塞蒂兄妹、莫里斯、史文朋、佩特、帕特莫 (Patmore)、纽曼、阿诺德、梅瑞迪斯、哈代、斯蒂文森、吉卜林、皮诺鲁 (Pinero)、亨利·琼斯、高尔斯华绥、王尔德、萧伯纳等50多位作家。艾弗·埃文斯的《英国文学简史》按文体类别列举了此时期重要的作家有布莱克、华兹华斯、柯勒律治、司各特、拜伦、雪莱、济慈、丁尼生、布朗宁、阿诺德、爱德华·菲茨杰拉德、罗塞蒂兄妹、史文朋、威廉·莫里斯、梅瑞迪斯、哈代、王尔德、豪斯曼、吉卜林、T．W·罗伯逊、H．A·琼斯、玛丽·雪莱、简·奥斯丁、T．L·皮科克、狄更斯、萨克雷、勃朗特姐妹、乔治·艾略特、特罗洛普、亨利·詹姆斯、塞缪尔·巴特勒、斯蒂文森、柯南道尔、乔治·吉辛、威尔斯、兰姆、赫兹里特、德·昆西、麦考莱、卡莱尔、拉斯金、佩特、高尔斯华绥、阿诺德·本内特、康拉德、乔治·穆尔、毛姆、福斯特等。安德鲁·桑德斯的《牛津简明英国文学史》对 19 世纪的文学史叙述是从 1780 年至 1920 年，共涉及 50 多位作家：潘恩、戈德温、伯克、里夫、玛丽·雪莱、霍格、范尼·伯尼、莱克、斯密斯、考珀、布莱克、彭斯、华兹华斯、柯勒律治、骚塞、克雷布、奥斯丁、苏珊·费里尔、玛丽·埃奇沃思、司各特、拜伦、雪莱、济慈、克莱尔、科贝特、玛丽·沃斯通克拉斯特、狄更斯、盖斯凯尔夫人、查尔斯·金斯利、麦考莱、萨克雷、特罗洛普、勃朗特姐妹、丁尼生、勃朗宁夫妇、梅瑞迪斯、乔治·艾略特、阿诺德、拉斯金、霍普金斯、卡罗尔、哈代、吉辛、莫尔、柯南道尔、斯托克、斯蒂文森、吉卜林、康拉德、王尔德、萧伯纳、叶芝等，还有一些简略论及或是一笔带过的就不计其数了。从这三部英国本土的文学史的叙述，可以发现西方人在书写中往往把一个时间段前后放宽一些时间，为了突出文学史发展的连续性，这一点和我们的书写有很大的不同，所以他们的叙述包括了 18 世纪末和 20 世纪早期的一些作家。在这些众多的作家中，出现了许多我们很少听说甚至几乎没有听说过的名字。对比国内的英国文学史，又有哪些作家出现？哪些作家没有出现？其差异又是什么原因造成的呢？

　　王靖的《英国文学史》叙述至 19 世纪，这些作家包括：骚塞、柯勒律治、华兹华斯、司各特、拜伦、丁尼生、汤姆斯·莫尔、雪莱、济慈、德·昆西、兰姆、麦考莱、克莱尔、狄更斯、拉斯金、女作家 Mitford 和 Procter。这两个女作家国内很少听说过，就是英国人自己著作的文学史也很少见，相反我们熟悉的英国本土的文学史都列出的奥斯丁、勃朗特姐妹、艾略特、盖斯凯尔夫人、伊丽莎白·勃朗宁都未能收入进来。随后的欧阳兰版包括彭斯、华兹华斯、骚塞、柯勒律治、司各特、拜伦、雪莱、济慈、德·昆西、兰姆、奥斯丁、赫兹里特、狄更斯、萨克雷、乔治·艾略特、麦考莱、拉斯金、丁尼生、勃朗宁夫妇、罗塞蒂兄妹、阿诺德。欧阳兰版增加了我们熟悉的女作家艾略特和勃朗宁夫人，但叙述非常有限，简略带过。从总人数来说，相比英国著的减少了近三分之一，著名的小说家兼诗人哈代都未能入列。随后金东雷的《英国文学史纲》（1937）稍微又增加了一些人物，包括：彭斯、华兹华斯、柯勒律治、骚塞、司各特、拜伦、雪莱、济慈、布莱克、兰姆、德·昆西、范尼·伯尼、奥斯丁、丁尼生、勃朗特姐妹、卡莱尔、麦考莱、拉斯金、阿诺德、狄更斯、萨克雷、乔治·艾略特、梅瑞迪斯、哈代、罗塞蒂兄妹、柯林斯、亨利·詹姆斯、勃朗宁、盖斯凯尔夫人等。总之，民国时期的文学史从王靖到金东雷，人物名单是逐步增加的，但和英国人著的文学史比较起来仍然少之又少。

新中国成立初期到"文革"期间，英国文学史研究呈现出一片荒芜的景象，除了北大西语系手抄本《英国文学史》（仅文艺复兴和17世纪两章，收入的作家仅有汤姆斯·莫尔、马洛、莎士比亚、弥尔顿、班扬）之外，再没有一部英国文学史著作出现，但是此时期出现了纲领性文件《英国文学史教学大纲》(草案)，里面详细地对英国文学史各个时期的重点作家进行了简要的评价，从中可以窥见当时的英国文学名家。对于 19 世纪文学大家，里面提及的有戈德温、潘恩、华兹华斯、柯勒律治、骚塞、拜伦、雪莱、济慈、司各特、奥斯丁、狄更斯、萨克雷、盖斯凯尔夫人、勃朗特姐妹及宪章运动有关的作家艾利·约得、霍德和宪章运动作家琼斯。这一时期的作家仅仅缩小为几个人物，加上宪章运动作家。这个指导性文件具有非常重要的作用，因为它直接影响着后来的文学史书写和文学作家批评定论。

80 年代初期范存忠的《英国文学史提纲》列举的就更少了，仅包括：华兹华斯、柯勒律治、司各特、奥斯丁、拜伦、雪莱、济慈、狄更斯、萨克雷、勃朗特姐妹、盖斯凯尔夫人、丁尼生、勃朗宁、卡莱尔、拉斯金、乔治·艾略特、莫里斯、塞缪尔·勃特勒。哈代被划为 20 世纪作家之列，而诗人骚塞、散文家卡莱尔、麦卡莱、阿诺德等被剔除在外了。

90 年代初朱琳的《英国文学简史》在此基础上多加了唯美主义运动作家，包括华兹华斯、柯勒律治、骚塞、拜伦、雪莱、济慈、司各特、奥斯丁、狄更斯、萨克雷、盖斯凯尔夫人、勃朗特姐妹、艾略特、丁尼生、勃朗宁、哈代、拉斯金、罗塞蒂、史文朋、佩特和王尔德。可见，"文革"结束后的 80 年代早期，文学史书写仍然受到新中国成立初期意识形态的影响，唯美主义作家被定义为颓废主义不得进入文学史。而进入 90 年代，情况大为改善，国人已经能够正确认识新中国成立初期的弊端，重新调整文学史的书写，重写文学史，重读作家、作品，唯美主义运动作家的地位得到确认和肯定，唯美主义作家重新出现在文学史书写中。

21世纪王守仁的《英国文学简史》再一次精简，最终进入文学史的则为：布莱克、华兹华斯、柯勒律治、拜伦、雪莱、济慈、司各特、奥斯丁、狄更斯、萨克雷、勃朗特姐妹、艾略特、特罗洛普、哈代、勃朗宁夫妇、丁尼生、阿诺德、王尔德。

从中国、英国本土文学史两相比较发现除了英国文学史时间跨度相对延长导致作家增多之外，英国文学史选择的经典要远远多于中国，但有些作家无论是环境、文化、时代如何变化都出现在中国、英国不同时期的文学史叙述中，他们是：华兹华斯、柯勒律治、司各特、拜伦、雪莱、济慈、狄更斯、丁尼生，这说明他们经历时代、文化、环境的考验，最终成为经典中的经典，虽然评价上可能有所不同和侧重（如湖畔派诗人），但无疑中、英文学史都认为他们是经典中的经典。还有一些作家如布莱克、骚塞、勃朗特姐妹、萨克雷、奥斯丁、彭斯、勃朗宁夫妇、乔治·艾略特、盖斯凯尔夫人、哈代并非都出现在中、英文学史中，女作家奥斯丁、勃朗特姐妹、乔治·艾略特一直到30年代才进入中国的英国文学史叙述中，从此以后确立了其经典地位。哈代、萨克雷没有进入王靖的文学史，一方面是因为王靖的文学史"略叙至19世纪"，是不完备之作，另外一方面说明当时国人还不认可萨克雷、哈代的文学地位。但是从欧阳兰开始，萨克雷就成为中国的英国文学史经典得到重点讲解。盖斯凯尔夫人在埃文斯的《英国文学简史》中没有出现，但在德尔玛(Delmer)和桑德斯《牛津简明英国文学史》中出现，被简略提及，在中国从金东雷开始一直到90年代初都被认定是重要作家，新世纪后其经典地位有所动摇，有些文学史已经将其除名。盖斯凯尔夫人在英国算不上重点作家，但由于她关注工人阶级生活状况和描述工人阶级的斗争而受到苏联和中国的青睐，金东雷明显受到马克思主义在中国传播的影响，从他在《英国文学史纲》中不断宣扬进步观念和普罗文学，高度赞扬盖斯凯尔夫人等得到印证。唯美主义运动作家王尔德、罗塞蒂兄妹、卡莱尔、拉斯金、塞缪尔·巴特勒在西方被认为是很重要的作家，在中国仅仅得到有限的关注。一些通俗作家如柯南道尔、斯蒂文森、柯林斯尽管在英国的文学史中出现，但在中国的英国文学史并不作为重要作家关注（柯南道尔则很少出现），尽管从民国时期开始，柯南道尔的福尔摩斯早为国人所熟知，这说明在中国通俗文学家想入史仍很困难。

对比民国时期和新中国成立后的文学史发现，民国时期收录还相对比较丰富的英国文学经典作家，到新中国成立后经过筛选、淘汰，最终胜出的就那么有限的几个，即华兹华斯、柯勒律治、拜伦、雪莱、济慈、司各特、奥斯丁、狄更斯、萨克雷、勃朗特姐妹、乔治·艾略特、哈代、丁尼生等。女作家奥斯丁、勃朗特、艾略特虽然也出现在金东雷的文学史中，但她们的地位和占有的篇幅是无法和男性作家相比的。他们最终被认可为英国文学史经典中的经典，成为19世纪最有影响和代表性的作家，在中国的英国文学教学中得到重点的讲解和阐释。为什么会造成这样的结果和差异？当然经典本身就是一个淘汰的过程，能够成为经典的一定是经受过时间和空间的考验，有自身独特的审美性和自身的价值，如布鲁姆所说的"能够成为经典的必定是社会关系复杂斗争的幸存者，有一种无法同化的原创性或陌生性"①，也就是说"经典之作包含一种可以超越它的具体时代背景而覆盖到后代的超时性，超越它的具体描写内容和主题,可以涵盖到更广阔社会生活的普遍意义。"②但是也有不同的意见，女性主义者认为大量的女性作家被忽视而仅仅入选少数几个，是男性权力机制有意为之的结果。后殖民主义者认为西方宗主国对少数族裔作家和作品的歪曲解读是权力机制的结果。童庆炳先生认为文学经典的建构涉及六个因素，其中一个就是意识形态和文化权力变动。③作为异域经典，无疑会受到意识形态和传统文化价值差异的影响。从意识形态来说，民国时期还有一席之位的作家如唯美派作家罗塞蒂、王尔德等由于倡导唯美主义运动被列宁和苏联民主主义者批判为颓废派受到打击，虽然20世纪90年代以后随着意识形态的放松得到平反，争得一席之地，但仍无法挽回其应有的地位，有些文学史仅仅是一笔带过。同样的例子还有骚塞，由于后期成为宫廷诗人，专为统治者歌功颂德而遭到排斥，在新中国成立初期被斥之为反动浪漫主义的代表之一，其早期作品的价值一概被抹杀掉。唯美派作家之所以不能翻身的另一个原因恐怕和中国的诗教传统有关，中国向来提倡文学的诗教传统和政治功能，对于那些"为艺术而艺术"的作家，虽然在民国时期影响较大，但在强大的文学传统面前，

①　哈罗德·布鲁姆:《西方正典》，江宁康译，南京：译林出版社，2006年，第27页。
②　张荣翼，李松:《文学史哲学》，武汉：武汉大学出版社，2014年，第35页。
③　童庆炳，陶东风:《文学经典的建构、解构和重构》，北京：北京大学出版社，2007年，导言，第5页。

仍不堪一击。又如，受意识形态的影响，在西方评价很低的宪章运动作家和爱尔兰作家伏尼契由于受到苏联民主人士的吹捧而在新中国成立后受到重视，地位被大大抬高，很长一段时间内影响着国人的经典价值取舍。到今天这一现象也没有完全解除，如常耀信主编的《英国文学通史》（2011）在维多利亚时期专辟一节详细讨论了宪章运动作家和社会主义运动作家，人数多达10人，连西方不看好的伏尼契也出现在爱尔兰作家之列，可见其影响深远。

民国时期之所以会出现那么多作家，有一部分甚至名不见经传，和当时特殊的时代有关，当时由于资料缺乏，国人开始初步尝试写外国文学史，一般会参考国外的文学史包括日本的文学史，如金东雷就参考了日本小泉八云著的《英国文学》，林惠元译的 Delmer 著的《英国文学史》，Neilson 和 Thorndike 著的 *A History of English Literature* 等，无疑会受此影响。从这些名单中，我们还可以发现妇女作家的地位变化。从王靖、欧阳兰的文学中，几乎看不到妇女作家，偶尔几个也是一笔带过的，现在几乎湮没不闻了。但是到金东雷，妇女作家明显增多了，内容介绍也增加了许多，除了奥斯丁、勃朗特姐妹、盖斯凯尔夫人和艾略特这些经典之外，他还简要地例举了许多不怎么出名甚至名不见经传的名字，如 Mrs. Wood, Mrs. Linton, Mrs. Olipant, Miss Yonge, Mrs. Craik Lyall。经过时间的推移和优胜劣汰的选择，最终确立了奥斯丁、勃朗特姐妹、艾略特等几个少数女作家的经典地位。即使是这些被选为经典的作家，他们之间的地位也不是和国外的标准完全一致，有些甚至是大相径庭，如夏洛蒂·勃朗特、艾米丽·勃朗特和奥斯丁三人的评价问题。在勃朗特姐妹中间，西方自 19 世纪末以来，普遍认为妹妹艾米丽的才华在姐姐之上，评论界认为在艺术手法、叙事结构、主题内涵、变态人格塑造等方面，《呼啸山庄》都要超越《简爱》，他们认为《简爱》在许多方面显示出通俗文学的特征。如英国文艺评论家赫伯特里德说艾米丽是"我国文坛上一位最奇特的女才子，和鲍德莱尔（应是波德莱尔）和爱伦坡属于一类"，并赞美她的诗歌是"英国诗苑中女诗人诗作的精英。"① 连伍尔夫在《论小说和小说家》里也坚持认为艾米丽的才华高于夏洛蒂。埃文斯在《英国文学简史》中说艾米丽的《呼啸山庄》"新颖独到之处超出这个世纪的任何其他小说"，"夏洛蒂的才能更为散漫。"② 但在我国的文学史中，夏洛蒂的《简爱》要高于《呼啸山庄》是不争的事实。在夏洛蒂和奥斯丁之间，西方普遍认为奥斯丁的地位要远远高于夏洛蒂，利维斯在《伟大的传统》，布鲁姆在《西方正典》，鲁宾斯坦在《英国文学的伟大传统》中都盛赞奥斯丁，但都没有提勃朗特姐妹。而在我国的文学史上，夏洛蒂明显高于奥斯丁，这体现了一个意识形态和文化传统的问题。奥斯丁的语言幽默、风趣、机智、优雅以及轻微的讽刺，对爱情婚姻的深刻揭示都不是中国人所喜爱的，而夏洛蒂在《简爱》中对阶级不平等的愤怒、对女性尊严的维护、对社会不公的批判、对炽热情感的不自觉流露，对国人来说都极具吸引力，同时奥斯丁是中产阶级的一员，

---

① 杨静远：《勃朗特姐妹研究》，北京：中国社会科学出版社，1983 年，第287 页。

② 埃文斯：《英国文学简史》，蔡文显译，北京：人民文学出版社，1984 年，第284 页。

描写的也是中产阶级的温文尔雅的小资生活，对比之下，夏洛蒂·勃朗特出身贫困，经历过艰难困苦，简爱就是她真实生活的写照，无疑对国人来说引起深深的同情。新中国成立后，意识形态的原因，奥斯丁受到过贬抑，阿尼克斯特的《英国文学史纲》和苏联科学院高尔基世界文学研究所编的《英国文学史》都没有提奥斯丁的名字，就是因为奥斯丁没有夏洛蒂描写的对社会不公和阶级不平等的愤怒。奥斯丁在苏联文学史地位不高，而勃朗特姐妹却极为重视，和意识形态不无关系。夏洛蒂·勃朗特的《维勒特》由于揭示了劳资矛盾、阶级矛盾而受到马克思的高度赞扬，被突出出来。进入20世纪90年代以来，受国外女性主义的影响，《简爱》的地位被再次突出出来。这些都造成了夏洛蒂和《简爱》在国人心目中的地位和影响力。

　　但是文化传统无疑也是一个极其重大的影响因素，如中国是一个诗歌王国，历来重视诗歌，20世纪早期受西方文学观念的影响，在"文学界革命"的影响下，小说和戏剧重新被认识，从此文学观念基本上以西方的纯文学观定义文学的范围，诗歌、戏剧、小说、散文，排除了古代文学即文章之学的称呼，这样，历史、哲学、思想史等著作就被剔除在外了。而散文又由于定义太过宽泛，西方有把历史、哲学归为散文的传统，但中国严格遵守纯文学观念，尤其是新中国成立后，受苏联的阿尼克斯特的《英国文学史纲》[①]影响在书写外国文学史的时候，基本上把散文都排除掉了，这对以后的文

---

　　① 阿尼克斯特的《英国文学史纲》目录里每一时期都是按诗歌、戏剧、小说来划分小节的，没有散文。由于国内当时基本上都是采取苏联模式，教学大纲也是参照苏联的文学史定的，所以国内以后的文学史受此影响很大。

学史书写影响深远。这无形中就删减了一部分作家。另一方面，从文学传统来说，中国是一个重视高雅文学的国度，戏剧、小说也是在西方影响下才得以进入高雅文学的殿堂的。中国自古不乏小说，但由于传统观念的影响，小说一直被认为是市井闲谈而遭贬低，即使在西方文学观念影响下，小说的地位有所提高，但高雅文学与通俗文学的对立一直存在，小说中的科幻文学、侦探文学、哥特文学一般被认为是追求刺激的目的来取悦读者的，艺术价值打了折扣，不能进入文学史，所以在中国的英国文学史中几乎看不到这些通俗小说家的名字也就不足为怪了。

由此可见，中国的英国文学史经典不一定就是英国本土的文学史经典，其差异非常明显，即便是有些都出现在中国、英国的文学史中，在对他们的评价和作品阐释上也会存在着差异。下面就从经典作家评价和经典作品阐释两方面看看，中、英文学史存在着哪些差异，其缘由何在。

二、英国文学经典作家的评价

经典通过学术评价活动重新建构一套文学的序列，文学史的书写正是学术活动的一个部分，是对学术评价活动的积累和总结。几乎每个作家都或多或少经历过一个重新被评价的命运。正是在被重新评价和再评价的过程中，其价值被重新挖掘，其地位得到改变，并最终确立在文学史中的经典地位。中国的英国文学史也正是在对这些作家评价的不断变化中，确立其地位，并折射出时代的影响和思想的变迁。我们以浪漫主义"湖畔派"诗人为例，来探析某些作家在异域文学史中经历了怎样的变迁，最终得以确立其经典的地位。

湖畔派诗人在中国大约经历了三个阶段，第一时期为民国时期，第二时期为新中国成立后到 20 世纪 80 年代末，第三个时期为 20 世纪 90 年代以来至今。这三个阶段中，他们的命运发生了显著的变化，呈现出完全不同的形象。

湖畔派诗人包括华兹华斯、柯勒律治和骚塞。所谓湖畔派并不是一个团体，其得名是由于三人有一段时期都旅居在湖畔附近而被《爱丁堡评论》讥之为"湖畔派"，三人风格其实很不相同。在三个诗人中华兹华斯一般被认为是他们的领袖人物，柯勒律治次之，而骚塞则由于后期倾向于保守派，为统治阶级歌功颂德被拜伦等讥讽过，受到人们的批评，渐渐被人们遗忘，只有在提到华兹华斯和柯勒律治时才会想到他。

在英国国内，华兹华斯被认为是继莎士比亚和弥尔顿之后的最伟大的诗人。埃文斯在《英国文学简史》中说华氏是浪漫主义诗人中"最年长、最伟大同时也是最长寿的一位。"[①] 他认为柯勒律治是华兹华斯最亲密的朋友，是"那个时代最有学问、最勤奋的人士之一"，"所有见过的人对他的个性的魅力和谈锋的雄健无不为之倾倒"，"是梦幻境界的操纵者，影响了现代诗歌"。[②] 而骚塞则完全没有出现。桑德斯在《牛津简明英国文学史》中说"华兹华斯的创作就像司各

---

① 艾弗·埃文斯：《英国文学简史》，蔡文显译，北京：人民文学出版社，1984 年，第 68 页。

② 艾弗·埃文斯：《英国文学简史》，蔡文显译，北京：人民文学出版社，1984 年，第 76—81 页。

特的创作，重新创造和复活了历史"，"他后来对英国文化的影响，对从卡莱尔时代到劳伦斯时代的整整一个世纪文学的影响都是无法估计的，他实际上完成了破除旧偏见和旧的审美趣味的进程，通过他的广泛的影响，他创造了新的观念和新的审美趣味。"[1]其评价之高，可见一斑。对柯勒律治，他说"柯尔律治创作了许多极其优秀的作品，包括对话体诗歌《酸橙树遮蔽了我的牢房》《霜夜》和他的两首伟大的幻想诗作的《古舟子咏》和《忽必烈汗》。"并说他的诗歌富于想象和创造精神。对于柯勒律治文学批评，他说："与约翰逊博士一样，他仍是一位最具有洞察力和挑战性的莎士比亚批评家，一个承认不同特性却也顾及缺点的人，一个喜欢和敬仰莎士比亚而又并非对他顶礼膜拜的人……他的文学批评形式经常是独出心裁的，以一种感知活力的喷发表现出来。"[2]与华兹华斯和柯勒律治高度赞扬比较起来，骚塞的评价则很低，"无论在哪一方面，他算不上一个天才作家，根本无法同他的两个朋友相比，他的名字则与最初被蔑称的'湖畔派诗人'联系在一起"。[3]

在民国时期的文学史中，对他们三人的评价还是比较高的。王靖和欧阳兰都是按骚塞、柯勒律治和华兹华斯的顺序来叙述的。这一点与我们现在所见的文学史恰恰相反，无论是按年龄说还是按文

---

[1]　安德鲁·桑德斯：《牛津简明英国文学史》，高万隆等译，北京：人民文学出版社，2000年，第527—528页。

[2]　安德鲁·桑德斯：《牛津简明英国文学史》，高万隆等译，北京：人民文学出版社，2000年，第531—535页。

[3]　安德鲁·桑德斯：《牛津简明英国文学史》，高万隆等译，北京：人民文学出版社，2000年，第535页。

学影响都应该是华兹华斯、柯勒律治、骚塞的顺序。似乎与王靖喜
爱谈论文人品质而不是作品有关，王靖的《英国文学史》谈到的多
半是作者品质、逸闻趣事，有时候竟不符合事实，涉及到作品内容
很少，即使有也是为了来说明作者人品。所以他明显更加赞美骚塞、
其次是柯勒律治，对于华兹华斯则评价其作品而不是人事。他在书
中对骚塞、柯勒律治、华兹华斯之间的友谊特别赞赏，说"琐式（即
骚塞）与华德司华斯（华兹华斯），克内列德（柯勒律治）为莫逆交。
幼同乡，三人志向如一，皆工诗……可与我邦虎溪三友相颉颃也。"
并说骚塞极慷慨，尽管柯勒律治家穷，却常常救济他，故有"雅有
轻裘肥马与朋友共之之概……常时时周恤无吝啬。分金高谊，尤令
人不胜敬仰。"[1] 并说骚塞人极聪明极勤奋，只是作品大都散佚了，让
人惋惜。对他的诗作，他说"清简遒劲，如其为人。"[2] 说柯勒律治
"喜谈天下事。每遇酒酣耳热之际，常扼腕为淋漓慷慨之言。有拔剑
斫地，举酒问青天之概……洵为奇才。"[3] 但对他的诗则批评说"格调
神韵欠活泼之精神"，但"其诗《克里斯特贝尔》音韵铿锵。可谱入
乐府。"并说柯勒律治和华兹华斯情深义重，"雅有管鲍分金之谊"。[4]
并赞美华兹华斯之诗"神韵淡远。用字亦浅现。如白香山之诗。老
妪都解。"说他用朴实平常的语言作诗，"循天然轨迹。不暇雕琢。
非如多贾胭脂画牡丹之徒事渲染也。"[5] 欧阳兰对骚塞的评价则少了王

---

① 王靖：《英国文学史》，上海：泰东书局，1927 年，第 62 页。
② 王靖：《英国文学史》，上海：泰东书局，1927 年，第 63 页。
③ 王靖：《英国文学史》，上海：泰东书局，1927 年，第 63 页。
④ 王靖：《英国文学史》，上海：泰东书局，1927 年，第 64—65 页。
⑤ 王靖：《英国文学史》，上海：泰东书局，1927 年，第 65 页。

靖的赞美之语，说他虽然得过"桂冠诗人"的称号，但"他的诗才在今日看来却仍不免有凡庸之讥"，因为他的诗"缺乏真诚的感悟"，但称赞他早期思想有革命的一面。对于柯勒律治，他说"卡莱基之为诗人，最可注意的就是他的想象，他的音乐之韵文，和他的美丽的句法。"[①]并认为柯勒律治作为批评家和哲学家地位也是很高的。对于华兹华斯，他认为他开创了新的风格，所以是一个革命的诗人，并认为华氏对传统的革新，对穷苦人的同情，反映出他对公理必胜的信仰。金东雷则把他们的顺序掉过来，变成今天的华兹华斯、柯勒律治和骚塞。对于华兹华斯，他说是"脱下古典主义的旧衣服的诗之革命者"，"在英国文学史上，确实是划开古代和领导近世的诗人，他指给我们一套文艺上的新大道。"[②]对于柯勒律治，他用人生的三个阶段来比喻，"他的少年时代富于热情、富丽的幻想，中年时代比较的在玄想中有主观力、理解力，尤其富于批判性，到了老年，则他的观察一切东西比较透彻，他的文章的作风也倾向于秩序、哲学等方面了。在近世文学史上，他启示了人们不少诗的情绪。"[③]可见评价之高。对于骚塞，他也是肯定的，说他的诗分为两种，一种是史诗，另一种是抒情诗，"史诗大都是蔚为大观，内容异常丰富；抒情诗简短而朴实，和华兹华斯作风相近"[④]。

---

① 欧阳兰：《英国文学史》，北京：北京大学出版部，1927年，第135页。
② 金东雷：《英国文学史纲》，长春：吉林出版集团有限公司，2010年，第216页。
③ 金东雷：《英国文学史纲》，长春：吉林出版集团有限公司，2010年，第222页。
④ 金东雷：《英国文学史纲》，长春：吉林出版集团有限公司，2010年，第223页。

　　由此可见，在民国时期的文学史上，湖畔派诗人的地位是比较高的，主要持肯定、赞赏的态度，对他们的文学成就的评价也较为公允。然而到新中国成立后形势转变，新中国成立后由于意识形态的影响，中国的英国文学史受苏联影响较大，主要是阿尼克斯特的《英国文学史纲》，当时作为大学教材使用，阿尼克斯特把湖畔派称为反动的浪漫主义，和革命的浪漫派拜伦雪莱形成鲜明的对比。当时的《英国文学史教学大纲》也是在参考苏联的教学大纲制定的，里面对湖畔派做了定性，说华兹华斯的诗是"脱离现实的繁衍，他对自然的唯心看法以及对农村生活的理想化"，柯勒律治是"神秘主义和颓废主义"，骚塞是托利党的寡头政治诗人①。这个评价在很长时间内影响着国内文学史的书写，到了 20 世纪 80 年代仍然没有完全改变，如 1983 年范存忠的《英国文学史提纲》在评价中仍然基于上述观点，说华兹华斯"大多数诗作中都有使大自然神秘化，并让自己沉溺于泛神主义幻想中的倾向……华兹华斯对农民阶级传统和陈旧不变的特征写得很多，他颂扬逆来顺受，颂扬它的贫困、无知和偏狭，而且欣赏人们智力上的落后……在年轻一代的心目中，他是一个落荒而逃的首领。"②这种评价不仅不公允，简直就是歪曲事实，华兹华斯被贬得一文不值。对于柯勒律治，说他是个梦幻者，和华兹华斯一样是个遁世派，他的诗中的人物不是真实的，是"想象的

---

　　① 高等教育部编：《英国文学史教学大纲（草案）》，高等教育出版社，1953 年，第 20 页。

　　② 范存忠：《英国文学史提纲》，成都：四川人民出版社，1983 年，第 363 页。

影子"①。在刘炳善的《英国文学简史》里，虽然不是这么苛刻，但也称他们是消极的、逃遁的浪漫主义者。这个时期，在西方影响巨大的湖畔派普遍遭到贬低，完全否定了他们在文学史上应有的地位。

进入20世纪90年代后，随着改革的进一步深化，思想和学术上的放松，西方学术的引进，以及20世纪80年代末学术界的反思，湖畔派的地位逐渐得到恢复。在朱琳版（1993）里我们看到三个人的地位再次得到认可，她称华兹华斯是"挚爱自然的歌手"，柯勒律治和骚塞是"驰骋想象的诗人"。对他们的文学成就和文学史地位也给予了极大的肯定，她说华氏"无论是文学贡献还是创作本身，都是一位重要的诗人，他的诗歌理论和实践标志着英国诗歌完成了从古典主义向浪漫主义的转变，开启了现代诗风。他的以人与自然关系为中心的抒情诗，意境清新，形象生动，语言质朴，音韵优美，影响了一代浪漫主义诗人。"②对于柯勒律治，她认为是"三位诗人中最有天才的……柯勒律治并非多产诗人，但他的诗作独树一帜，是英国浪漫主义的奇葩。"对柯勒律治的文学创作和文学批评，她也评价极高，"无论是作为诗人，还是评论家，在西方都享有盛名，他的诗以生动的想象，美妙的韵律，赢得'纯粹的诗'的赞誉。"③这个评价的确是独特的，与众不同的。对于骚塞，评价则低一些，她认为三个诗人中，骚塞的"诗才最为逊色"，"骚塞的成就不如华兹华斯

① 范存忠：《英国文学史提纲》，成都：四川人民出版社，1983年，第363页。
② 朱琳：《英国文学简史》（下），海口：海南出版社，1991年，第7页。
③ 朱琳：《英国文学简史》（下），海口：海南出版社，第8—12页。

和柯勒律治，但他的诗作也充分显示出浪漫主义特色。"[1] 在朱琳版里，贴政治标签的做法没有了，也不再用思想性解读作家作品，主要是关注作品的艺术审美，对作家的历史地位评价也很公允。新中国成立初期贴政治标签的这种做法慢慢地得到纠正，不过，对于骚塞，则有点不同，许多文学史已将他除名，只有少数还零星介绍一下，如常耀信版（2011）还关注他，但评价不太高。

从民国时期到21世纪，短短一百年的时间里，湖畔派诗人在中国就经历了起起伏伏的转变，让人惊叹。从这些转变中，我们发现异域文学的经典作家经历了一个漫长的过程才最终确立其经典地位，形成了19世纪经典作家的序列，他们就是华兹华斯、柯勒律治、拜伦、雪莱、济慈、狄更斯、萨克雷、奥斯丁、司各特、勃朗特姐妹、乔治·艾略特、丁尼生、哈代等。但是即便他们的经典地位得到确立，但最终确立的作家们的作品，其地位和阐释也不尽相同，也经历了一个漫长的转变过程。

三、英国文学经典作品的阐释

如同经典的选择和经典作家的评价都经历一个变迁的过程，经典作品也经历了一个不断被阐释的过程。这个过程体现出意识形态和传统文化、思想观念等的影响。现以夏洛蒂·勃朗特的《简爱》为例来窥探经典作品不断被阐释的过程。

前面提到过夏洛蒂·勃朗特和她的代表作《简爱》第一次在国内

---

[1]　朱琳：《英国文学简史》（下），海口：海南出版社，第12—13页。

的文学史中出现是在金东雷的《英国文学史纲》（1937）里。为什么直到 1937 年才首次出现？这和国人的接受有关。《简爱》最初进入国人视野是从一些学者的零星介绍开始的，1917 年林德育在《妇女杂志》上的《泰西女小说家论略》中对其进行了简要的介绍，1927年郑次川在《欧美近代小说史》中也对其做了简要的介绍。但"客观而论，在《简爱》中译本出版之前，国内能接触西洋语文乃至《简爱》原著的读者只是留洋人士或是上过新式学堂的人，数量少，难成气候。"[①] 也就是说有了中译本，会普及国人对作者和原著的了解，因为不读其著作，间接从其他侧面了解会对作者及其著作的可靠性大打折扣，即使被写入文学史，也未必会作为经典作家花大笔墨加以介绍。这一点我们可以从国内最早有中译本的狄更斯、司各特、拜伦等在早期文学史中占据显著地位可知。1935 年国内第一本《简爱》的中译本为伍光建译的《孤女飘零记》和李霁野译的《简爱自传》，在国内读者中引起了强烈的反响，一版再版，到 1947 年已经再版 6 次，可见其影响之巨大。这些在金东雷的《英国文学史纲》中得到体现，金东雷对夏洛蒂·勃朗特的家庭出身、创作经历、创作特色、代表作品及其评价都做了说明，并附带提及了她的两个妹妹。金东雷说她的风格是"逼真地去描写社会实情……于写实主义作风之外，又添些欲念的色彩，有轻微的浪漫主义思想。"[②] 受传统文

[①] 徐菊:《经典的嬗变——〈简爱〉在中国的接受史研究》，上海：上海文艺出版社，2010 年，第 14 页。

[②] 金东雷:《英国文学史纲》，长春：吉林出版集团有限责任公司，2000 年，第 395 页。

化的影响，他认为凡成功人士都经受过磨难，那些优秀的作品都是作家"发愤著作"的体现，"大凡文学上最好的东西，大多是从困苦的作家写出来的，发泄忧愤之气的作品，文辞必然优美，盖欢愉之词难工，愁苦之言易好，卡罗特写《真·爱》（即简爱）、《瑟力》（今译《雪莉》）和《凡尔脱》（今译《维勒特》）等许多小说便是所谓愁苦之言，无怪她的作品，能够一鸣惊人。"① 显然，金东雷的评价受传统文论的影响，他的忧愤之言，来自司马迁评屈原的《离骚》。司马迁认为《离骚》是屈原"疾王听之不聪也，谗谄之蔽明也，邪曲之害公也，方正之不容也，故忧愁忧思而作《离骚》……屈平之作《离骚》盖自怨生也。"② "发愤著书"说也因此而成为中国古代文论和中国文学创作论的重要观点，无疑金东雷受此影响而出此语，这是中国传统文化影响的体现。

新中国成立后，由于主流意识形态以阶级、政治图解文学，《简爱》的评价又变了。马克思曾高度赞扬过夏洛蒂·勃朗特③，受此影响《简爱》也得以在中国以古典文学的资格广为流传，和其他古典文学一样，《简爱》的解读完全被政治化。一方面简爱对社会不公的揭露和抨击被放大，认为《简爱》是对资本主义社会黑暗的揭露，

---

① 金东雷：《英国文学史纲》，长春：吉林出版集团有限责任公司，2000年，第396页。

② 司马迁：《史记》，长沙：岳麓书社，2002年，第495页。

③ 马克思在1854年8月1日发表在《纽约每日论坛报》上的文章《英国资产阶级》中把勃朗特和狄更斯、萨克雷、盖斯凯尔夫人一起成为杰出的小说家。他说："他们在自己卓越的，描写生动的书籍中向世界揭示的政治和社会真理比一切职业政客、政论家和道德家加在一起所揭示的还要多。"《马克思，恩格斯论艺术》，中国社会科学出版社，1983年，第2卷，第296页。

简爱是反抗资本主义社会阶级压迫的先锋而拔高处理。另一方面简爱作为一个身处逆境，不懈奋斗，勇于追求妇女的解放，符合主流意识形态，因为在马克思主义学说里，性别问题和阶级问题是分不开的，只有性别解放了，妇女问题解决了，才能真正实现阶级平等，因此简爱追求自身的平等和幸福的权利被解释为反抗资本主义社会阶级压迫，揭露资本主义社会制度下妇女悲惨命运的革命先锋。80年代，政治封锁被解除后，思想解放，人性复苏，新启蒙话语继承了五四启蒙精神，更强调人性论，这时候性别平等不再是主流意识形态抹杀性别差异，提倡女性中性化，而是强调性别差异，女性意识和情感的表达，这时候50—70年代在政治阶级话语下图解的《简爱》，再次演变成勇于追求幸福婚姻、女性尊严、富于个性的新女性形象。如范存忠在《英国文学史提纲》中评价《简爱》在"维多利亚时代的小说里是独一无二的，它是英国的第一部，或许甚至可以说是迄今最有力，最受欢迎的一部描述自由的，具有反抗精神的女性的小说，这种妇女要求自由地去感受，自由地去讲她所感觉到的一切，简虽然穷，却是独立的。她能自己谋生，而'不需要出卖她的灵魂去买取幸福'。她并不怕直率地告诉罗彻斯特：她爱他，但鄙视他，因为他想要娶一个富有，漂亮但在精神上低劣的女子为妻。在《简爱》一书中，妇女变得有发言权了，可以在平等的基础上面对男子"[1]。

　　进入20世纪90年代以来，对《简爱》的解读则呈现出多角度、

---

[1]　范存忠:《英国文学史提纲》，成都：四川人民出版社，1983年，第406页。

多侧面，显示出旺盛的生命力。有人从写作手法认为《简爱》是带
有自传性质的小说①，该小说第一人称叙事可以拉近读者与作者之间
的距离，从而吸引读者②，对人物形象的刻画和强烈情感的生动描
述③。有从语言特色上，排比、倒装、重复结构形成了一种充满雄辩
的激情，语言节奏激昂顿挫④。有从小说的写作手法解读是现实主义
和浪漫主义的结合⑤。也有从心理描写着手，认为这是一部现代意识
派小说的先驱，个人意识小说的先驱⑥。也有从哥特小说元素的恐怖，
阴森的红房子，阁楼上的疯女人，令人毛骨悚然的怪笑，神秘的大
火等，准确地反映出主人翁的孤独，压抑的心理特征⑦。也有从象征、
意象等方面入手⑧。蒋承勇在《英国小说发展史》中从宗教的角度对

---

① 常耀信：《英国文学史通史》（第二卷），天津：南开大学出版社，2012 年，
第 468 页。钱青：《英国十九世纪文学史》，北京：外语教学与研究出版社，2006 年，
第 315 页。

② 常耀信：《英国文学史通史》（第二卷），天津：南开大学出版社，2012 年，
第 469 页。钱青：《英国十九世纪文学史》，北京：外语教学与研究出版社，2006 年，
第 317 页。

③ 常耀信：《英国文学史通史》（第二卷），天津：南开大学出版社，2012 年，
第 516 页。钱青：《英国十九世纪文学史》，北京：外语教学与研究出版社，2006 年，
第 316 页。

④ 钱青：《英国十九世纪文学史》，北京：外语教学与研究出版社，2006 年，
第 317 页。

⑤ 李维屏：《英国女性小说史》，上海：外语教育出版社，2011 年，第 145—
146 页。钱青：《英国十九世纪文学史》，北京：外语教学与研究出版社，2006 年，第
315 页。

⑥ 李维屏：《英国女性小说史》，上海：外语教育出版社，2011 年，第 146 页。

⑦ 王守仁：《英国文学简史》，上海：上海外语教育出版社，2006 年，第 138
页。李维屏：《英国女性小说史》，上海：外语教育出版社，2011 年，第 147 页。

⑧ 钱青：《英国十九世纪文学史》，北京：外语教学与研究出版社，2006 年，
第 318 页。李维屏：《英国女性小说史》，上海：外语教育出版社，2011 年，第 147 页。

此小说进行了分析，他认为小说的宗教基调浓厚，小说有 60 多处引用圣经或者化用其典故，主要情节也是《圣经》故事的隐喻，简爱的出走的选择包含着抵御诱惑，纯净灵魂的基督意识，罗彻斯特的命运则体现了犯戒、受罚和忏悔得救的基督教公式。[①]

在所有的阐释解读中，最引人注目的无疑是女性主义解读。女性主义批评是 20 世纪 70 年代声势浩大的一场女性在文化领域反对男权社会，争取自由平等的权利。她们打破了第一次浪潮中要求女性在政治、经济领域争取平等权利之后的又一次争取文化领域的行为，其中美国的女性主义批评就是以文学文本为例，重新解读经典作家作品，代表人物有米利特、肖瓦尔特，吉尔伯特和苏珊·古芭。肖尔瓦特在《她们自己的文学：从勃朗特到莱辛》对维多利亚时代女性小说家重新解读，她对《简爱》的解读是简爱和艾伦、伯莎共同构成了简爱性格中的两级。简爱在这两者中搏斗，最终获得精神和肉体中的平静。[②]艾伦代表理性一面，有着温柔的特质，而伯莎代表动物性、非理智的一面，富于激情和破坏力。无独有偶，在吉尔伯特和古芭合著的《阁楼上的疯女人——妇女作家和 19 世纪文学想象》持相同的看法，并对简爱和伯莎·梅森形象做进一步的阐释。她们认为男权社会把女性塑造成天使和恶魔两个极端。天使是要求完美、柔弱、富于牺牲的女性形象，而恶魔则是对男性有着致命威胁的不顺从的女性。在 19 世纪妇女作家的笔下，都呈现出天使和恶

---

① 蒋承勇：《英国小说发展史》，杭州：浙江大学出版社，2006 年，第 154 页。
② 肖瓦尔特：《她们自己的文学——从勃朗特到莱辛》，韩敏中译，杭州：浙江大学出版社，2012 年，第 104 页。

魔两个极端的女性对照，其实是女作家采取的迂回策略，天使的角色的认同是出于生存法则的需要不得已采取的策略来迎合男权社会，而恶魔型女性则是女作家对男权社会文化的愤怒和不满，天使和恶魔是同一女性分裂人格的不同侧面。所以简爱和疯女人伯莎·梅森是同一个人，是夏洛蒂·勃朗特对男权社会不满而采取的迂回策略。

新世纪之后，国内的文学史开始借用这些女性主义批评的方法来解读《简爱》。如五卷本的文学史是这样说的："伯莎·梅森是简欲望自我的极端形式，正如海伦·彭斯是她的理性自我的极端形式，必须在两个极端自我死亡之后，简才能实现她的完整人格。"[①]李维屏在《英国女性小说史》中说简爱是英国文学史上最令人难忘的女性人物之一，她凝聚着夏洛蒂的想象、勇气、抗争和人生的思考，这是一个彻底背离维多利亚"房中天使"传统俗套的女性形象……她深具民主平等意识，蔑视庸俗社会等级观念和拜金主义的婚姻模式，具有金子般的品质。[②]并说海伦和伯莎、简爱是三位一体的女性人格，共同组成了简的三个精神层面，而伯莎代表了简那被社会道德压抑的非理性人格的一面[③]。常耀信在《英国文学通史》中用了 11 页的篇幅讨论《简爱》，他认为简这个人物既有维多利亚时代的印记，同时又超越了它的局限，并说《简爱》是女权主义的宣言书。伯莎·梅

---

① 钱青：《英国 19 世纪文学史》，北京：外语教学与研究出版社，2006 年，第318 页。

② 李维屏：《英国女性小说史》，上海：上海外语教育出版社，2011 年，第 145页。

③ 李维屏：《英国女性小说史》，上海：上海外语教育出版社，2011 年，第 148页

森和海伦·彭斯代表了简性格中两个对立面，简正是在这两种自身性格的内在矛盾中不断地超越着自我。[①] 刘意青在《插图本英国文学史》中说"简打破了英国文学传统中对女性非天使即恶魔的两极角色定位"[②]。

其实，20 世纪 80 年代末西方的女性主义批评已经引起国人的关注，如韩敏中女士在《外国文学研究》1988 年第一期《女权主义文评:〈疯女人〉与〈简爱〉》一文中对吉尔伯特和古芭的学说进行了简述，但这些学术成果一直到 20 世纪 90 年代末尤其是 21 世纪之后才开始出现在国内书写的英国文学史中，这一方面说明中国接受国外的思想滞后，同时也说明文学史作为学术成果的总结比学术评价要滞后。刚从思想禁锢中解放出来的中国学人要从西方学习的东西太多了，而吉尔伯特们的学说又太具震撼力了，他们还无法接受这石破天惊的"谬论"，加上国内学者历来对女性主义或女权主义反感，自然更不会立即接受这一学说，直到学术界此研究普遍扩大化，观念积累到一定程度才会在文学史中反映出来。

有人认为经典之所以成为经典是意识形态和权力操控的结果，也有人认为经典成为经典的理由是它们超越了阶级、种族、时代，具有自身特殊的审美性使然。毫无疑问，文学史的撰写是为了建立一套经典秩序，供后人膜拜和敬仰，起到典范和模范的作用。从以

---

① 常耀信:《英国文学通史》(卷二)，天津:南开大学出版社，2011 年，第471—477 页。

② 刘意青:《插图本英国文学史》，北京:北京大学出版社，2011 年，第 108页。

上英国文学经典作家的选择、作家的评价和作品的阐释三个方面可以看出，这一百年来英国文学史在中国书写经历了巨大的变迁，它们和意识形态、时代特征有着密切的关系，折射出 20 世纪中国复杂的社会现实、但不管怎样变化和影响，有的经典仍能经受时间的考验，穿越各种屏障，保持着自身的魅力，屹立不倒。由此可以说，经典的塑造是由内外力共同作用的结果。

如前所述，意识形态和权力机制会影响着英国文学经典的塑造和选择。除此之外，文化传统和价值观念也会影响着文学经典的选择与塑造，下面将从文化传统方面看中国文学传统是如何影响英国文学经典的选择和塑造。

第二节　英国文学经典建构与中国文学传统

一、英国文学经典建构与中国古代文论

（一）文以载道的诗教传统

文以载道是关于文学社会作用的观点。"文以载道"思想在中国历史悠久，最早可以追溯到儒家创始人孔子，孔子在编《尚书》时就提出"诗言志"，《论语·泰伯》说："兴于诗，立于礼，成于乐。"[①]《论语·季氏》说："不学诗，无以言。不学礼，无以立。"[②]《论语·阳货》说："小子何莫学乎诗。诗可以兴，可以观，可以群，可以怨。

---

① 《论语》，魏何晏集解，清黎庶昌辑，张立华校，合肥：安徽人民出版社，2013 年，第 464 页。

② 《论语》，魏何晏集解，清黎庶昌辑，张立华校，合肥：安徽人民出版社，2013 年，第 478 页。

迩之事父,远之事君。"① 说的都是文学的教化作用。孔子笔削《春秋》也是典型地体现了此思想。随后的西汉奉儒家为正统,"文以载道"思想进一步得以强化,形成于西汉的《毛诗序》便以为《诗经》的"风"是"上以风化下,下以风刺上","雅"是"言王政之所由废。"刘勰在《文心雕龙·原道》中首次明确了"文以明道",说"道治圣以重文,圣因文而明道"②。唐代韩愈也以"文起八代之衰,道拯天下之溺"认为"文者,贯道之器也。"③ 白居易也提出"文章合为时而著,歌诗合为事而作"④。经由刘勰的"文以明道",唐代韩愈的"文以贯道",再到宋代的周敦颐,"文以载道"最终确立、发展完善。周敦颐在《通书·文辞》说:"文所以载道也。轮辕饰而人弗庸,徒饰也,况虚车乎。"⑤ 朱熹也把文看作是道的附庸和派生,说道是文的根本,文是道的枝叶。文以载道遂成为维护二千多年来封建思想意识形态的工具,丧失了文学的独立性。

文学成了传播儒家之"道"的手段和工具。文以载道的诗教传统是以孔子为代表的儒家思想中最为重要的文学批评传统之一。文以载道强调文学的政治功能,即重视文学的人文教化作用,重视文艺对人格、道德养成的价值。儒家思想把文学看得很高,认为文学

---

① 《论语》,魏何晏集解,清黎庶昌辑,张立华校,合肥:安徽人民出版社,2013 年,第 279 页。

② 刘勰:《文心雕龙》,王志彬译注,北京:中华书局,2012 年,第 10 页。

③ 韩愈:《韩昌黎文集校注》,马伯通校注,上海:古典文学出版社,1957 年,李汉序,第 3 页。

④ 白居易:《与元九书》,选自《白居易文集》,谢思炜校注,北京:中华书局出版发行,2011 年,第 324 页。

⑤ 周敦颐:《周敦颐文集》,长沙:岳麓书社,2007 年,第 78 页。

对社会的影响，对人们思想的改善、向善有着极为重要的作用。李建中教授认为文以载道的诗教传统是儒家文化对中国文学批评产生巨大影响的"三大主义"之一，即功利主义[①]，也就是说把文学当作一种手段和工具。

　　儒家文化的诗教传统强调文学对社会现实和人生的积极干预作用，宣扬积极入世的思想。文以载道的诗教传统在选择、塑造文学经典的时候，尤其强调文学的社会干预作用。这也深深地反映在国人书写的英国文学史中，其中最为明显地体现在，一是重英国文学史上的文学作品的思想内容解读，二是重视19现实主义作家作品，强调作家对社会黑暗现实的揭露，描写下层人民的苦难。我们以中、西方公认的现实主义大师狄更斯为例来说明狄更斯经典形象的塑造经历了怎样的选择、过滤、变形和置换。19世纪现实主义在中国的英国文学史中一般被称为批判现实主义，重视此时期的文学作品的思想性可见一斑。文学史中作家的排序顺序一般是按照同一时期的作家出生的先后顺序为序，但在19世纪现实主义作家中，比盖斯凯尔夫人小两岁，比萨克雷小一岁的狄更斯往往排名在前（除了王佐良五卷本之外），足以见其重要性。在西方，对狄更斯的评价一方面肯定其反映现实，另一方面又批评其刻画现实的手法。狄更斯被描述为"英格兰现状的描述者"，"反映了维多利亚社会的性质"[②]等。如安德鲁·桑德斯在《牛津简明英国文学史》中认为狄更斯作品"充

---

① 李建中：《中国文学批评史》，北京：北京大学出版社，2009年，第2—3页。
② 参见安德鲁·桑德斯：《牛津英国文学史》，艾弗·埃文斯《英国文学简史》，Neilson《英国文学史》等等。

满了各种各样的冲突和不和谐，怪癖，压抑的活力及其不同寻常的丰富"，并认为狄更斯用他的小说作为工具，"质疑社会的优先权和不平等现象，表达对某些制度，特别是那些僵死的，已失去作用的制度的怀疑，急切地呼吁行动和真诚。"[1] 艾弗·埃文斯在《英国文学简史》中也说狄更斯"热爱生活，但憎恨他生长在其中的社会制度……小说里去攻击他的时代的腐败现象。"[2] 并认为狄更斯是当时社会的一盏指引英国人民回到欢笑和仁爱中的道德明灯 [3]。乔治·桑普森在《简明剑桥英国文学史》中也认为狄更斯和同时代的其他作家一样，"真诚而深切地感受到'英国社会的政治问题'……把他的部分才能用于揭露压迫和不义之事。"[4] 因此，狄更斯作为现实主义作家是没有问题的。但是，狄更斯的缺点同样是无法忽视的，如桑德斯就认为狄更斯在小说中塑造的人物是"根据大众的想象来诅咒社会的黑暗"[5]。尼尔森和桑代克则在《英国文学史》中毫不客气地指出狄更斯小说艺术技巧的缺点，认为他故意夸大其词，得到的效果并不总是好的。"他不厌其烦地刻画贫民窟和债务人监狱，让人开始厌倦他对不公正的强调。他刻画的生活让人产生不真实感。在人物塑造

---

① 安德鲁·桑德斯：《牛津简明英国文学史》，高万隆等译，北京：人民文学出版社，2000 年，第 593 页。

② 艾弗·埃文斯：《英国文学简史》，蔡文显译，北京：人民文学出版社，1984 年，第 274 页。

③ 艾弗·埃文斯：《英国文学简史》，蔡文显译，北京：人民文学出版社，1984 年，第 278 页。

④ 乔治·桑普森：《简明剑桥英国文学史：十九世纪部分》，上海：上海外语教育出版社，1987 年，第 200 页。

⑤ 安德鲁·桑德斯：《牛津简明英国文学史》，高万隆等译，北京：人民文学出版社，2000 年，第 595 页。

上也倾向故意夸大，为了塑造幽默人物形象，狄更斯古怪到极致以至于人们很难去相信这些人是否存在。为了达到悲伤的效果，他残酷地利用了人们的同情心理，以至于人们想反叛。在塑造的恶棍型人物上的黑暗完全掩盖了人性。"①乔治·桑普森也说"由于狄更斯把说教掺和在艺术中，这就不免大大地损害了自己的声誉……我们也必须勇于承认，狄更斯为了推动慈善事业，有时就歪曲自己的价值观念，从而丧失了一个艺术家的气质……由于狄更斯生活在一个通俗闹剧盛行的时代，他有时在自己的作品中放进了一些除了在通俗闹剧舞台上以外就会毫无意义的人物……我们应该坦诚地承认这些都是狄更斯的败笔，很难予以原谅……通常指责狄更斯有感伤主义和浓厚的悲怆情调，这是可以承认的，过分的多愁善感是敏感的人必须付出的代价的一部分。"②这几部英国本土的文学史都批评了狄更斯的艺术创作的缺点和败笔，认为他过分夸大了事实，塑造的人物不太真实。

那么，在国内的英国文学史中，狄更斯的形象又是怎样的呢？狄更斯最初是通过林纾进入国人的视野，林纾曾翻译过狄更斯的小说《块肉余生记》《大卫·科波菲尔》,《孝女耐儿传》(《老古玩店》),《冰雪姻缘》(《董贝父子》)、《贼史》(《雾都孤儿》),《滑稽外史》(《尼古拉斯·尼可贝》)。林纾说："迭更司极力抉摘下等社会之积弊,

---

① William A. Neilson and Ashley Thorndike, *A History of English Literature*, Shanghai: Commercial Press, London: The Macmillan Company, 1930, P395.

② 乔治·桑普森：《简明剑桥英国文学史：十九世纪部分》，上海：上海外语教育出版社，1987年，第200页。

作为小说，俾政府知而改之……"（《贼史》序）、"若迭更司者，则扫荡名士美人之局，专为下等社会写照，奸狯狙酷，至于人决所未置想之局……"（《孝女耐儿传》序）。林纾对狄更斯的评价着眼于其小说对社会的影响，而不是其艺术特征，也就是说，他看重的是狄更斯小说所承载的"文以载道、经世致用"的社会功能，这个功用正是中国文学固有的传统。林纾的评价一直以来影响着国人对狄更斯的评判，在新中国成立初期被无限夸大，成为"中国化"的又一个典型。王靖在他的《英国文学史》中说狄更斯"细察社会情形，故所著小说咸刻画市井屑琐之事，如燃温犀，悬秦镜，淋漓痛快。奸狯狙酷，莫能遁形，阅者无不拍案叫绝。"①"书中所述者，虽属社会情形顾凄恋悲怆，常使读者泣然雪涕也。其为文也雅健雄深，清虚绵婉。虽累至数十万言之多，而用笔叙事不枝不蔓，不重复。真千古奇才也。"②他大力赞扬狄更斯的小说对社会风气的净化和教导民众的作用，说"迭氏细察社会情形，著为绘声绘影之小说，使读者内省自疚，不敢为非。政治风俗乃于无形中渐渐感化向善，国富兵强，今日称雄于世界。小说兴有功焉。呜呼！小说岂小言詹詹之类邪！"③王靖完全不同意小说是废话、琐碎之说的言论，而是能够"增进文明，灌输民智……启蒙常识……风化社会。"④欧阳兰说狄更斯写出了许多"目的在现示罪恶的小说。"⑤徐名骥在评价狄更斯的作品

---

① 王靖：《英国文学史》，上海：泰东书局，1927 年，第 85 页。
② 王靖：《英国文学史》，上海：泰东书局，1927 年，第 85—86 页。
③ 王靖：《英国文学史》，上海：泰东书局，1927 年，第 87 页。
④ 王靖：《英国文学史》，上海：泰东书局，1927 年，第 76 页。
⑤ 欧阳兰：《英国文学史》，北京：北京大学出版部，1927 年，第 158 页。

时，也说狄更斯的小说专在揭露社会积弊，具有改进社会积弊的功效。"《贼史》使英国的孤儿院因此也改善了，这正和他的《滑稽外史》之出版，而野鸡学校被废除，一样的有影响于社会。"[①]并且说狄更斯的风格"有描绘琐碎的特征的天才，他把平常人所不注意的琐事末节，捉入小说里，写得非常动人。他又有捉住读者感情的能力，能够变易读者的感情，使读他的小说的人忽而笑，忽而怒。忽而悲哀哭泣。"[②]金东雷说"狄根斯唯一目的要使小说为道德与公正的工具，予社会上一切残酷、自私、不公道的人物和事情以适当纠正"[③]。

可见，在民国时期的英国文学史中，狄更斯的经典地位的评价主要是和中国的社会现实联系起来的，肯定其作品的讽谏时世，揭露社会黑暗，促进社会改良和社会向善的功能，所以其作品主要集中在他的《雾都孤儿》《孝女耐儿传》和《尼古拉斯·尼克贝》等。到了新中国成立后，由于受苏联文艺评论界和意识形态的影响，狄更斯的经典进一步提高，但在肯定其经典作品和评价其社会功用方面有了一些变化，主要看重其思想性、阶级性和对资本主义罪恶的社会批判性上。狄更斯从此在苏联和我国学术界，被相当一致地定位于"英国文学史上批判现实主义的创始人和最伟大的代表者。"[④]这个称呼来自马克思在《英国资产阶级》一文中说的："现代英国的一

---

① 徐名骥：《英吉利文学》，上海：商务印书馆，1934年，第59页。

② 徐名骥：《英吉利文学》，上海：商务印书馆，1934年，第58页。

③ 金东雷：《英国文学史纲》，长春：吉林出版集团有限公司，2010年，第363页。

④ 钱青：《英国19世纪文学史》，北京：外语教学与研究出版社，2006年，第302页。

批杰出的小说家，他们在自己卓越的描写生动的书籍中向世界揭示的政治和社会真理，比一切职业政客，政治家和道德家加在一起所揭示的还要多。"① 狄更斯在马克思所列举的名单中位列第一，从此，在中国书写的英国文学史中，狄更斯在现实主义作家中排序第一的地位就牢牢地固定了。以往在同一时期内按照作家出生时间的先后顺序排序的原则被打破，比狄更斯早出生的盖斯凯尔夫人和萨克雷无一例外地被排在狄更斯之后，这个惯例影响了以后的文学史书写，几乎未被打破②。这个时候，对狄更斯的代表作品的评价则明显地体现出阶级性特色。一般倾向于把他的《双城记》作为其最优秀的作品来看待③，影响至今。因为《双城记》反映了法国大革命中贵族和

---

① 《马克思、恩格斯论艺术》，中国社会科学出版社，1983年，第2卷，第296页。

② 也有少数除外的，如王佐良主编的五卷本之《英国十九世纪文学史》则打破了这个惯例，把狄更斯排在盖斯凯尔夫人和萨克雷之后，因为盖斯凯尔夫人1810年生，萨克雷1811年生，狄更斯则是1812年生，依据就是出生先后的顺序。

③ 由于意识形态的影响，新中国成立后到70年代末，国内的英国文学史教材基本上使用的内部讲义或苏联阿尼克斯特的《英国文学史纲》，唯一的一本由北京大学西语系手抄本《英国文学史》仅有文艺复兴和17世纪2章，我们无从判断，但是当时的外国文学史教材则为我们提供了某些佐证，如1979年出版的杨周翰等主编的《欧洲文学史》（下）说："最值得注意的是《艰难时世》和《双城记》，它们接触到尖锐的阶级斗争。"（161页）但同时也对他的缺点提出了批评，"狄更斯同情被压迫阶层的悲惨生活和他们勤劳可爱的优秀品质，但是他不赞成工人斗争，丑化组织斗争的工联领袖……《双城记》以法国大革命为悲剧，通过曼奈特医生的亲身经历和被封建贵族绞死的农民这两个生动的情节，说明革命不可避免的必然要到来，但是狄更斯从人道主义立场出发，一方面同情曼奈特医生和农民的悲惨遭遇，一方面又攻击雅各宾专政，用漫画笔法丑化革命中的坚定分子……狄更斯在政治上始终是一个资产阶级民主主义者……这种资产阶级民主主义思想家毫不要求推翻资本主义制度，他们在人民群众中间散步幻想，妄图通过一些改革，通过一些'救世主'恩赐，使资本主义社会变得完善起来，他们这些观点，只能麻痹工人阶级的本质……"（161—162页）

穷苦人民大众之间尖锐的矛盾冲突，如范存忠称："《双城记》是狄更斯所有小说中最成功的富有戏剧性小说……《双城记》明确地显示了狄更斯对起义人民的同情，对起义本身的同情，甚至在一定限度内对人民打击压迫者的愤怒的复仇行为的同情。"① 朱琳说："这部小说（指《双城记》）在思想和艺术上都是狄更斯的杰作之一……狄更斯这部小说借古讽今的意义十分明显，作为人道主义者，他反对不人道的阶级压迫，客观上表现出革命的合理性，警告英国的统治阶级，别让不满情绪酿成像法国革命那样的大火；但他又反对一切暴力行为，劝诫人们不要采取'愚蠢行为'，把'爱'祭为消除阶级对抗的法宝"②。

进入21世纪之后，多少又发生了一些变化，在强调其思想性的同时，也注意到了艺术性审美性，如刘意青的《插图本英国文学史》认为："《双城记》是狄更斯小说中非常特别的一部佳作……在这部小说中既深切同情被侮辱和损害的底层人民，深刻揭露了法国贵族阶级的残暴和腐败，又对法国大革命的血腥滥杀痛心疾首，心有余悸。他提倡以善胜恶，以爱制恨和社会改良……《双城记》的叙事结构也很有特色：冤狱，爱情与复仇，三个互相独立而又互相联系的故事通过关键人物梅妮特医生的遭遇交织在一起，结构完整严密，情节跌宕曲折，扣人心弦。"③ 这样在肯定其思想性之外，又对其叙述

---

① 范存忠：《英国文学史提纲》，成都：四川人民出版社，1983年，第397页。
② 朱琳：《英国文学简史》，海口：海南出版社，1993年，第55-56页。
③ 刘意青、刘阳阳：《插图本英国文学史》，北京：北京大学出版社，2011年，第102-103页。

手法和艺术特色进行了分析，从而更加确定了《双城记》的经典价值和意义。与此相反，国外的评价则非常一般，有些甚至对此提出批评，如乔治·桑普森认为《双城记》是"作者所有小说中最缺乏狄更斯风格的一部了。"[1] 为什么会有如此截然相反的评价，对此王忠祥曾这样分析《双城记》在中国受欢迎的原因："在狄更斯的全部创作中，长篇小说《双城记》占据着特殊的地位。关于狄更斯的代表作，评论界存在着争论，法国资产阶级批评家莫洛亚认为，带有自传性小说《大卫·科波菲尔》成功'超过了狄更斯其他的作品'……然而，从反映作家思想发展与概括历史时代精神的深度、广度来说，《双城记》无疑更为重要。"[2] 以概括社会历史的深度和广度来评价其经典地位，无疑是看重其思想性和反映社会现实的功能，虽然进入新世纪之后，我们在肯定其作品的艺术性方面有了大的改善，但无疑思想性仍占据着首要的地位，评价狄更斯的优秀作品的价值尺度仍然是刻画社会现实，反映社会现实深刻与否。对此，童真说："将《双城记》视为狄更斯的代表作，是典型的以我们自身文化模子的文学观和文化立场来认识、欣赏、评价来自西方文化模子中的作家作品，这种根据自己的文学观、审美观去欣赏、取舍来自别的文化模子的文学信息的结果必然造成狄更斯这位来自异质文化模子中的作品在中国产生变形，遗漏甚至歪曲……夸大了其作品对重大社会问

---

① 乔治·桑普森：《简明剑桥英国文学史（十九世纪部分）》，刘玉麟译，上海：上海外语教育出版社，1987年，第211页。

② 王忠祥：《论狄更斯的〈双城记〉》，载于《外国文学研究》，1978年，第1期，第24页。

题和社会现实的反映，将他作为流行作家媚俗的一面过滤掉了"①。

在英国本土既肯定其文学地位，又对他艺术创作缺点加以批评的狄更斯，在我国的文学史中则成了完美无缺的最伟大的批判现实主义大师。通过这样的选择、阐释和解说，狄更斯和他的《双城记》最终在中国的教材体系中确立了其不容置疑的经典地位，然后经过复制、强化，灌输给中国读者，为读者及研究者提供一个如何阐释和理解狄更斯及其作品的范本。如戴燕所说："当文学史推出自己的经典之后，通过教育的手段，这些经典反过来也规定和制约着文学作品的阅读方式，显示着所谓的'正确的阅读'……由于文学在教学中的特殊地位，连同文学史对经典的解读，也因此被一再复制，变成对经典的'经典性阐释'。结果文学史在确立经典的过程中，同时也制造了一套特殊的对经典的诠释话语，而对经典的阐释其重要性决不在经典的确立之下"。②

儒家文化倡导文学的写实、讽谏，强调文学的社会干预，影响着英国文学的经典评价，造就了一些中国化的经典作家，虽然他们在本国也许有着同样的经典地位，但对其经典性的表述却不太一样，狄更斯就是这样一位中国化的英国文学经典。其实这样的经典还有许多，如拜伦、高尔斯华绥、夏洛蒂·勃朗特等。

中国古代文学在儒家和道家的影响下，形成了不同的创作观念和批评原则，在儒家思想的"明道、载道、传道"的影响下，必然重视文学写实和讽谏功能，在道家思想的玄妙难测的"道"的影响

---

① 童真：《狄更斯与中国》，湘潭：湘潭大学出版社，2008年，第285页。

② 戴燕：《文学史的权力》，北京：北京大学出版社，2002年，第145—146页。

下，追求文学创作的奇异的想象、奔放的语言和虚构夸张的色彩，他们的笔下往往把生命赋予万物，将一切生物乃至无生命都看作与人一样，可以转化为人的生命体，随意跨越时空，随意将神人精怪召唤至笔端。但在中国儒家思想占绝对统治地位下，充满奇异想象的文学必然受到压抑和打击，必然对充满想象力的虚构类浪漫性文学斥之为怪力乱神之作。《孔子·述尔》说"子不语怪、力、乱、神"①，指的就是孔子认为不要说关于怪异、勇力、悖乱和鬼神的事情，这无形中就抑制了充满想象力的奇异事情的描写。深受中国传统诗教影响的王靖对此深表赞同，在他大力赞扬狄更斯等现实主义创作时，对英国文学史上描写精灵鬼怪的作品斥之为怪力乱神之作。如他对英国文学史上的最古老的史诗《贝奥武夫》充满了鄙视，斥之为怪力乱神之作。他说《贝奥武夫》"其格调似弹词，其事则牛鬼蛇神，披萝带荔，尽语怪迷信之书也。然英人称此书为英国文学之鼻祖。"②言语中的不屑和贬低之意、揶揄鄙视味道极浓。这样一部怪力乱神之作竟然被奉为国之文学的鼻祖，而我国的第一部诗集《诗经》则显然要超越于它。对司各特的诗歌也采取了类似的评价，他说"故其为诗，多记事体，而神韵则远逊于华德习华斯（华兹华斯）。牛鬼蛇神，荒村废堡，皆其诗中人物。"③由此可见，文以载道的诗教传统对中国文学、中国文人的影响极大。正如胡云翼所说，自从唐

---

① 《论语》，魏何晏集解，清黎庶昌辑，张立华校，合肥：安徽人民出版社，2013年，第463页。

② 王靖：《英国文学史》，上海：泰东书局，1927年，第1页。

③ 王靖：《英国文学史》，上海：泰东书局，1927年，第65页。

宋古文运动以来，"重实用、倾向功利主义的古文便霸占了天下，确立了不可动摇的基础，自此以后，直到清末，八九百年的文章，完全是古文的权威，而种艺术的骈文便衰落下去"①。

（二）温柔敦厚的批评传统

文以载道要求文学反映、刻画社会现实，要具有社会教化、讽谏时事的功能，而温柔敦厚的批评传统则强调这种讽谏的程度和风格要中庸得体。"温柔敦厚"一词最早出现于汉代的《礼记·经解》，"孔子曰：'入其国，其教可知也。其为人也，温柔敦厚，《诗》教也。'"②"温柔敦厚"并不是孔子的原话，是汉代儒学者们对孔子"诗教"的认识。所谓温柔敦厚，孔颖达解释说是："温，谓颜色温润；柔，谓情性和柔。《诗》依违讽谏不指切时期，故云温柔敦厚，是《诗》教也。"③温柔敦厚虽不是孔子的原话，但其源自孔子，是孔子诗教思想的一部分。如"文质彬彬"④（《论语·雍也》），"尽善尽美"⑤（《论语·八佾》）等强调文学要中正和谐，孔子赞《关雎》"乐而不淫，哀而不伤"，要"放郑声"⑥，表现中庸之道，中和之美。孔子在思想方法上提倡"中庸"之道，反对过或不及，庸即是用，或训为

---

① 胡云翼：《重写文学史：新著中国文学史》，上海：华东师范大学出版社，2004 年，第 119—120 页。

② 孔颖达：《礼记正义》，《十三经注疏》，北京：北京大学出版社，1999 年。

③ 孔颖达：《礼记正义》，《十三经注疏》，北京：北京大学出版社，1999 年。

④ 《论语》，[魏] 何晏集解，[清] 黎庶昌辑，张立华校，合肥：安徽人民出版社，2013 年，第 461 页。

⑤ 《论语》，[魏] 何晏集解，[清] 黎庶昌辑，张立华校，合肥：安徽人民出版社，2013 年，第 458 页。

⑥ 《论语》，[魏] 何晏集解，[清] 黎庶昌辑，张立华校，合肥：安徽人民出版社，2013 年，第 457 页。

常，郑玄《礼记·中庸》注为"用中为常道也。"《论语·庸也》"中庸之为德也，其至矣乎。"①因此，孔子在《论语·为政》中说"诗三百，一言以蔽之，曰思无邪。"②把诗经中表达男女欢爱之作说成是表现了"后妃之德"，是反映了思无邪的思想，纯洁的情感和适宜礼教的道德。"思无邪"就是提倡的一种"中和"之美，"无邪"即是"不过"，要符合"中正"，也就是"中和"之气。"温柔敦厚"批评观念要求文学作品的语言文字、思想内容、行文风格都要中正、平和，尽量委婉曲折，不可过于激烈、直白。"无论是抒发乐情还是哀情，都不能超过一定的限度，即应当符合儒家礼教的规范，体现"中和之美"③。

　　"温柔敦厚"诗教思想随之在社会的发展中，成为非常重要的诗学思想和文艺批评原则，如朱熹在《诗集传》中也说："淫者，乐之过而失其正也；伤者，哀之过而害于和也。"④清人沈德潜继承了"温柔敦厚"说，在《明诗别裁集序》中也说到选诗的原则是"皆深造浑厚和平渊雅，合于言志永言之旨，而雷同沿袭浮艳淫靡，反无当于美刺者，屏也。"在《清诗别裁》中说"诗教之尊，可以和性情，厚人伦，匡政治，感神明，以及作诗之先审宗指，继论体裁，继论

　　① 张少康:《中国文学理论批评发展史》，北京：北京大学出版社，1997 年，第 24 页。

　　② 《论语》，[魏] 何晏集解，[清] 黎庶昌辑，张立华校，合肥：安徽人民出版社，2013 年，第 4456 页。

　　③ 焦亚葳:《温柔敦厚："中和"美学观的典型性表述》，载于《河北学刊》，2010 年，第 4 期，第 230 页。

　　④ 朱熹:《诗集传》，北京：中华书局，2011 年，序，第 1 页。

音节，继论神韵，而一归于中正和平。"①"温柔敦厚"批评理论要求诗歌在内容和形式上都要温和谦恭，人们可以以诗歌表现"怨"，但在劝谏时，要掌握分寸，不可直言不讳，要讲求婉曲含蓄，把它限制在许可的范围内，使"上以风化下，下以风刺上，主文而谲谏，言之者无罪，闻之者是以戒。"也就是"谲谏咏歌依违，不直谏也。"因此，"温柔敦厚"的诗学思想核心即是中和，中庸，中正。《尚书·尧典》云："直而温，宽而栗，刚而无虐，简而无傲……八音克谐，无相夺论，神人以和。"②都是说诗歌要委婉曲折，含蓄蕴藉，不可太直白，勿过甚，过露，要"发乎情，止乎礼义"，保持中和之美。"温柔敦厚"遂成为中国古典文学批评诗歌标准之一，得到流传。

陈泳红认为，"温柔敦厚"诗教思想和批评观念迎合了中国士人文化特征和心理需求，作为一种集体无意识行为深深地嵌入中国文人心理。③成为文人创作指导诗学理论和审美结构的重要特征代代相传，深深地影响着中国文人心理和思想。这种影响也反映在国人评价异域文学事件上，其中以王靖为最。后来者只是若隐若现地表露出"温柔敦厚"的批评思想，而王靖则直接用此观念去评价英国文人。他在评价英国文人的时候，不自觉地用"温柔敦厚"美学原则去衡量英国文人，或肯定或否定。如他批评 17 世纪弥尔顿时代散文风格冗长，繁杂，读起来乏味，连弥尔顿的诗歌也不例外，批评弥

---

① 引自张少康：《中国文学理论批评发展史》，北京：北京大学出版社，1997 年，第 412 页。

② 孙星衍：《尚书今古文注疏》，北京：中华书局，1986 年，第 70 页。

③ 陈泳红：《"温柔敦厚"说与中国古典文学》，载于《华南师范大学学报》（社会科学版），1999 年第 1 期，第 68—69 页。

尔顿"句逗冗长"损坏了中和之美，"唯有 Izzac Walton 著《Complete Angler》一书其文境清丽，句逗得其中庸，文辞纯洁。多用亲笔，亦可观也。"[1] 他对弥尔顿诗歌的批评是极具震撼性的，在中国评论界批评弥尔顿的缺点的几乎没有，不管是文学史还是评论性文章，对弥尔顿都溢满赞美之词，认为他革命精神和反抗意志强烈，很少议论他诗歌风格。实际上，对弥尔顿，英国曾一度贬得很低，尤其是现代诗人艾略特对其攻击为最。弥尔顿的诗歌的确冗长，这在西方是公认的。王靖站在本土的立场上，用本土的批评话语去批评弥尔顿，是少见的。他还对 18 世纪诗歌、散文风格，用中和之美的标准去评价，说"诗家享有盛名者。18 世纪初叶为蒲伯，中叶为保司（即彭斯），中世纪则为考伯格尼（即汤姆斯·格雷）。共四人而已。即当时散文家亦咸擅吟咏，顾趋近时体，词章浮丽，精采消亡。遂失古代诗人醇厚冲和之气息。故不如四子之传也。"[2] 王靖大概指的是 18 世纪英国文学古典主义占据上风，诗歌形式齐整，但诗歌的精神、感情全失。用"温柔敦厚"中和之美的批评标准，讲求诗人讽谏时事要温润柔和，委婉曲折，不可太直白，在手法上，提倡使用"比兴"的手法。如刘勰曾说："《诗》主言志，话训同《书》，离风裁兴，藻辞谲喻，温柔在诵，故最附深衷矣。"[3] 刘勰认为《诗经》正是用了比兴的手法，才使人真切地体会到温柔敦厚的艺术特点。王靖深受

---

[1]　王靖：《英国文学史》，上海：泰东书局，1927 年，第 30 页。
[2]　王靖：《英国文学史》，上海：泰东书局，1927 年，第 35 页。
[3]　周振甫：《文心雕龙今译》，北京：中华书局，1986，引自焦亚葳，《温柔敦厚："中和"美学观的典型性表述》，载于《河北学刊》，2010 年，第 4 期，第 231 页。

中国传统文化浸染，因此，总是不自觉地就用起了"温柔敦厚"的批评原则。他说蒲伯"衍德拉丹（即德莱顿 Dryden）之遗绪，好用讥讽笔。陶情写景之作，颇寥寥。未免失诗人醇婉冲厚之短襞。"[①]说到讽刺大师，非斯威夫特莫属，他的《书战》《一个木桶的故事》《一个温和的建议》《格列佛游记》等无不是讽刺作品的中的精品，但王靖并没有指出他缺乏温柔敦厚之风范，反而说他"牢骚著书，亦屈原之流也。"[②] 把斯威夫特抬高到和爱国诗人屈原的高度，大概就是因为斯威夫特在讽刺时喜欢用寓言的形式，符合温柔敦厚的诗教传统。在评述斯威夫特时，王靖引用林纾的话说："士威福德（斯威夫特）著书时，为一千七百二十三年。去今将二百年。当时英政不能如今完备。葛利物（即格列佛）独抱孤愤，拓为奇想，以讽宗国。言小人者刺执政也。试观伦利里北达（译言小人也）事，咸历历斥其弊端，至谓贵要大臣咸以绳技自进。其言大人，则一味浑朴，且述诋毁欧西语。自明己之弗胜，又极称己之爱国，以掩其迹。然则当时英国言论故亦为能自由耳。"[③] 也就是说斯威夫特在《格列佛游记》中使用了寓言的形式，掩盖了自己讽刺国家政治的目的，符合"温柔敦厚"提倡的"比兴"的手法，委婉曲折地达到了自己讽谏政治的目的，和屈原采用香草美人寄喻情怀一样，符合中国的审美标准。相比较而言，他认为蒲伯则不一样，"性暴躁，稍不如意，辄与人忤。

---

① 王靖：《英国文学史》，上海：泰东书局，1927 年，第 43 页。
② 王靖：《英国文学史》，上海：泰东书局，1927 年，第 40 页。
③ 王靖：《英国文学史》，上海：泰东书局，1927 年，第 40 页。

时人比之黄蜂"。①

　　孔子在《论语·雍也》中说："质胜文则野，文胜质则史，文质彬彬，然后君子。"②孔子认为文华质朴关乎君子人格，在中国素有"诗品即人品"一说，也就是说诗人的品质和诗歌的风格一样是紧密联系的。"诗存乎其人，和作者气质有关，要使诗温柔敦厚，人首先得谦冲恭敬。"③由此，王靖批评蒲伯的诗歌不够温柔敦厚和他的人格有关。不仅如此，他对德莱顿也进行了同样的批评，说德莱顿左右逢源，政治立场不够坚定，不够中庸，"与米尔顿交颇厚。顾其人品，远不如米尔顿之醇厚芳洁，性善逢迎意旨。"④并批评他作品也是一样，喜欢挖苦讽刺，"善于诗篇中臧否人物。故其诗繁靡乏精采。惟其 *Alexander's feast* 一篇，倘合诗体之范围，不失诗人渊雅醇厚之思想。"⑤由此可见，王靖认为德莱顿人不够敦厚，其诗讽刺太多，也不够温柔敦厚的美学宗旨，他的诗歌和他的为人一样，是人品的反映。

　　由于王靖深受古典传统的影响，他经常用传统的标准去评判英国文人。后来的文学史家虽然没有他那么明白直接，但作为中国文学批评的标准之一，讲求中正、中庸的思想还是时不时地体现出来。曾虚白在评论狄更斯的时候，说他痛恨伪善者，但是用一种诙谐情调，这种诙谐是温柔敦厚、中正和谐的："伪善者是狄更斯所最痛恨

---

①　王靖：《英国文学史》，上海：泰东书局，1927 年，第 43 页。
②　《论语》，魏何晏集解，清黎庶昌辑，张立华校，合肥：安徽人民出版社，2013 年，第 461 页。
③　陈泳红：《"温柔敦厚"说与中国古典文学》，载于《华南师范大学学报》，1999 年，第 1 期，第 69 页。
④　王靖：《英国文学史》，上海：泰东书局，1927 年，第 32 页。
⑤　王靖：《英国文学史》，上海：泰东书局，1927 年，第 32—33 页。

的。且看他怎样用诙谐的情调……我们可以感觉到这种诙谐的味道是极醇极厚的，差不多能把书中每一个人物变成喜剧中有趣的角色。这方面他有醇厚的诙谐，在对方面他又有极深刻的忧愁情调。"[1] 金东雷在《英国文学史纲》里评价华兹华斯时，也用敦厚观说他的诗"中正平和，有中年人的风度"[2]。刘炳善在《英国文学简史》里也大抵持类似的观点，他说蒲伯是18世纪最重要的古典诗人，擅长讽刺和警句，但他"缺乏情感……他为了让诗句精巧，有时候变得造作、可笑。作为文人，他也有丑陋的一面，他的讽刺并不总是公正的，常常带有个人的怨恨。"[3] 在评价讽刺大师斯威夫特的时候，刘炳善说斯威夫特是讽刺大师，他的讽刺是很要命的，但他的讽刺总是被外在的严谨和冷静所掩盖[4]，所以不那么让人反感。侯维瑞在《英国文学通史》说蒲伯"讽刺诗文笔辛辣，……往往夸大其实，以达到戏谑、讽刺的效果……讽刺作品应充满中庸、谐和与融合的精神。"并说他的诗《愚人记》讽刺尖刻，"主要用来发泄私愤，攻击他的文学上的敌人，故格调不高。"[5] 对斯威夫特，侯维瑞则充满了赞赏，称他为"18世纪讽刺小说和散文大家，他怀着对暴政的满腔仇恨，对受剥削、受奴役的诚挚同情，拿起散文、讽刺小说两件武器猛烈抨击英国王朝的腐败、昏庸、罪恶，其作品笔挟风雷，震惊四方，流芳

---

① 曾虚白：《英国文学》，上海：上海书局，1928年，第119页。
② 金东雷：《英国文学史纲》，长春：吉林出版集团有限公司，2000年，第214页。
③ 刘炳善：《英国文学简史》，郑州：河南人民出版社，1993年，第161页。
④ 刘炳善：《英国文学简史》，郑州：河南人民出版社，1993年，第171页。
⑤ 侯维瑞：《英国文学通史》，上海：上海教育出版社，1999年，第237页。

百世。"① 侯维瑞赞赏斯威夫特除了因为他站在劳动人民、普通大众的利益上抨击社会腐败之外，还因为他的《格列佛游记》"这部讽刺杰作的最大特点是幻想和现实的统一……真实而深刻地再现了英国的现实社会。"② 说明了斯威夫特用寓言、幻想的形式达到了讽刺的目的，这一点和蒲伯不同，也是国内普遍赞扬的原因之一。由此可见，传统文学批评并不反对讽刺，但讽刺要有度，更要注意形式，用寓言、比兴的手法间接达到讽刺的目的才是最佳的。

我们再来看看英国本土的文学史又是怎样评价蒲伯和斯威夫特的。桑德斯在《牛津简明英国文学史》中说"蒲伯的辛辣讽刺是18世纪早期文化生活中司空见惯的刻毒现象的反映，他总能够使真正或想象中文敌的恶毒挑衅相形见绌。与对手一样，蒲伯的诗充满怒意，却范围广阔、精湛有力、切中要害，而这一切是同时代其他任何诗人望尘莫及的。"③ 桑德斯赞美了蒲伯的讽刺范围广、切中要害，同时代诗人都无法达到他的高度，但并不认为他的讽刺过于辛辣。埃文斯在《英国文学史》中说蒲伯给人最深刻的印象是作为一个讽刺家，但并不是他所有的作品都是讽刺性的，他在讽刺时，是惜墨如金和认真的，雅致，带有蒲伯式幽默的有节制的喜悦。④ 埃文斯也没有批评蒲伯的讽刺，反而认为他讽刺时有节制。对于斯威夫特，桑德斯说他讽刺时"常利用戴面具的叙述者，以揭露他所抨击的世

---

① 侯维瑞:《英国文学通史》，上海：上海教育出版社，1999年，第275页。

② 侯维瑞:《英国文学通史》，上海：上海教育出版社，1999年，第284页。

③ 桑德斯:《牛津简明英国文学史》（上），北京：人民文学出版社，2000年，第422页。

④ 埃文斯:《英国文学史》，北京：人民文学出版社，1984年，第52—54页。

人及其观念的面具"①，并称他的讽刺源于他把巧智和幽默结合起来。埃文斯则称斯威夫特的讽刺是源于他对人类的爱和非正道生活的控诉②。

由此可见，温柔敦厚的批评传统是中国人特有的艺术趣味和审美标准，是中国特殊文化的产物，是中国礼教文化过度发达的产物，成为指导中国诗歌创作和诗歌批评的尺度和标准。但是用这个标准去评价西方文人，是否合适有待商榷。英国诗歌创作和诗歌批评不存在中庸之道的环境，英国人善于讽刺也是常有的事情，在其诗歌创作中很少使用比兴的手法，所以温柔敦厚的批评观念是建立在中国人特有的审美心理上，是用中国的标准去批评英国文人，得出的结论和英国本土的评价有所差异是必然的。

二、英国文学经典建构与中国山水田园文学传统

中国古代文论传统对英国文学经典批评形成了以"文以载道"的诗教批评传统和"温柔敦厚"的批评风格。同样，中国古代文学传统尤其是山水田园文学传统对英国文学经典的选择和建构造成巨大的影响，表现在英国文学史上著名的浪漫主义诗人之湖畔诗人华兹华斯，他在中国的地位和评价显然是深受中国古代山水田园文学传统影响的。他在新中国初期由于意识形态的原因受到过不公正的待遇，而他受不公正待遇的原因与他的风格和中国山水田园文学传

---

① 桑德斯:《牛津简明英国文学史》(上)，北京：人民文学出版社，2000年，第418页。

② 埃文斯:《英国文学史》，北京：人民文学出版社，1984年，第360页。

统有着密切的联系。所以，华兹华斯在中国的经典地位的形成与中国文学传统关系密切，以此人为例更能说明文学传统在塑造和阐释经典方面的影响。

中国的自然诗歌（田园诗和山水诗）在中国文学史上有着极为重要的地位，其历史发展悠久。但并非所有的涉及山水田园等自然界景物描写的都叫作自然诗，而是将山水田园摆脱了其附属衬托地位，作为"独立的表现对象，使山水田园具有独立的审美意义的诗歌。"①《诗经》中的山水描写是作为比兴的手法，《楚辞》里的景物描写是起情景创设和气氛烘托的作用，中国的自然诗歌是魏晋南北朝时期由原来的附属地位进入到自觉时期，山水田园开始成为独立的审美主体和观照主体，产生了陶渊明和谢灵运为代表的田园山水派诗歌，到唐朝的王维、孟浩然进入繁盛时期。"以自然山水描写为主的诗歌流派在中国被称为'山水田园派'，其间山水田园诗得到诗人、读者的青睐得以充分发展，形成了一个源远流长的创作传统。"②在中国文学史上产生了两大创作高峰期，一是两晋南北朝，一是唐宋时期，宋以后的山水诗歌一直持续发展，到清代还产生了像郑燮，袁枚等相当成就的山水诗人。可见，中国古代文学上自然诗歌源远流长，成绩卓越，形成了一个山水田园的文学传统。相比较之下，西方的自然诗歌则较为薄弱，尽管山水意象在西方文学作品中出现也很早，如荷马史诗的《伊利亚特》和《奥德赛》里都有山水自然景

---

① 张成权:《道家、道教与中国文学》，安徽大学出版社，2010年，第232页。

② 任品:《"天人合一"与"物我相隔"——王维与华兹华斯自然诗的比较》，载于《周口师范学院学报》，2006年，第6期，第17页。

物的描写，但西方的山水自然景物一直被作为一种对人类具有威慑性的异己力量而存在，在文学的发展中受到压抑。一直到浪漫主义时期，浪漫主义诗人在卢梭的"回到自然"口号的号召下，开始钟情于自然，接受自然并创作了大量的自然诗歌。就英国来说，华兹华斯无疑是成就最为突出的一个。正是因为西方自然诗歌数量少，有着丰富山水传统、钟情于山水文学的中国文人则毫不犹豫地对华兹华斯特别看重[①]。

国内文学史把华兹华斯作为自然的诗人看待是有目共睹的，如徐名骥称他是"一位赞美自然和人生的诗人"[②]，曾虚白称他"是全世界歌咏自然最可爱，最有思想的诗人的一个"[③]，范存忠称他为"作为大自然的诗人"[④]，刘炳善称他为"伟大的自然诗人"[⑤]，朱琳称他为"挚爱自然的歌手"[⑥]，吴伟仁称他为"热情的自然爱好者"[⑦]，常耀信称他为"伟大的自然诗人"[⑧]。

作为自然诗人的华兹华斯，其评价主要体现在四个方面。

第一，他善于描写山水自然风光和乡下的普通民众，忘情于自然

[①] 尽管华兹华斯在中国的接受经历曲折，在新中国成立初期由于意识形态的原因受到过冷落，但其作为自然诗人的代表是公认的。

[②] 徐名骥：《英吉利文学》，上海：商务印书馆，1934年，第17页。

[③] 曾虚白：《英国文学ABC》，上海：世界书局，1935年，第53页。

[④] 范存忠：《英国文学史纲要》，成都：四川人民出版社，1983年，第362页。

[⑤] 刘炳善：《英国文学简史》（修订版），开封：河南人民出版社，2002年，第256页。

[⑥] 朱琳：《英国文学简史（下）》，海口：海南出版社，1993年，第3页。

[⑦] 吴伟仁：《英国文学史及选读》（下册），北京：外语教学与研究出版社，2000年，第9页。

[⑧] 常耀信：《英国文学通史》（第二卷），天津：南开大学出版社，2011年，第7页。

山水，在自然中寻找心灵的归属和抚慰，获得心灵的慰藉。如范存忠说"华兹华斯最优秀的诗歌……表达了大自然以及大自然朝夕相处的男男女女的客观真实情况。"[①]金东雷说"他对于大自然强烈的爱，不单观察自然的现象，而且触及其内部的生活。"[②]徐名骥称他："一位赞美自然和人生的诗人，他细密地观察自然，体味出自然和人生的丰富的美点。"[③]刘炳善说他"最擅长描写湖泊山川，花草鱼虫，儿童农夫，童年和青年的追忆，他是第一个为人面对自然界现象时所唤起的最基本的情感找到话语的人。"[④]吴伟仁称他"对山水湖泊、草原森林，天空白云的描写都是极为优美、吸引人的。"[⑤]朱琳说他从小便流连于山水与山川湖泊，与鸟兽鱼虫相亲，培育了他热爱自然的精神，因此，他的自然主题的诗成就最大[⑥]。钱青说他"从小就喜欢跋涉山水，在深山大泽之间寻到整个生命的灵魂"，"朴素清新的文字，对自然的细

---

① 范存忠：《英国文学史提纲》，成都：四川人民出版社，1983 年，第 362 页。

② 金东雷：《英国文学史纲》，长春：吉林出版集团有限责任公司，2000 年，第 215 页。

③ 徐名骥：《英吉利文学》，上海：商务印书馆，1934 年，第 17 页。

④ 刘炳善：《英国文学简史》（修订版），开封：河南人民出版社，2002 年，第 256 页。

⑤ 吴伟仁：《英国文学史及选读》（下册），北京：外语教学与研究出版社，2000 年，第 9 页。

⑥ 朱琳：《英国文学简史（下）》，海口：海南出版社，1993 年，第 6 页。

致观察，对花鸟的亲切感情。"① 这样的例子还有很多②。作为自然诗人的华兹华斯，不仅在于他能够写出自然山水风光，还在于他写和自然风光联系最为紧密的乡下普通人的生活，写"平凡的日常生活中的事情，小猫和落叶顽着，孩子们读寓言，一个割麦的少女，一个少女天真的对话，他能够在平凡的事物中给予以新奇的魔力，把握住自然的美和人生最真挚的情感。"③ 能够表现这些题材的诗歌如《水仙》《露西组诗》《孤独的割麦女》《致杜鹃》《致云雀》等，正如朱琳所说的："自然主题的诗，在华兹华斯诗中成分最大。他把自然景象作为污浊社会的对照来进行描写（《在威斯敏斯特桥上所作》），童稚的可爱、可贵也在于与大自然息息相通。他热爱小小的生灵们，以孩童般的热情写下《致蝴蝶》《致杜鹃》《致云雀》等，杜鹃清脆的啼声唤起他童年的回忆和对未来的幻想。他热爱花草树木（《致雏菊》《致小白屈菜》《采干果》）。当诗人像一片孤云飘荡、对生活厌倦失望时，一大片迎风起舞的水仙花唤起了他的喜悦和力量（《我像一片孤云飘荡》》"④。

　　第二个特征是赞扬他善于用浅显的文字和日常生活中的语言，

---

　　① 钱青：《英国 19 世纪文学史》，北京：外语教学与研究出版社，2006 年，第 20—22 页。

　　② 如常耀信的《英国文学通史》中说华氏自幼就酷爱自然，喜欢欣赏自然的景象，聆听自然的声音……他领略大自然的宁静以及它对人的灵魂的安抚作用……对人的精神所发挥的净化和鼓舞作用……他从花草、禽兽、落日等自然景物中体会到人生的有机和谐。（第 9 页）刘意青在《插图本英国文学史》中说他选取日常生活里的事件，以自然为主题，诗人在与大自然的呼应中寻求自我认知，面对大自然时永葆一份敬虔之心。（第 76—77 页）

　　③ 徐名骧：《英吉利文学》，上海：商务印书馆，1934 年，第 17 页。

　　④ 朱琳：《英国文学简史（下）》，海口：海南出版社，1993 年，第 6 页。

贴近普通人的生活作诗，不矫饰，不造作。如王靖称他"用字浅现，如白香山之诗，老妪都解……以华氏循天然轨道，不暇雕琢。非如多贾胭脂画牡丹者之徒事渲染也。"①欧阳兰也说他"对于句法，遂不惜力求单纯，有时竟因他的文字过于卑陋而失去诗之真意……也曾使他那种单纯的句法变成一种真正的艺术。"②徐名骥说他"用不加雕琢的文字表现出来……至于他的诗歌的风格也是独创的，和从前完全不同，他用最普通的言语来做诗，又仅采用田园生活者的言语，所以他的诗是非常明白而有力……"③金东雷说他"喜以日常用语写诗而反对以词藻为作诗的滥调。"④范存忠称他"用简朴的语言描写简朴的生活。"⑤常耀信说他"运用人们'活'的语言，日常生活的语言，为浪漫主义带来一股清新之风"⑥。

　　第三个特征是由于他善于以自然景物和乡村普通人的生活为题材，在语言上用贴近日常生活人的语言来作诗，所以称赞他的诗歌意境清新自然，朴实无华。如王靖说"华氏之诗神韵淡远"。⑦郑振铎也认为华氏诗歌中"美的淡甜而隽永的醇味"。⑧金东雷也说："他

---

①　王靖：《英国文学史》，上海：泰东书局，1927年，第65页。

②　欧阳兰：《英国文学史》，北京：北京大学出版部，1927年，第137页。

③　徐名骥：《英吉利文学》，上海：商务印书馆，1934年，第17页。

④　金东雷：《英国文学史纲》，1937，长春：吉林出版集团有限公司，2010年，第214页。

⑤　范存忠：《英国文学史提纲》，成都：四川人民出版社，1983年，第362页。

⑥　常耀信：《英国文学通史》，天津：南开大学出版社，2011年，第9—12页。

⑦　王靖：《英国文学史》，上海：泰东书局，1927年，第65页。

⑧　郑振铎：《文学大纲：十九世纪英国诗歌》，《小说月报》，1926年，第5期。

的诗中正和平，加上冲淡的情绪，真有中年人的风度。"① 朱琳也称华兹华斯的诗"以人与自然关系为中心的抒情诗，意境清新，形象生动，语言质朴，音韵优美。"② 王佐良在《英诗的境界》里称赞华氏诗歌"用清新的文字写出了高远的意境"，"华兹华斯诗路广，意境高，精辟，深刻……而又一切出之于清新的文字……"③

　　第四个特征认为华氏是西方隐逸诗人的代表，他作自然的诗歌，大半生生活在乡下的湖畔旁，全是因为他对法国革命结果的失望，对工业革命人的异化，对污浊的城市生活的逃避。这种观点几乎贯穿所有国内的英国文学史，如金东雷说华兹华斯"本来是一个诗人，虽然他也有革命的思想和热烈的情绪，但他毕竟看不惯那些盲目的政治，所以他回英国的老家去了，失望、悲哀、颓丧都抓住他的心坎……从此他得安心地到乡下去吟咏。"④ 朱琳说华氏"不满雅各客专政和英国政府的反动，在湖区恬静和谐的自然中寻找到精神上的慰藉"，"他把自然景象作为污浊社会的对照来进行描写。"⑤ 范存忠更是毫不客气地称他和柯勒律治是遁世浪漫主义的代表⑥，认为他到1795年，已经从"'人的世界'转向'大自然的世界'，并逐步倒向英国保守主义的代表……1799年，华兹华斯隐退到他的故乡……常以田

---

①　金东雷：《英国文学史纲》，长春：吉林出版集团有限公司，2010年，第212页。

②　朱琳：《英国文学简史（下）》，海口：海南出版社，1993年，第7页。

③　王佐良《英诗的境界》，北京：三联书店，2012年，第70—72页。

④　金东雷：《英国文学史纲》，长春：吉林出版集团有限公司，2010年，第210页。

⑤　朱琳：《英国文学简史（下）》，海口：海南出版社，1993年，第4页，6页。

⑥　范存忠：《英国文学史提纲》，成都：四川人民出版社，1983年，第363页。

园牧歌式的朦胧不清的眼光来看待他所选择的退隐地区的人们"①。

因此，无论是对华兹华斯创作的题材、语言风格、诗歌风格还是华氏本人的评价，都和中国的山水自然诗密切相关。中国经典的山水田园诗歌的代表——陶渊明的《归园田居》(五首)，王维的《竹里馆》《鸟鸣涧》《鹿柴》，李白的《望庐山瀑布》《独坐敬亭山》，柳宗元的《江雪》，孟浩然的《春晓》《过故人庄》等无不是典型的在题材上以山水自然风光为对象，在语言风格上用字浅显，明白晓畅，诗歌风格上清新自然、意境深远，在人格上都由于受过挫折讨厌官场，有隐退之意。用具有中国特色山水诗歌风格的"神韵""意境""质朴"来形容华兹华斯的诗歌风格，更能显示中国思想影响。的确，西方人善于理性思维，西方的诗歌在于追求理性和智性，而中国人则具象思维，追求的是感性和经验的把握，所以在西方叙事诗发达，而中国则抒情诗发达。华兹华斯则和其他西方诗不同，他善于从自然界捕捉一草一木，从微小和普通的人中间见世界，所以一到中国就受到了中国人的喜爱。虽然他不具有拜伦、雪莱那样的摩罗精神，与当时的中国政治语境不合拍，但仍然获得了中国人的认同。辜鸿铭在1915年撰写的《中国人的精神》文末就特别以华兹华斯的《廷腾寺》的35-49行诗句作结来说明华氏与中国人的精神一致性。他说："我想请你们允许我为你们朗读最中国化的英国诗人华兹华斯的几行诗，他胜过我已经说的或能够说的任何言语，他回味你们描述这种平静而受到庇佑的心态，也就是中国人的精神。这

---

① 范存忠:《英国文学史提纲》，成都：四川人民出版社，1983年，第362—363页。

几行英文诗以我不可能运用的方法，在你们面前展示了在中国式的人性里灵魂和智慧的完美结合，展示了赋予真正中国人无法言表的温顺的那种平静而受到庇佑的心态。"① 由此可见，在中国人的心中，华兹华斯的诗是最接近中国人的心的，是最能体现中国诗歌精神和特色的，和中国自然山水诗有着异曲同工之美，难怪在学术论文中，讨论华兹华斯和中国自然诗人的最多②。其实，中国的自然诗是最能体现道家美学特征的："自然""厚实""质朴"，而"意境""神韵"则更是道家精神影响下的产物，正如张成权所说的："几乎贯穿于中国古代文论的'自然'观，以及'意境'说、'性灵'说、'神韵'说等等，莫不是汲取道家思想或借助道家精神而构建的。"③

把华兹华斯作为自然诗人的一个最重要的特征就是认为他是一个寄情山水的隐逸诗人④，从徐名骥把华兹华斯的《远足》(Excursion)

---

① 辜鸿铭:《中国人的精神》，李晨曦译，北京：三联书店，2010年，第46页。

② 以中国知网检索发现华兹华斯与陶渊明比较有82条，华兹华斯与王维比较达30条，和孟浩然比较7条，和谢灵运比较有4条，检索华兹华斯与中国山水诗，结果有49条。

③ 张成权:《道家、道教和中国文学》，合肥：安徽大学出版社，2010年，第18页。

④ 在英国的文学史上，把华兹华斯作为隐逸诗人，自然诗人并不多见，如埃文斯在《英国文学史简史》说华兹华斯对自然的兴起不是把它作为美丽景物的中心，而是当作对生活的一种知识上和精神上的影响。(第67页)，Marcel Isnard 甚至说，尽管自然是浪漫主义重要的主题，但自然所含有的任何意思都不应该被当作是浪漫主义的特征。(参见 Raimond & Watson, eds. A Handbook to English Romanticism, London: The Macmillan Press, Ltd. 1992，185页)，Emily Legouis 认为华兹华斯和他之前，之后的任何其他写风景的诗人没有任何区别。(参见 Burwick, F. The Encyclopedia of Romantic Literature, Sussex: Blackwell Publishing Ltd, 2012，第111页)，桑德斯在《牛津简明英国文学史》中虽然说他是一个遁世者，但又重申说不应该把被看做成一个孤独的或自我为中心的讲话者。(第528页)

翻译成《逍遥集》^①便可看出老庄思想的影响。《逍遥游》是庄子最著名的篇目之一，"游"也因此而成为庄子思想中"最核心的范畴"^②。"游"是庄子追求的精神自由的境界，他的《逍遥游》就是告诉人们要超越一切世俗名利，达到精神的绝对自由和无待无碍的境界，从而与自然"浑然一体，物我两忘"，在诗歌中也就是苏轼说的"寓意于物而不寓意于物"的境地。但华兹华斯的《远足》则不是如此，作者通过描述自然景物来探讨政治、哲学、宗教、社会问题，华兹华斯是把自然当作拯救人类心灵、道德和美的方式来写的，他最终的目的是为拯救世界，这和庄子美学抛弃世间一切烦恼、功名、利禄，进入物我两忘的自由境界是不同的，也和在老庄思想影响下发展起来的山水诗歌追求物我合一的境界是不同的。徐名骥把它翻译成逍遥集明显是受老庄的影响，把华兹华斯当作在老庄思想影响下的中国山水诗人与寄情山水的隐逸诗人来看待的。

由此，加上华兹华斯一生大部分时间都待在乡下，便自然而然地成了西方"隐逸"诗人，遁世派的代表^③。国内这个观点固然受西

---

① 原文是这样说的：他此后便产生了不少的创作，以《序曲》(The Prelude1805)和逍遥集 (The Excursion)最著名。他的本意是想把他对于自然、人生和社会的冥想写成三部作品，总名为隐遁者 (The Recluse)，但结果却只成了序曲和逍遥集。(第18页)

② 李春青:《道家美学与魏晋文化》，北京:中国电影出版社，2008年，第46页。

③ 持此说的很多，如范存忠第363页，刘炳善第252页，但也有反对的意见的，主要是世纪后，如钱青在《英国19世纪文学史》中说:"这些诗表明，在他从法国回来十年之后，他还不是一个一味寄情山水的隐士，还在关心时局，关心民族命运。"(第29页)但是持这种观点毕竟是少数，大多数国人提到华氏，便把他同隐逸诗人联系起来。

方两百年来对华兹华斯定论的影响①，但主要还是受中国田园山水文学的影响。在中国的文化语境下，把华兹华斯看成隐逸诗人是很自然的事情，中国的山水田园文学正是在老庄思想下产生发展的，追求的是道家的超然物外，与自然合二为一的艺术境界。"达则兼济天下，穷则独善其身"是中国儒道思想影响下的中国古人"入世"和"出世"的人生理想指导，是处于官场与自然山水中的两端。如仕途不顺，则使古代文人把志趣寄托于山水，与自然冥合无间。因此，山水田园则成了古代文人陶冶情操、净化心灵的寄托。中国田园山水诗人代表"古今隐逸诗人之宗"（钟嵘语）的陶渊明卸甲归田，将"方宅十余亩，草屋八九间"，"开荒南野际，守拙归园田"作为超然物外的生活方式，和谐地进入老庄清静无为、返璞归真的思想境界中，真正做到了超越尘世，归隐自然。谢灵运仕途不顺，便纵情山水，"壮志郁不用，泄为山水诗"（白居易语），希望在山水中获得安慰。唐代大诗人孟浩然隐居山间，终身白衣，王维官遭贬谪，便过起了半官半隐的日子。他们都是把自然山水当成了人生的乐趣和追

---

① 西方学术界对华兹华斯长期居住湖畔认为他是"隐逸湖区"，持这种观点的人有很多，谢海长在《华兹华斯"隐逸湖区"考辨》（载于《云南师范大学学报，2009 年第 6 期》）一文中对此说做了详细的分析，并追溯了西方学界对华氏此称号的由来，他认为有三条线索最终导致了这一称号的产生，影响了后世，被后来者不断强化以致一度成为学界的"集体无意识"。简单说来，第一种是《爱丁堡评论》认为华氏诗歌的"怪癖"源于他幽居湖区的结果，第二种说法是评论界认为华氏是自我主义者，无形中进一步佐证了"隐居湖区"说，第三种是评论界认为他对法国革命的结果的幻灭最终导致他退隐湖区。在西方的英国文学史中，持这种说法的也很普遍，如艾弗埃文斯著《英国文学简史》中就认为华兹华斯震惊于工业主义噩梦般的工业城镇的来临，转而向大自然寻求保护。（第 67 页），法国革命后，他不得不忍受一种精神幻灭的极度痛苦。（第 69 页）

求，在他们背后支撑的正是老庄思想。

但是，华兹华斯不是中国文化意义上的隐逸诗人，他和中国的隐逸诗人陶渊明、王维等不同，他不是因为郁郁不得志的抱负无法实现而寄情山水，而是从小生活在湖区，酷爱自然。大自然的美妙和安详深深地感染着他，认为大自然对人的灵魂有净化和安抚作用。法国大革命后的屠杀和工业革命带来人的异化的确对他产生了很大的影响，但这种影响的结果不是使他对人类、对社会失望而退隐湖区，而是他希望用诗歌唤醒人们，来实现他的"审美救世"理想。他的著名的诗句"儿童是成人的父亲"便很好地说明了他的思想，儿童代表了纯真，是至真至纯的"前存在"，他们身上集中体现了上帝的神性，当人成长以后便会慢慢失去这份纯真，所以他认为儿童与上帝最接近，华兹华斯是"把自然作为一种能够完善人格的力量加以歌颂的"①。对华兹华斯来说，他"不是为逃避社会现实而转向自然，而是为解决社会问题和人生问题才转向自然的。"②如谢海长所说，把华兹华斯当作隐逸诗人就遮蔽了他在移居湖区的时间里不断造访伦敦的事实③。

① 王守仁，方杰：《英国文学简史》，上海：上海外语教育出版社，2006年，第103页。

② 章燕：《自然颂歌中的不和谐音—浅析华兹华斯诗歌中的自我否定倾向》，载于《外国文学评论》，1993年，第2期，第92页。

③ 从华兹华斯1795年寄居湖区开始，他几乎每年都要去伦敦一次，待的时间从几周到几个月，1847年他最后一次是和夫人一起去的。据粗略统计，华兹华斯在欧洲都市中呆的时间超过十年，尼克拉·乔特说华兹华斯一生都频繁地出入伦敦，"这个公认的乡巴佬其实也是个热切的都市人。"济慈1818年造访华兹华斯发现他家名流访客源源不断，家中常常客满为患，根本不是一个幽居的人。参见谢海长，《华兹华斯"隐逸湖区"考辨》，云南师范大学学报，2009年，第6期。

所以，华兹华斯根本不是中国文化语境中的隐逸自然诗人，说他是隐逸的自然诗人无疑是受中国传统文学影响，而华兹华斯和中国山水田园诗人的追求有着根本的区别。华兹华斯的自然景物描写总会引入一个哲理思考，他笔下的自然景物也不是中国山水自然诗歌中人与自然浑然一体的意境，而是一种被观看的客体，人与自然景物之间始终隔着距离。

由此可见，英国文学经典在中国经历了一个演变过程，有些经典被淘汰掉了，有些经典被持续保留下来，这一方面和经典自身的价值有关，另一方面和中国的传统文化、意识形态有着密切关系。因此，英国的文学经典不一定就是中国的英国文学经典，其区别和差异也异常明显。英国的文学经典在中国的生成与演变过程也就是英国文学经典中国化的过程，这个过程通过文学史的书写反映出来，最终确立并保证着中国的英国文学经典的传承和发展，成为中国文化的一部分被中国读者所接受。

第五章　英国文学史书写的经典个案

为了能更加详细地了解英国文学史的书写情况，此章以四部不同时期具有代表性的、比较独特的国人撰写的英国文学史经典个案，即民国时期第一部文学史——王靖《英国文学史》，20 世纪 80 年代后期杨周翰《17 世纪英国文学》，新时期王佐良五卷本和常耀信《英国文学史通史》（三卷本）为例，来分析当时的时代特色和精神面貌。

第一节　古典式英国文学史——王靖《英国文学史》

王靖《英国文学史》（上编）初版于 1920 年，是国内首部英国文学史通史著作，早于译著出现，具有开创性的意义。全书共 122 页，6 万言，6 编，作为"新潮丛书（文学系）"由上海泰东书局出版发行，疑多次再版①，共叙述了英美历史上近70位文学家，其中英国49人，美国15人，丹麦1人。从编目上看，书名为欧美文学家小史也不为错，但把美国和丹麦作家作为附录出现，反映出当时英国在世界上的霸权地位。英国文学史从上古叙述到19世纪的约翰·拉斯金，是不完备之作。作者在序言中也坦承，"只略述之19世纪。至20世纪则付缺如。盖当时为俗事牵累，未能赓续。"②作者本意是要出续稿的，但因各种琐事，未能如愿。即使是叙述至19世纪，也是不完备的，如哈代都未能入列。

此书诞生于民国初年复杂的国际形势下，国难当头，明显体现出当时的时代特色。在西学东渐的攻势下，传统思想和文化开始发生激烈变革，作为英国文学史的开山之作，和当时的复杂的时代背景一样，体现出了鲜明的时代特征。一方面，留恋于过去，无法和传统完全决裂；另一方面，迫切地需要借西方的新事物、新思想、新文化、新理念来拯救时弊、开民力、鼓民智，借西方之风医中国之病的决心和努力，对西方的思想和文化持拥抱的姿态，如前所述，在文学史观上，以进化论的文学史观为指导；在文学史料和经典的塑造上重视载道的功用。本节主要讨论他传统的一面，体现出鲜明

---

① 目前1920年的版本无法查到，在1927年的版本第26页结尾，卷三的结束处印有"民国九年七月十五日再版"字样，疑1920年版本印过不止一次，即前26页三卷为上编，卷四开始为续写。在1927年的版本封面上题名为"英国文学史"（上编），英文名为 *Introduction to English Literature, First Part* 字样。在目录之后又有一个版权页，上面写的是"欧美文学家小史"，结尾处版权页码上则是"英国文学史"并无上编的字样。

② 王靖：《英国文学史》，上海：泰东书局，1927年，自序。王靖的文学史只有句号、问号和感叹号，引文遵照原文，以下同，不再另做说明。

的古典传统特色。

　　本书的中国味、古典味浓厚，主要体现在书写观念和方法上，深深印有中国传统的印记。如前所述，撰写体例上以作家为中心，以叙述文人的生平事迹、闲闻轶事为主，偶尔提及其作品，也是为描述作家人品服务，这种写法明显是受传统史学的影响，尤其是《史记》《文苑传》类史书为名人列传的传统，是纪传体文学史。封面上印有"欧美文学家小史"，确实没错，早期国人写文学史都不约而同地从史学中取得合理的资源。王靖的《英国文学史》同样受传统史学的影响颇深，他的目录每卷（现今通常称章）某世纪文学及文学家，下面分别列出此时期的文学家，实际内容也是如此，时代背景几乎没有，直奔正题。王靖的文学史是以作家为中心，重在为文人立传，以刻画文学家们的个性、人格、身世为主要目的的纪传体书写模式。因此，王靖喜欢找些闲闻轶事来突出文人的性格风貌特征，突出作家个性、人格。如作者说汤姆斯·格雷"为人短小。媚如处子。温柔娴雅。蔼然可亲。"[1] 说拜伦"志行芳洁。气量宏伟。""丰姿绍美。朗朗若玉山照人。"[2] 还说拜伦年少时和表妹青梅竹马，岂料后者魂归西天，拜伦悲伤之际作词一首悼念并抽出其中四句以示大家。最有意思的莫过于他对约翰逊博士做传，王靖花了全书十分之一的篇幅（10页，莎士比亚7页）来叙述约翰逊博士的生平轶事，从幼年的天资聪颖倒背如流，3岁得病求得安妮女王的抚摸，到少年家道中落，如何贫寒求学谢绝同学帮助，到婚姻爱情与妻伉俪情深，妻

---

①　王靖:《英国文学史》，上海：泰东书局，1927年，第45页。

②　王靖:《英国文学史》，上海：泰东书局，1927年，第68页。

死到伦敦艰辛度日，后如何取得丰功伟绩——道来，读来就一作家之传记。王靖对约翰逊的个性、才华、品质的描述相当有趣，说他"天资颖慧。一目十行。孔武有力。颇善病工愁。性急貌寝。""矫若云鹤。森若崖松。"对于他在大学期间衣衫褴褛拒绝接受同学的帮助一事，王靖一面称他性格"狷介"，一面又赞他"虽境遇艰苦。不能屈其志"[1]的志士不受嗟来之食的豪气，似乎有点前后不一。对于约翰逊娶其同学之母的事情，王靖赞叹之中也不无讥讽之意。"当此流离失所之时。而生忽沉溺于情爱。其钟情之人。则媚雌爱里沙白也。其子与生同学。年堪伯仲。此媪以年事计。当以儿抚生。在常人眼光观之。此媪侏儒肥硕。蠢蠢一妇人耳。且涂脂泽粉厚几寸。衣绚烂之衣。声容举止。可以描摹时。尚东施效颦。尚不如其丑而生情爱既深。目光又弱。且生平未尝与女子周旋。乃视媪若天仙化人。窈窕温柔。倾城倾国无匹也。倾倒之情。略无虚饰。媪有所命。无不立从。傲兀之性。立化作绕指柔。拜倒石榴裙下矣。媪之贫穷与生同。当生乞婚之时。竟一诺无辞。既结婚伉俪极笃。闺房之乐。甚于书眉。知之者竟讶为奇事。而生则自幸身拥丽人。艳福无双。且不忘结婚情事。时时述之。直至此媪六十四龄考终。生痛抱鼓盆。神伤奉倩。常叹苍天不情。红颜命薄。乃为文刻于墓碑以表扬其淑德美貌。"[2]对约翰逊的描述与事实有些出入，首先作者说约翰逊夫人是其同学之母，是不准确的，约翰逊夫人的儿子和约翰逊博士年龄相仿，但不是同学。约翰逊博士也不是没见过女色，被约翰逊夫人

---

① 王靖：《英国文学史》，上海：泰东书局，1927 年，第 53 页。
② 王靖：《英国文学史》，上海：泰东书局，1927 年，第 56 页。

迷惑，根据包斯威尔的《约翰逊传》，约翰逊早就认识波特夫妇，和他们关系极好，在波特先生去世之后，才向波特夫人求婚，波特夫人本身的魅力、涵养使得这段相差 20 年的婚姻美满，约翰逊自己称他们是爱情的结合，但从王靖的描述中，他对这段感情是非常不赞同的，对波特夫人也进行了丑化处理，道出了中国传统的男尊女卑思想观念。

在对史料的评价和处理上，王靖也秉持了由司马迁开创的"秉笔直书"，"不虚美，不隐恶"的史家传统，如他批评蒲伯"颇衍德拉丹之遗绪。好用讥讽笔。陶情写景之作。颇寥寥。未免失诗人醇婉冲厚之短。要亦运会之所趋。非偶然也。蒲伯性暴躁。稍不如意。辄与人杵。时人比之黄蜂。"[1] 批评拉斯金 (Ruskin) "为人明丽稳健。自成一家。惟字句冗长。有时渲染太过。此其病也。"[2] 说德昆西"惟其体格纯。有时逸出文家范围之外。然其文词藻雅丽。为他家所不及。可以掩瑕疵也。"[3] 批评柯尔律治"虽工于诗。然其格调神韵。殊欠活泼之精神。"[4] 批评笛福"惟其文笔散漫冗长，尚非完璧之作也。"[5]

由于王靖在写作上重在为文人立传，在写作目的上颇受中国传统史观"文以载道""讥谏时世"的影响，因此在经典的选择和诠释上，王靖选择特别能传达出此目的文人轶事。如作者在叙述拜伦时，

① 王靖:《英国文学史》，上海：泰东书局，1927 年，第 43 页。
② 王靖:《英国文学史》，上海：泰东书局，1927 年，第 90 页。
③ 王靖:《英国文学史》，上海：泰东书局，1927 年，第 79 页。
④ 王靖:《英国文学史》，上海：泰东书局，1927 年，第 63 页
⑤ 王靖:《英国文学史》，上海：泰东书局，1927 年，第 41 页

花大量的笔墨把国人译著《哀希腊》全部列出，并称拜伦为侠义之士，赞扬他勇士可嘉，敢为希腊人献身的可贵精神。除了对拜伦的外表溢满赞美之词外，他还称赞拜伦"吾所以致敬爱於摆伦者。其要点有二。一其侠魂。一其美情。试观摆伦末年之历史。何其庄严而劲烈。雄奇而伟俊。试观中年之历史。何其清温而明洁。妍妙而深远。吾欲以物譬摆伦为人。及其文譬之以剑。吾犹虑不足以尽其刚强也。譬之以花。吾犹虑不足以尽其忧婉也。譬之以秋嶽。吾犹虑不足以尽其峻峭也。譬之以春月。吾犹虑之不足以尽其娟丽也。观此可见之拜伦之为人也。"① 在描述菲利普·锡德尼（Sidney）时，作者称他不仅是一个文人，更是一个勇士，敢于冲锋陷阵于枪林弹雨之中，屡获战功，并认为他的品质要远远比文名大。"不谓循循渊雅文人。亦具有将才文人名将。一身兼之。此空前之事也。"② 并赞美锡德尼虽身负重伤，僵卧草丛，将士寻得杯水给他，他拒绝接受，给身边重伤的士兵。王靖把锡德尼的话用重点符号标记，以赞美他的美德。"余不忍独饮此杯水以自活。而视彼惨死。以彼之需水更有甚于余也。我何忍独享之乎！"③ 伤兵因此得以生还，而锡德尼因此惨死，王靖称他"施德利义侠之名。飚耀于史册者较其文名之著也。"④ 王靖多次用具有中国独特文化色彩的"侠"字来称呼英国文人，很显然是受中国传统影响。

---

① 王靖：《英国文学史》，上海：泰东书局，1927年，第69页。
② 王靖：《英国文学史》，上海：泰东书局，1927年，第14页。
③ 王靖：《英国文学史》，上海：泰东书局，1927年，第14页。
④ 王靖：《英国文学史》，上海：泰东书局，1927年，第15页。

　　王靖之所以特别强调文人的"侠"字，也和作者寄予的希望有关。作者希望借英国文学史来改造国民，达到济世救世的目的。作者成书 1917 年，正是新文化运动蓬发之时，国难当头，列强入侵，中华民族生死存亡的危险关头，有志之士们以启迪民智，破除国民愚昧顽疾为首要任务。作者借希望用拜伦的革命思想达到鼓民力、开民智、引领社会导向的精神路标的目的。作者不惜笔墨把拜伦的《哀希腊》悉数列出，也缘于此。读过这十六首诗的读者可由对希腊的哀亡上升到自我国家即将灭亡的哀叹、愤慨，并唤起民众摧毁旧势力、抵抗外敌入侵的斗志和激情。

　　和对拜伦、锡德尼的人格高度赞美一样，王靖对狄更斯的小说也极赞美之词，他高度赞扬狄更斯对社会不良风气的揭露，教化民众，因此国家富强，"迭氏细察社会情形，著为绘声绘影之小说，使读者内省自疚，不敢为非，政治风俗乃于无形中渐渐感化向善，国富兵强，今日称雄于世界，小说兴有功焉。"[①] 王靖对这些文人极尽赞美，无不寄托着著作者个人对国家、社会的富强进步的希望和高度的尽匹夫之责的担当意识。以后任何一部英国文学史都没有他这种急切的、真诚的，倾注个人强烈感情的著作出现，一字一句都寄托着他殷切的希望。

　　但是用中国特有的文化"侠"字来称呼拜伦、锡德尼并不完全恰当。拜伦也不是如王靖所描述的那么伟大、高尚，拜伦被王靖给美化成了一个神，他的缺点、个人主义、冲动、私生活混乱等都被

抹掉了。拜伦、锡德尼所代表的是西方的骑士文化精神，和中国的侠义文化是不同的。骑士是欧洲中世纪封建制度的产物，和宗教密切联系，在中世纪达到鼎盛。骑士文化和骑士精神此后成为欧洲文化中非常重要一部分，现在所说的绅士（gentleman）就是由骑士精神衍生来的。骑士精神因为其坚毅、勇猛、忠诚、高尚和英雄气概而备受人们尤其是女人和小孩的崇拜。骑士精神和中国的侠义精神在某些方面有相似处，如他们都是尚武的、凌然正气、重然诺、扶贫济弱、除暴安良等豪侠精神，但是两者在很多方面又是不同的，骑士是贵族阶层，中国的侠客是草根阶层；骑士有宗教信仰，侠客没有；骑士重"忠诚"，侠客重"义气"。骑士一般有封地，受雇于领主，绝对忠诚于领主、宗教信仰、爱情，但是中国的侠客是边缘阶层，是当权者的眼中钉，肉中刺。他们行走江湖，居无定所。骑士文化是中世纪的主流文化，而侠义文化在中国一直是被边缘化、被压制的文化，用中国的侠客精神去比附英国的骑士精神很显然是不太恰当的。"在西方的文化传统中，中世纪的骑士精神对现代欧洲民族性格塑造起着极大的作用，它构成了西方'绅士精神'的基础，形成了现代西方人对于个人身份和荣誉的注重对于风度、礼节和外表举止的讲究；对于崇尚精神理想和崇尚妇女的浪漫气质的向往；以及崇尚公开竞赛、公平竞争的精神品质。总之，它使现代欧洲人民族性格中既含有优雅的贵族气质成分，又兼具信守诺言、乐于助人，为理想和荣誉牺牲自我的豪爽武人品格。"[1] 相比之下，中国的侠

---

① 凯风：《西洋骑士：图说冷兵器时代的传奇》，北京：中国时代经济出版社，2009 年，第 1 页。

客在风度、礼节和外表举止上并不太在意，在对待妇女问题上甚至有滥杀无辜的嫌疑，也没有为理想和荣誉牺牲自我的精神。陈平原认为"侠的观念，不是一个历史上客观存在的、可用三言两语描述的实体，而是一种历史记载与文学想象的融合、社会规定与心理需求的融合。"① 可见，侠文化更多的是一种想象中的文化，对国民性特征无多大影响，而骑士文化是一种实实在在的文化，从中世纪开始便影响着欧洲民族精神和个性特征。但是，国人用侠义精神来比附英国文人，显然是看重他们的崇高精神品格方面。王靖用中国独特文化的侠义精神去称呼这些文人，显然是站在本土的心理立场上用中国的文化特色去评价西方文人的结果。

王靖用中国的思维和标准去比附英国文人的例子比比皆是，经过他的比较，这些英国文人都一个个成了中国人，具有了中国古典的意味。如他说德昆西有"东方曼倩之风"，"言于思想。用笔雄丽隽永。似有中国六朝小品文字。"② 说骚塞、柯勒律治和华兹华斯三人为"莫逆交。三人志向如一。背工诗……可与吾邦虎溪三友相颉顽也。"称柯勒律治和华兹华斯"翰墨之情。深若弟昆……雅有管鲍之谊"③，说柯勒律治的诗 Christabel "音韵铿锵。可谱入乐府。"④ 华兹华斯的"诗神韵淡远。用字亦浅现。如白香山之诗。老妪都解。"⑤ 他还

---

① 凯风:《西洋骑士：图说冷兵器时代的传奇》，北京：中国时代经济出版社，2009 年，第 3 页。

② 王靖:《英国文学史》，上海：泰东书局，1927 年，第 79 页。

③ 王靖:《英国文学史》，上海：泰东书局，1927 年，第 64—65 页。

④ 王靖:《英国文学史》，上海：泰东书局，1927 年，第 63 页。

⑤ 王靖:《英国文学史》，上海：泰东书局，1927 年，第 65 页。

把某些文人因发生变故，发愤著书，称他们为屈原。如说到班扬妻死对其打击很大时，称"鼓盆抱戚。牛衣兴悲。叹天下不如意事常八九。屈子牢愁。韩悲孤愤。及发奋著书。"[1] 说斯威夫特好用讥讽笔，是屈原之流，"牢骚著书。亦屈原之流也。"[2] 说到奥利弗·歌尔斯密落魄之际，贫不自聊，别人都以为苦，而他却处之宴如，有"颜子箪食瓢饮。不改其乐之风范。"[3] 这些都说明王靖力图找一个在中国文化文学里有着某些类似特征的文人去比附英国文人，但，如"侠"字一样，这些比附并不太准确。如对湖畔派三人的友谊描述，三人虽有段时间交往过密，友情不错，但很快便分道扬镳，互不理睬，多年不再联系；柯勒律治虽然和骚塞是连襟，骚塞也曾帮过柯氏夫人，但柯勒律治和妻子关系不好，后永久分居，与骚塞也几乎不往来；华兹华斯和柯勒律治也仅仅有一年多的时间关系密切，其后两人因为文风不同而分开，和我国的虎溪三友，管鲍之谊不可同日而语，用他们坚贞不摧的友谊去形容湖畔派显然是不恰当的。用屈原去比附班扬、斯威夫特也是不恰当的，屈原是因为自己的政治抱负理想无法实现，借用文字抒发自己的愤懑之情，班扬是献身于传教才写了《天路历程》，而斯威夫特讽喻当时社会现状，他们和屈原之间有着根本的区别。

因此，对于文人能受到统治者的赏识，得到政府的承认，则为最佳境遇。如说到拉封丹被政府授予桂冠诗人之名时，王靖写到"每

---

① 王靖：《英国文学史》，上海：泰东书局，1927年，第31页。
② 王靖：《英国文学史》，上海：泰东书局，1927年，第40页。
③ 王靖：《英国文学史》，上海：泰东书局，1927年，第49页。

逢国家庆典。赋诗庆祝。宠幸有加。亦可谓极文人之境遇矣！"说到丁尼生得桂冠诗人之号，他又说道"献赋凌云。曳裾长扬。可谓极文人之荣遇也。"[1]典型的中国士大夫心理，以追求功名利禄为理想，"达则兼济天下，穷则独善其身"，以得到统治者的重要取得官爵为最高成就的心理表现。

王靖不仅用典故比附英国文人，还经常用中国纪传常有的卓越之人出身之地必定为风水宝地之说。如他讲到莎士比亚时说到他的故乡"数百里间。山川清淑。多应该古代历史名迹。吊古之士。望气谓必有大诗家出焉。而莎士比亚果应时生。传云深山大泽。实生龙蛇。良有以也。"[2]王靖喜欢搜集闲闻轶事，叙述其背后的故事。叙述斯威夫特和友人深秋散步郊外，见树上枝头渐已凋零，突发感慨"余将如此树。由头而死。"果然应此，"忽发脑疾。虑扁无灵。痛裂而死。言成谶语。悲夫！"[3]

王靖的传统思想还反映在他书写的文字上。此书是国人所写的英国文学史上唯一的一部以古文言书写的，文字相当优美，作者在叙述中对中国古代的文人轶事、成语典故信手拈来，反映了作者深厚的古文底蕴和文化素养。此书成书于1917年，初版于1920年，正值新文化运动的白话与文言之争的激烈时期，王靖用古文撰写也是情理之中的事，当时的白话和古文之争主要限于一部分知识分子，全部改用白话文也是五四之后的事情，但作为编辑的王靖受过西洋

①　王靖：《英国文学史》，上海：泰东书局，1927年，第73页。
②　王靖：《英国文学史》，上海：泰东书局，1927年，第19页。
③　王靖：《英国文学史》，上海：泰东书局，1927年，第40页。

教育，1920年还主编过《新的小说》进行文学界革命，应该说不是守旧之人。当时在泰东书局工作过的一位编辑曾说过："编辑部里还有一位编辑王靖（王梅魂）先生，二十多岁，福建人……西装革履……头发老是梳得光亮光亮，并且走过时一阵香气扑鼻……。"如此看来，王靖选择用古文书写还是有点出乎意料。王靖选择用文言书写英国文学史，固然是因为当时的主流，但另一方面未必不是他对传统文化的留恋和固守。语言是文化表征的重要组成部分，是一个民族国民思想、文化习性、思维方式、价值认同的重要反映。从书中，我们也可以找出蛛丝马迹来印证王靖对传统文化的固守，如他在讨论莎士比亚时，认为他对英国的伟大功绩就是他保存了英国的语言文字，敢于逆当时的潮流。他认为在莎士比亚时期，戏剧在英国并不风行，英国的戏剧主要是模仿意大利，蔚然成风，文字上皆用希腊、拉丁文创作，国学异常消沉，唯独莎士比亚能够打破惯例，敢于用英文著作。"如荷马之杰著 *Iliad* 与 *Odyssey* 二诗。彼鲁他（薄伽丘）*lives*（生命）一剧。亦译成英文。惟此二诗一剧。殊足为英文家之楷模。虽然国学消沉。有心能无慨叹。所以莎士比亚竭力提倡之。视希腊、拉丁之文若有宿仇焉！其所著诸书。咸循循保守先人矩矱。不敢以他国文字夹杂其思想。以至今日。英国文字有取无禁。用不竭。历久常新。百变而不穷者非莎氏之功不及此也。"①又说莎士比亚的用词之多，成为英国的"活字典"，"以莎士比亚当日竭力提倡保存英国文字故也。其集中用字其有不二字一万五千言。

---

① 王靖：《英国文学史》，上海：泰东书局，1927年，第8—9页。

寻常文学家日用所需仅六百言矣。相差不啻天壤。说者谓莎士比亚
之集可用作英国字典用。以四百年前英国之字典不及二万言也。莎
著皆含有高尚之理想。伟大之劳力。凡英国之人咸被其感化。社会
风气因之改良。其德泽之厚。学识之渊。诚空前绝后之一人。至今
大地之上凡有文字之国者莫不翻译其曲。则受其感化者不独英国也。
莎士比亚所以为英人崇拜揄扬而不衰者。其在斯乎。"[1]王靖认为莎士
比亚语言文字包含了民族的风气、气质、文化的积累，是英国的活
字典。尽管他没有用盛行的拉丁文、希腊文著作，但这并不影响他
在世界的传播和接受，因为他的著作包含着人类高尚的思想，伟大
的劳力，因而能够改良社会风气，为外国人所赏识。言外之意，文
字并不会妨碍思想的传播和交流，既然如此，用古文书写也不会妨
碍新思想、新方法、新文化、新思维的接受。用文言书写未必就会
拒绝、阻碍新思想的输入，未必就是倒退和逆行潮流。王靖两次强
调莎士比亚对英国文字的固守未必不是他为自己的文言书写的辩护。
王靖用文言书写，一方面固然说明在新文化运动早期，古文仍然具
有极大的影响力，但另一方面何尝不是王靖甘愿固守文化传统呢？
文字是一个国家文化的灵魂和精粹的重要表现之一，体现了一个国
家鲜明的民族个性和文化特色。"一个民族正是通过语言来标记'文
化自我'的，抛弃语言即意味着文化的流散和记忆的丢失。"[2]

他的矛盾态度说明中国社会早期启蒙复杂、多重性的文化心态

---

[1] 王靖：《英国文学史》，上海：泰东书局，1927年，第24页。
[2] 廖太燕：《抉择与重构：论林纾的文化守成意识抉择与重构：论林纾的文化守成意识》，载于《中华文化论丛》，2014年，第2期，第23页。

和矛盾的文人心理，虽然在"新学"的思想烛照和影响下，文学观念、思想规范、艺术审美等都开始有了转变，但由于受稳定的传统意识的支配和牵制，文人的心态和主体意识仍相对保守，在学习西方、借鉴西方时也是趋于表面和移花接木式的，骨子里仍然遵从传统的那一套，这种思维观念要得到彻底的转变要等到 20 年代后在五四激进少年派鲁迅、陈独秀、胡适等的出场和彻底炮轰传统文化的弊端，文学现代化观念才得以确立。所以，我们看到王靖的进化论观念其实也是他编写此书的目的所在，强调文学的政治功用，借西方的思想文化来"改造国民性"，以达到开启民智，救亡图存的目的。他和当时所有的知识分子一样，"既向于今，又脱不了古"①，既取法于西方，又不自觉地以中国传统为榜样。

王靖用文言文著作，用传统思维和站在中国文化本位的心理上著作此书，决定了此书处处带有"我邦"色彩，把英国文学视为他者。是"中国化""汉化"的文学史的典型代表。他的这种写作策略也称之为"归化"（domestication）策略，把英国文学中国化，站在中国的立场上，有"中国中心主义"的色彩，读来倒觉得不是英国文学，而是读本国文学。王靖用传统的思维和方式处理英国文学史料，把英国文人个个作了中国化处理，虽有牵强附会、生搬硬套和削足适履之嫌，却是时代和环境的产物，也是早期国人"认识外国

① 姜全新：《互为方法的启蒙与文学——以 20 世纪中国文学史上的三次启蒙高潮为例》，北京：中国社会科学出版社，2010 年，第 22 页。

作家的便捷手段和行之有效的书写策略"。① 这种书写模式是早期的自发的比较意识，在当时是很流行的一种方式，是生于东西文化碰撞时代的著作者常见的研究策略，他们拥有深厚的传统文化底蕴，一接触外国文化，便萌生了比较的视野。如蒋梦麟曾说："对于欧美的东西，我总喜欢用中国的尺度来衡量。这就是从已知到未知的办法。根据过去的经验，利用过去的经验获得新经验也是获得新知识的正途。"② 由王靖的《英国文学史》来看，他和当时的文学界志士仁人一样，从中国的传统中寻找资源，在中国的文学作品中寻找对应物，把英国的文人事迹、文学作品转化为中国人所能理解、所能接受的文人和文学作品，方便国人理解和记忆。他的古典式书写方法，成为中国的所有英国文学史中最为独特的一部。

第二节　文集式英国文学史——杨周翰《十七世纪英国文学》

杨周翰③《十七世纪英国文学》初版于 1985 年，由北京大学出版社出版，再版于 1996 年。此书为作者 1982 年秋天在复旦大学为外文系研究生开设 17 世纪英国文学课程和 1983 年春天为北京大学

---

① 张珂：《民国时期我国"英国文学史"的写作》，北京大学硕士学位论文，2009 年，第 26 页。
② 蒋梦麟：《西潮》，沈阳：辽宁教育出版社，1997 年，第 68 页。
③ 杨周翰（1915—1989），生于北京，原籍江苏苏州，1933 年入北京大学英文系学习，1939 年毕业于西南联合大学，先后任教于清华大学、北京大学。主要译著有《变形记》、《情敌》、《兰登传》、《诗艺》（贺拉斯）、《亨利八世》等，主要著作有《欧洲文学史》《十七世纪英国文学》《镜子与七巧板》等。

英文系研究生开设同门课程之后汇集而成的。此书主体内容包括十四个部分，即"培根""英译《圣经》""性格特写""《忧郁的解剖》""邓约翰（即约翰·邓恩 John Donne）的布道文""托马斯·勃朗""马伏尔的诗两首""弥尔顿的教育观与演说术""弥尔顿的悼亡诗""耶利米·泰勒论生死""约翰·塞尔登《燕谈录》""霍布斯的《利维坦》""沃尔顿""皮普斯的日记"，及前加小引，后配索引。第二版在原有的基础上加了一个"书后"，即我们通常所说的"后记"，包括作者后记和编辑校订后记两部分，内容上除了小的改动（修改译文、增删几个字，细化索引）外没有大的变化。

　　杨版《十七世纪文学》是一部比较独特的英国文学史。说它独特，主要是从其结构、写作方法和写作目的上来说的。结构上，此书不能算真正的文学史书籍，倒像是论文集（见第三章）。撰写体例上，除《圣经》外，大体上是按照作家为中心书写的。作者自己也在小引和后记里极力否认此书属于文学史，"因为它没有系统，讲作家也不是每个作家都全面地讲，有些只讲他一部分作品，有时还做些中外比较，我本来想把它叫作《拾遗集》。"[①] 作者说此书也不属于断代史，因为要想写断代史，"材料还要多得多，方面还要广得多。"[②] 并且说写 17 世纪的文学史，应该从 16 世纪末写起，莎士比亚的前辈、同时代的作家及以后的作家都应该包括在内。由此可见，作者

---

　　① 杨周翰：《十七世纪英国文学》，北京：北京大学出版社，1996 年，书后，第 321 页，小引，第 2 页。

　　② 杨周翰：《十七世纪英国文学》，北京：北京大学出版社，1996 年，书后，第 322 页。

有着非常严谨的治学态度。虽然作者否认此书有一个系统，但此书仍然发现有一个贯穿所有材料的中心，即作者在后记中强调的：此书贯穿其中的主线是时代精神，用"他们的作品来说明这一时代的精神面貌。"[①] 因此，我们姑且把它作为一个断代史来处理。

虽然作者否认此书是文学史，但文学史的一般特征并不是没有。首先是时代背景的介绍，虽然作者说自己很讨厌写文学史首先得写社会环境，但在小引里作者还是介绍了此时期的社会背景：社会动荡，资产阶级革命，宗教斗争，科学发展和海外扩张等，并把此时期文学的特征和社会背景的关系也揭示了出来，即资产阶级革命在宗教外衣下进行的，此时期的宗教斗争实际上就是政治斗争，"社会的动荡使得每个人去思考，思考总是用宗教术语进行，所以这一时期的作家著作多谈生与死、这种信仰和那种信仰，精神疾病和创伤的问题。"[②] 并认为这一时期盛行散文，所以十七世纪英国文学"是散文的时代"[③]，是以政论文为主的散文加上布道文和小册子。散文的风格是巴洛克，华丽而散漫。但很快被朴素无华更适宜于科学和说理的散文取代。因此，从结构上说有背景介绍，有风格介绍，有贯穿主线，完全可以说是一部断代史。只是和一般的文学史书写模式不同，一般的文学史模式为时代背景＋作家介绍＋代表作品＋思想内涵分析，此书除了在小引里简要介绍了此时期的宗教背景外，不再

①　杨周翰：《十七世纪英国文学》，北京：北京大学出版社，1996年，书后，第322页。

②　杨周翰：《十七世纪英国文学》，北京：北京大学出版社，1996年，第2页。

③　杨周翰：《十七世纪英国文学》，北京：北京大学出版社，1996年，第2页。

讲述背景知识。每部分也不讲作者生平，不讲代表作品，不进行思想内容的分析，而是直接用文本细读的方式分析文本，有根有据地结合文本分析其特征。这和当时的书写模式完全相反，其解读文本的方法非常类似于英美新批评式文本细读法，估计和作者 40 年代到牛津大学学习英国文学有关。

此书的文学史观为唯物史观，坚持文学是社会现实的反映。即作者在小引里所描述的社会背景：17 世纪前 60 年英国文学受时代影响和环境的动荡不安，资产阶级革命和宗教斗争的影响，此时期的文学"多谈生与死、这种信仰和那种信仰，精神疾病和创伤的问题。"[①] 因此，此时期的文学特征少了文艺复兴时期的自信和理想，而是"多半是内向的，忏悔的，或者严肃的，说教的，也有玩世不恭的，一心享乐的"，[②] 即使有文艺复兴时期的抒情诗，也多是痛苦的情调，戏剧逐渐被散文取代。作者在此把文学思潮的演变揭示了出来，也道出了一时代有一时代的文学。文艺复兴时期，政治相对稳定，宗教改革带来的动荡得到某种程度的平息，经济繁荣，英国打败西班牙，取得海上霸权，海外扩张开始，这一切共同造成了文化上的繁荣，文学风格也是欢愉的，甜美的，积极向上的。进入 17 世纪，政治上开始动荡，宗教斗争加剧，文学上早期的甜美风格被忧伤严肃的风格取代。因此，作者坚持唯物主义文艺史观，社会存在决定

---

① 杨周翰：《十七世纪英国文学》，北京：北京大学出版社，1996 年，小引，第 2 页。

② 杨周翰：《十七世纪英国文学》，北京：北京大学出版社，1996 年，小引，第 2 页。

社会意识，文学是社会存在的反映。

　　从内容上看，此书除了传统意义上的文学——诗歌外，还包括历史著作、哲学著作、演讲、日记、布道文、箴言等。其实，从小引和后记中可以看出作者想尝试一种新的写文学史的方法，打破以往的文学史做法，"以前囿于对文学的狭隘看法，或则由于照顾到某种需要（如教学），我们只是强调某类作品，或所谓的'重点'作家或'重点'时期，因此，很多好作家都放过了。"①作者曾编写过《欧洲文学史》，对早期写文学史的方法和条条框框深有感触，导致必须按照官方意识形态说话，想说的不能说，不想说的非要说，哪些重点哪些非重点都划定好了，编撰者没有多少自由。所以作者说不想写文学史，"写文学史很麻烦，有些不想说的话又非写不可，像时代背景，社会环境……有些想说的话又不一定能说。"②其实早在1963年，作者已经开始反思文学史编写的问题，他批评新中国成立初期文学史的撰写模式，学术受政治绑架的问题。他说"强调文学与经济基础的关系和阶级斗争的关系，是完全必要的，这是马克思主义文学史观和资产阶级文学史观的根本区别所在。但文学往往和其他意识形态关系更直接；文学还和一个时代的社会心理、习俗风尚有密切联系。因此要全面地反映文学发展情况，从中找出规律，这些

---

　　①　杨周翰：《十七世纪英国文学》，北京：北京大学出版社，1996年，书后，第322页。
　　②　杨周翰：《十七世纪英国文学》，北京：北京大学出版社，1996年，书后，第325页。

方面都必须予以注意。"① 新中国成立初期过于强调作家作品的阶级性，结果许多优秀的作品不能得到很好的解释，也不能准确地看到一个文学作品的文学价值。不能因为一个革新的文学早期和人民的利益没有关系就抹杀了"它扩大的表达能力和解放了某种表达方法的束缚，应当算是一种进步"② 的观点。他还对初期那种用现实主义一刀切去分析作品、套用作品的看法表示不满，"如果变成公式，往往不能显示出具体作品的特色，应从具体作品的特点出发，进行艺术的分析。"③ 现实主义分析小说还有一套，但分析诗歌则太勉强，把浪漫主义说成现实主义，拜伦的《唐璜》变成了诗体小说。所以他说，用现实主义评价一切作品，结果莎士比亚就只有现实主义方面的成就，他的诗人地位则淹没不谈，文艺复兴的全部面貌难以概括。所以他不想写文学史，不想像别人那样去写文学史。虽然他尽力去矫正自己适应意识形态话语，但后来编写的《欧洲文学史》（1979）仍然受到大家的批判，所以他说想说的不能说，不想说的必须说，写文学史很麻烦。他对早期文学史书写受政治束缚变相提出了批评。说到底就是作者想用一种新的方式来写文学史，打破常规，突破当时的束缚，进行有益的尝试。因此，作者把哲学、历史、书信、传记、日记和散文诗歌糅合在一起进行新的尝试，也是当时急于摆脱

---

① 杨周翰：《欧洲文学史研究工作中的一些问题》，文学评论，1963 年，第 1 期，第 100 页。

② 杨周翰：《欧洲文学史研究工作中的一些问题》，文学评论，1963 年，第 1 期，第 101 页

③ 杨周翰：《欧洲文学史研究工作中的一些问题》，文学评论，1963 年，第 1 期，第 102 页。

早期阶级、政治规范对人性的扭曲，编著者没有自由可言的压抑证明。

作者在 20 世纪 80 年代末期学术界反思文学史书写模式之前做出如此大胆尝试，是需要开阔的视野和魄力的，把历史、哲学著作纳入文学史在民国时期出现过，但把书信、日记、小册子、箴言都纳入进来，他却是第一个。也就是说，著作者不遵循大众的模式，反其道而行之，大家常讲的他不讲，不讲的他要讲，作者把他的这种模式称作"拾遗补阙"①。因为当时"国内通行的外国文学教科书讲到这一段文字时，最多只讲三个作家：弥尔顿、班扬和德莱顿。对于一个学英国文学的学生来说，特别是在研究生阶段，这点内容是远远不够的。英文系的学生当然可以读英文的英国文学史，但对于一般不能或目前尚不能阅读英文的学生和文学工作者或爱好者，这一段文学就将是一个空白。我这次工作也许可以起到一些拾遗补阙的作用。"② 正如前面所讲，作者认为"这一段文学史的重要性"③，重要的作家不止三个，而以往的文学史限于篇幅不能够全面讲解，所以作者才开了这门课，写了这本书。除此之外，作者也说明希望此书能够"激励我们的精神，提高我们的境界。"④ 因为十年锁国，与外

---

① 杨周翰：《十七世纪英国文学》，北京：北京大学出版社，1996 年，小引，第 3 页，书后，第 319 页。

② 杨周翰：《十七世纪英国文学》，北京：北京大学出版社，1996 年，书后，第 319 页。

③ 杨周翰：《十七世纪英国文学》，北京：北京大学出版社，1996 年，书后，第 319 页。

④ 杨周翰：《十七世纪英国文学》，北京：北京大学出版社，1996 年，第 322 页。

国隔绝，人们的思想被麻痹，意识不开化，开放后，人们急切地需要引进国外书籍，但是许多书籍要么不加辨别，要么缺乏思想和深度，所以他希望此书能够提高人们的思想境界。同时由于早期文学作品评价存在严重的问题，思维过于狭窄，主观性过于强烈，许多国外的优秀文学作品有待挖掘，作者希望此书能够在文学作品挖掘方面做一个新尝试的开端。

除此之外，此书还有三个特点。第一，史论结合，边叙边议。作者不是以论带史，而是论从史出，边叙边议的风格。"我一向倾向于讲文学史要'说说唱唱'，'说'就是讲历史，'唱'就是读作品，对初学者尤其应以'唱'为主，在'唱'的时候把历史发展简要介绍一下。"[①]作者以唱即评价为主，史论结合。说说唱唱这种风格少了很多束缚，也是作者选择不用一般的文学史体裁来撰写的原因。这种边讲历史边读作品的写法，可以把一个时代的文学作品、传记，书信、历史哲学等囊括进来。

第二，既然是"拾遗"，作者对那些文学史谈论较多的文人作品尽量避而不谈，而谈其他的方面或其他的作家，如弥尔顿的和他的《失乐园》是文学史的重点，谈论的较多，此书不再谈论，而谈弥尔顿的教育和演讲术，悼亡诗。从内容上看，除了弥尔顿、培根和多恩外，17世纪其他的作家文学史几乎不讲。对此作者也有自己的看法，他说文学不仅仅是指诗歌、小说、戏剧等"纯文学"，还应该包括其他的史料。纯文学是来自西方的观念，但我国古代对文学的理

---

① 杨周翰:《十七世纪英国文学》，北京：北京大学出版社，1996年，第319页。

解则宽泛得多，不仅仅指诗歌、小说、戏剧，还包括哲学、历史、书信、日记等一切文学史料。"我们对于文学的看法，多年来局限于诗歌、小说、戏剧，这确是纯文学，这是西方传来的看法，来源于柏拉图和亚里士多德，抒情诗、史诗、戏剧。我们翻翻《文心雕龙》或《昭明文选》，我们的老祖宗对文学的理解要宽泛得多。"[①] 由此可见，杨周翰采用的是传统的泛文学观念来看待文学，这也是西方纯文学观念进入国内一直霸占文学史舞台达几十年后，国人首次做出的反思。从 80 年代末开始，国内就陆续有学者对此提出疑问，认为用西方的纯文学观念来看中国古代文学是否合适，杨周翰在外国文学史（国别史）上运用，在当时属于超前的，因为后来的五卷本之《英国 18 世纪文学史》则是在 2006 年才出现了扩大史料，把书信、日记、箴言、小册子等包括进来，由此可见，杨周翰《十七世纪英国文学》是国人著作的英国文学史中比较独特的一部。

第三，此书也是少有的从中外对比的角度来写英国文学史。和王靖把英国文人中国化处理不同，他站在客观的立场上对比中英文学史料，得出的结论就不会显得突兀。作者认为一般的文学史，通常是在西方内部进行比较，感觉对"中国人来说是在看戏"。[②] 中外作家和作品对比的论文有一些，但不多，对一组作家、一派作家或一个时期内的作家进行中外比较的更少了。尽管林纾曾经有过类似

---

① 杨周翰：《十七世纪英国文学》，北京：北京大学出版社，1996 年，第 322 页。

② 杨周翰：《十七世纪英国文学》，北京：北京大学出版社，1996 年，第 323 页。

的对比，但那时以"中国化""汉化"为目的对比，不是真正的对比。所以作者想"站在中国的立场，不仅仅是抱着洋为中用的态度去处理外国文学，而且从中国文学传统的立场去处理它，分辨其异同，探索其相互影响（在有影响的地方）也许是可行的，有助于双方的理解。"①作者对如何进行客观的中外比较，做了一些努力和尝试。下面我们略举几例以说明。在讲培根的散文的时候，作者认为他的散文（essays）可以译作随笔，但与我国的随笔有所不同。"我国古代随笔内容驳杂，多无系统，或长或短，多记事，少议论，而培根的论文内容划一，都是修身处世的箴言，贯穿着他崇尚实用的精神，立论条理分明，长短也比较一律，是经过时间观察和思考才落笔的，绝非信笔所之，倒有点像唐宋八大家的古文，也许译成论说文好些。"②经过作者一比较，对培根的散文和中国古代的随笔都有了一个清晰的概念。在讲到培根多使用拉丁文著书，作者说培根是对英语的不信任，认为拉丁文可以使他的文章更为流传，被后人接受，这种思想和五四时期学衡派反对白话文有相似之处。作者还把圣经的故事、宣传的道理、精神等和中国的《老子》《汉书》《淮南子》《庄子》、屈原的《天问》等进行了比较。讲到性格特写这种文学手法的时候，作者认为这在中国古代文学中几乎没有，"诸子中多小故事，史籍的列传属于传记文学，最多是历史人物特写，历史或文坛认为轶事则有《世说新语》或散见于各种笔记的资料。《世说

---

① 杨周翰：《十七世纪英国文学》，北京：北京大学出版社，1996年，第324页。

② 杨周翰：《十七世纪英国文学》，北京：北京大学出版社，1996年，第65页。

新语》虽然也如忒俄弗拉斯图斯，按流品写人物，但不做全面描写，只记隽语异行。倒像斯本斯的《轶事集》，通过片言，只刻画历史人物性格。例如陆机在蜀被谗见诛，临刑叹曰：'欲闻华亭鹤唳，可复得乎？'又如权奸桓温卧语曰：'作此寂寂，将为文景所笑，'既而屈起坐曰：'既不能流芳后世，亦不足复遗臭万载耶？'"①从而把17世纪流行的性格特写和中国历史中人物描写之间的差异揭示了出来。17世纪性格描写虽然属于类型写作，缺乏个性，属于扁平人物描写，但是我们还是可以从细节描写中观察到人物的形象和生动，带给读者的也是活生生的形象效果。中国的历史人物描写虽然只言片语，但也不乏生动形象。在讲到多恩（John Donne）布道文在当时的作用和影响的时候，拿中国的佛教进行了对比，认为中国的佛教对民众影响不大，即便是在"南朝四百八十寺"的时期，因为中国的佛教虽然被儒家思想吸收，但和政治关系不大，而宗教对西方人影响很大，政治关系密切等。类似的比较文中随处可见，可见作者尝试的决心和中外知识储备的丰富。

这里我们再横向比较一下王靖和杨周翰处理史料的异同。同样是对知识分子遭遇的感慨，王靖不仅把中国的成语典故用于英人身上，还经常发出文人感慨，认为文人穷，多出身于贫寒之家，潦倒之时颇多，大力抒发文人的身世之感触。说到斯宾塞穷途潦倒之时，见菲利普·锡德尼得恩宠，他说"斯宾塞对此未免有冠尽满京华。斯人独憔悴之叹。"后当斯宾塞生活惬意，家庭美满幸福之时，他又写

① 杨周翰：《十七世纪英国文学》，北京：北京大学出版社，1996年，第79页。

到"当其穷途潦倒书空咄咄之时。又岂料有此哉？"及到斯宾塞房屋被毁，复归穷途潦倒病死逆旅之时，王又发出"呜呼！浮生若梦。为欢几何。文人多劳。信为天地间公例与？"[①]在谈到莎士比亚子身走伦敦时，王靖大发感慨"受室之后。生息既多。食指亦繁。而穷困无聊。莫名一技。乃子身走伦敦。于茫茫人海求生活。其难可想。阮籍穷途。杨朱歧路。怀才不遇。中外同悲。能于风尘中青眼佳士而饭之者。除漂母外。古今有几人乎？"[②]杨周翰在谈到勃顿的《忧郁的解剖》里关于知识分子的遭遇，同样把它与中国文学作品中的同类做了比较："中国文学里也不乏咏贫士之作，如杨雄《逐贫赋》、陶潜《贫士诗》，最早恐怕当推《诗经·邶风》中的《北门》：'出自北门，忧心殷殷，终？且贫，莫知我艰，已焉哉，天实为之，谓之何哉！'写知识分子倒霉的人总是知识分子，所以总是抱着同情的态度。"[③]同样是对知识分子贫寒、遭际的慨叹，王靖完全融入和作者站在同一立场上，把自己代入进去，主观意识极强，而杨周翰则是站在中间的立场上，以中间人的身份对此事做出客观评价，从两者对比中找出异同。

由此可见，杨周翰《十七世纪英国文学》在文学观念、文学史观、文学史撰写体例、书写目的等方面都明显与之前的英国文学史不同，是改革开放后，针对新中国成立初期文学史书写模式的僵化进行

---

① 王靖：《英国文学史》，上海：泰东书局，1927年，第10—11页。
② 王靖：《英国文学史》，上海：泰东书局，1927年，第20页。
③ 杨周翰：《十七世纪英国文学》，北京：北京大学出版社，1996年，第120页。

的突破性尝试，但他对当时外国文学史书写的批评并没有出现在第一版（1985 年），而是在第二版（1996 年）后记中，反映出 80 年代人们还没完全从当时的极"左"路线中走出来，虽有对当时政治挟持学术的不满，但不敢真正去做尝试，这也从侧面说明了为什么 80 年代前期，英国文学史书写中保守、陈旧的观念仍然存在的原因。

杨著是当时所有英国文学史书写中比较独特的一部，其学术地位也不同凡响，学术界对此评价颇高："他的《十七世纪英国文学》绝非一部平凡之作，它的论述范围完全达到了文学史的广度与规模，而论述的深度却大大超过了即使是很具有分量的文学史著作，而达到专著专论的精深之度。"①

当然，由于这部文学史专讲别人不讲的方面，许多作家也不是当时很出名的，即使偶尔几个有名的，论述的也不是他的经典作品，这样就不能很好地突出文学史经典的形象，对于不熟悉英国文学史的外国学者来说就不能很好地了解作家的风格、作家的伟大和文学地位。对那些想获得英国文学经典的读者来说不是理想的书籍，只能作为文学史的参考书籍，或者为有一定文学基础的爱好者和研究者使用。

---

① http://baike.baidu.com/link?url=KiyL9zYP1Libaj_Dc7lizEQQrVoG2dZN6CPL mYVXjONhSDPsx0-FO1kcfU76TG_8XV7dbs8vubjzdHhTNeUmZK,2015/9/20.

第三节　多卷本英国文学史——王佐良版五卷本和常耀信《英国文学通史》

一、王佐良[①]五卷本《英国文学史》

五卷本英国文学史是国内编写比较完备的英国文学史通史著作，以高年级大学生和文学爱好者、研究者为阅读对象，分为五卷，每卷独立成书，各有重点，可作为断代史，但又相互连贯，合起来就构成了一部英国文学史的通史著作。五卷本分别为《英国中古时期文学史》（李赋宁、何其莘主编）、《英国文艺复兴时期文学史》（王佐良、何其莘著）、《英国18世纪文学史》（刘意青主编）、《英国19世纪文学史》（钱青主编）、《英国20世纪文学史》（王佐良、周钰良主编），由外语教学与研究出版社分别于2006、1996、2000、2006、1994年出版。在编写体例上，大体遵循着文学种类即体裁划分的方法。

编著者在序言中强调，此五卷本遵循的原则是，第一，由中国学者为中国读者写的，读者对象为大学高年级的学生和文学爱好者，以中国学者的眼光，写一部有中国特色的英国文学史。第二，以叙述文学事实为主，要把文学现象和作家、作品交代清楚。第三，以

---

① 王佐良（1916—1995），浙江上虞人，诗人、翻译家、教授、英国文学研究专家，1934年毕业于武昌文华中学，1939年毕业于西南联合大学外语系（原清华大学外语系），1947年赴牛津大学攻读英国文学硕士，1949年回国在北外任教。主编、翻译、著作多部，译《雷雨》《英国诗文选译集》《彭斯诗选》，著作《英国浪漫主义诗歌史》《英国诗歌史》《英诗的境界》《英国散文的流变》《英国文学史》等多部。

历史唯物主义为指导思想，突出中国学者的独特视角。第四，着重作品的文本讨论，摘译其中经典的段落。第五，要有文学格调，文字清楚，简洁。在叙述中遵循历史发展的顺序，但突出文学本身发展的脉络，如文学潮流或运动的兴衰、体裁和品种的演变。

哈旭娴在《评五卷本〈英国文学史〉》一文中，对其特色进行了总结：首先，受新批评的影响，注重文本的内部阐释，即注重勾勒作家和作品在文学史中地位的变化轨迹，在横向上将同时代的不同作家做比较，并注重考察作家之间的文学关系，其次，站在中国学者的角度去审视别国文学，具有一家之言。再次，批评的角度多样性。最后，将文学置于民族的整体文化结构之中加以考察。她高度评价了五卷本的学术贡献，认为五卷本总体上做到了文学史家该做的任务："勾画文学发展的进程，考察和描述各种文学现象之间的关联，确定作家在文学发展史中的坐标，提供关于经典作家和经典作品的评价，揭示不同时代对作家作品的接受情况。"[1]

笔者认为除了以上特点外，五卷本最大的特色就是"大"：参与人员众多、历时时间长，跨越2个世纪，长达12年。它的大还体现在史料的选择上，范围扩大，收集文人众多，并且用大的、发展的、与时俱进的眼光来展现英国悠久丰富的文学传统，吸收国内外最新观点，论及的范围相当广阔。

首先，史料选择范围的扩大。五卷本内容丰富，不仅包括传统意义上的纯文学范畴，还包括某一时期特别重要的翻译文学（文艺

---

[1]　哈旭娴：《评五卷本〈英国文学史〉》，载于《学术界》，2009年，第4期，第290页。

复兴时期）、哲学著作、历史著作、小册子、报刊文章、书信日记、随意文体（文艺复兴时期的席上谈、人物性格特写、小型传记、山水记游）、文学理论、文学批评等广义上的文学。和杨周翰的《十七世纪英国文学》一样，五卷本的文艺复兴时期加入了大量琐碎的史料，箴言录、席上谈、小册子、书信日记，把它们纳入散文的范畴下。整个国内的英国文学史著作，只有他们两个在文艺复兴时期加入如此丰富的史料，应该不是偶然，两人都曾在40年代赴英国牛津大学学习英国文学，王佐良入茂登学院攻读硕士，师从英国文艺复兴时期著名专家威尔逊教授；杨周翰入牛津重修本科学业，两人都对文艺复兴时期感兴趣，应该和牛津大学的英国文学学习经历有关。

五卷本还扩大了对地区文学、少数族裔文学、妇女文学的研究，专章讨论原来属于边缘地位的文学，对经典作品重新解读。这都是在后学理论影响下的产物，解构中心，解构权威，解构经典，消解传统意义上的文学经典，接受西方文学理论对文学经典的阐释，改变了过去白人的、男性的文学独霸天下的局面。如在18世纪卷中，辟出专节讲述了此时期女性作家中突出的一位范妮·伯尼。在19世纪卷中列出了大量的女性文人，如玛丽·雪莱、盖斯凯尔夫人，玛利亚·埃奇沃思、奥斯丁、勃朗特姐妹、乔治·艾略特，克里斯蒂娜·罗塞蒂，伊丽莎白·勃朗宁，20世纪卷专辟一节讲述妇女文学，列出了大量的当代女性作家。专节讲述范妮·伯尼就是女性主义运动的结果，伍尔夫曾高度评价过范妮·伯尼，说所有的女性作家都应该到范妮·伯尼的墓上去敬献花圈，可见范妮·伯尼对后世女性作家的影响和贡献。原来的文学史仅有少数几个女性作家，现在大多数的文学史开始注意增加女性作家的篇幅和范围的选择。后学理论的另外一个影响就是精英文化与大众文化、高雅文化与通俗文化、艺术与非艺术的界限模糊、消解，后现代文化变得深度削平，五卷本对此也做了调整，收入了传统意义上的通俗流行文学，如哥特小说、童话故事、探案小说、科幻小说等。同时，随着文化研究的兴起，文学和文学理论的范围扩大，文学研究发生了"文化转向"，大众文化的兴起，文学的样式发生了极大的变革，不仅限于传统精英文学，甚至广告、通俗歌曲、休闲娱乐、时装、设计、城市规划、居室装修等艺术门类也成了文学研究的对象，社会变成了一个广义的大文本，社会上所有现象都成了文学研究的范围。伯明翰文化研究中心是文化研究中比较突出的一个研究团体，称为"新左派"，他们以马克思主义理论观点为指导，对工人阶级文化、生活，对各种流行的亚文化、艺术门类给予了批评，出了大量的成果，他们的研究对文学研究产生了重要的影响，英国的戏剧、诗歌和小说不同程度地受到此影响，产生了若干反主流的倾向，戏剧和诗歌与工人生活紧密联系。他们深入到广大的偏僻乡村，用艺术的形式为大众服务，唤起人们的觉悟。对此，五卷本的 20 世纪卷也给予了重视，专辟一章讲述了新左派的理论和创作。这些都是以前的文学史不会涉及的，反映了五卷本的魄力和开阔的视野、广博的思想，为重写文学史提供了某些范例。

20 世纪科技发展突飞猛进，社会变化日新月异，文学的样式也发生了转变，由过去的纸质印刷变为数字化的参与和呈现，广播、电视、电影改变了传统的文学文本，五卷本对此也做了介绍，即文学的新品种——广播、电视文学，并给予了极高的评价，称广播电视文学"开创了一个文学发展的新纪元，使得文学以新的形式向大众迈进了一步,展示了新的活力。"① 并称广播剧作为一种艺术形式有着无可取代的特点，它依靠语言的力量去震撼人心，能创造出一个现实世界无法比拟的天地，激发听众的想象，同时也指出作为一种新的文学形式，有着其负面效果，如电视剧为了吸引观众，变得越来越通俗，高雅剧越来越少，但他们无疑"拓展了文学的疆域，为人们提供了表达情感的新手段。"② 广播影视剧文学是科技发展下传统文学变革发展的结果，在今天随着网络化的普及，网络文学大有取代传统纸质文学的趋势，那么对于文学，我们就不能以抱残守缺的方式，对文学的新品种持排斥的态度，而应该以开放的眼光、包容的态度，把它们纳入文学史的书写中。在这方面，五卷本无疑为我们提供了一个新的思路，开了一个好头。

史料范围的扩大，必然会导致文人选择的丰富和扩大，这里文人不仅是诗人、小说家、戏剧家和散文家，还有思想家、哲学家，如伯克、休谟，洛克、罗素、穆尔等，有经济学家亚当·斯密、凯恩斯等，有科学家牛顿，政治家丘吉尔，历史学家科林伍德、特里维廉，传记作家鲍斯威尔、斯特雷（《维多利亚女王传》的作者），文学批评家利维斯、兰瑟姆、理查兹、刘易斯、莫里（曼斯菲尔德

---

① 王佐良:《英国 20 世纪文学史》，北京：外语教学与研究出版社，1994 年，第 882 页。

② 王佐良:《英国 20 世纪文学史》，北京：外语教学与研究出版社，1994 年，第 894 页。

的丈夫）、雷蒙威廉斯、霍加特、伊格尔顿等……收入的文人近千人，远远超出以往的文学史。

其次，五卷本的大眼光还包括以世界的眼光来看待英国文学。主要体现在著者超越狭隘地以政治、经济实力为标准的做法，对地区文学给予一定的重视。主要表现在单列篇章讲述苏格兰文学、威尔士文学、爱尔兰文学等。卷一第十章讲述苏格兰诗人，卷五第四章爱尔兰文艺复兴、第十一章苏格兰文学、第十四章益格鲁威尔士文学，对这些地位的民族文学给予充分的重视。改变了过去英国文学史实际上叙述的只是英格兰的文学史，仅仅列出几位如苏格兰诗人彭斯、司各特，爱尔兰诗人叶芝等有限的文人，而忽视爱尔兰、苏格兰、威尔士也有自己的民族文学。虽然因历史的融合，爱尔兰、威尔士和苏格兰文学与英格兰文学有着亲缘关系，但它们同时具有自己独特的民族特色，他们和英格兰经历着长期的融合过程，期间也一直有不断的反抗和独立的思想，这就注定了他们的文学具有讴歌自己本民族的特色。同时，苏格兰、威尔士、爱尔兰文学也和英格兰文学一样，从欧洲汲取养料，把自身的特色和世界融合起来，为世界文学做出了自己的贡献，这是不应该忽视的。过去不管是英国人还是中国人写的英国文学史总是忽视苏格兰、威尔士、爱尔兰本身的民族特色和文学成就，以英格兰文学统称英国文学，明显是以政治强势压制弱小民族的做法，是不科学的、狭隘的。五卷本就是要打破这种狭隘的观念，用世界的、发展的眼光来看待英国整个的文学发展过程。为此，五卷本在 20 世纪卷专辟章节讲述英国文学与世界文学的关系，讨论了英国文学对世界文学，尤其是殖民地、英联邦国家和地区的影响，以此来探讨英国文学在世界文学上的地位，这便是发展的大眼光来书写英国文学。

除此之外，五卷本在编写体例上，也有着自己的特色。纵观国内英国文学史，尤其是新中国成立后，大部分文学史都是社会史，思想史，文学史的叙述通常是时代背景＋作家介绍，作家介绍部分通常又遵循着生平—创作—主要作品及评价。作品的评价一般偏向思想内容，即作品反映了什么样的社会现实，对作品的艺术性和审美性评价粗略，缺乏个性，雷同现象严重。五卷本对此做了重要的转变，在时代背景介绍上，淡化时代背景，往往三言两语就介绍完毕，对作家的生平也采取淡化处理，主要集中在作品的分析上，必要时加上翻译引文，通过作品的内容来谈作品的风格、艺术特色，思想性和艺术性处于同等重要的地位。

当然此书也非完美之作，它是中国学者探索中国模式书写外国文学史的尝试，但问题也在所难免。由于编写人员众多，历时时间长久，在风格、写法上难免出现不一致的情况。首先，体例上有不统一的地方，有些章节采用阿拉伯数字，有些章节采用汉字，有些采用编，下面再细分章节，有些只有章，没有节，有些章节前有序言，有些则没有。其次，内容上有重复的地方，如哈代在19世纪卷和20世纪卷都分别重点讲述，内容重复过多，18世纪卷第十章讲述中产阶级作家代表笛福，十五章第二小节又重复列出笛福——现代小说的先驱。这样显得臃肿多余，条理不清，让读者迷糊。最后，文学观念上也不尽统一，《英国中古时期文学史》和《英国19世纪文学史》大体上是按照纯文学观念的诗歌、小说、散文、戏剧来讲述的，叙述的也是大家比较熟悉的经典作家，而《英国文艺复兴时期文学史》《英国18世纪文学史》和《英国20世纪文学史》则要广泛得多，收集的人物众多，有些是比较陌生的作家。但瑕不掩瑜，总体上来说此五卷本在尝试"如何使中国人写外国文学史既能符合外国原来事实又有鲜明的中国特色"[①]方面，做了大胆尝试，为国人今后书写英国文学史提供了一个范本和参考。

二、常耀信《英国文学通史》三卷本

常耀信[②]主编《英国文学通史》（三卷本）分别于2010，2011，2013年由南开大学出版社出版。第一卷由中古英语时期讲至18世纪，共837页。第二卷讲述19世纪，共775页。第三卷讲述20世纪，共969页。光从篇幅上看，足见其阵容的庞大。下面主要从史料收集范围广、所选作家多、文本解读深广几个方面来看它的大。

首先，史料范围的广阔。本书不光涉及传统意义上的文学体裁，还包括宗教、历史、哲学、思想史、传记文学、文学理论、伦理学、书信、日记等，及通俗文学、少数族裔文学、妇女文学、当代英联邦国家文学。此书在泛文学观念下把宗教、历史、哲学、思想史、传记文学、文学理论、伦理学、书信、日记纳入文学史的范围之内，在后学理论影响下增加了原来属于边缘文学的亚种类——通俗文学、

---

①　王佐良：《英国二十世纪文学史》，北京：外语教学与研究出版社，1994年，序言，第2页。

②　常耀信（1940—），南开大学英系教授，博士生导师，英美文学研究专家，著有《希腊罗马神话》《漫话英美文学》《美国文学简史》《英国文学通史》等。

少数族裔文学、妇女文学及移民文学。后学理论消解经典、消解传统、消解二元对立，消解逻各斯中心主义，打破本质主义观念，建立一种去中心的、多元的、非直线性的文学观念。正如杰姆逊所说，后学是一种深度削平文化，艺术与非艺术之分消失，精英和大众文化的界限模糊。传统文学观念所谓精英文化也就是高雅文化是不包括通俗文学的，因此，通俗文学总是被排除在文学史的讲述之外。此书则是把许多的通俗文学作家作品收入进来，童话文学、推理侦破小说、哥特小说、魔幻小说等等一些畅销文学作品都被包括进来，如大家耳熟能详的童话小说《爱丽丝漫游仙境》的作者刘易斯·卡罗尔，推理小说《福尔摩斯探案集》的作者柯南道尔，《尼罗河惨案》《东方快车谋杀案》的作者阿加莎·克里斯蒂，哥特小说《蝴蝶梦》的作者杜穆里埃，魔幻小说《魔戒》系列的作者约翰·托尔金，《哈利波特》系列的作者 J.K 罗琳等等，这些市场上的畅销书可以说远远超过经典而获得了人们的喜爱，这些通俗作品一般文学史是拒绝入史的，但既然是人们所喜爱的，它就有理由成为文学史中的一员。著作者在目录上把这些通俗作家和族裔作家单列出来，把英联邦国家文学单列章节，和经典作家并列，显示出地位上的平等，读者一目了然，可以获得清晰的印象，足见著作者对它们的重视。

由于史料范围广，所选的作家就极其庞大，除了那些经典文人，还包括许许多多名不见经传的二、三流、四、五流作家。仅目录上列出的作家名字就达 420 多名，加上一些归类在派别之下的及其他一笔带过的作家就更多了，足见其庞大的作家队伍。收入之广，是所有的国人撰写的文学史中最丰富、最全面的英国文学作家群体。

编者的目的就是弥补原来文学史编写的不全:"我们在撰写的过程中,注重介绍和评论一些由于各种原因在文学史上曾经受到某种忽视的阶段和作家,比如古代和中世纪的英国文学,总的说来介绍不多,本书所用笔墨就重一些。又比如在第一卷里,我们对下列作家多加些了些篇幅:古代英语散文家比德,国王兼作家阿尔弗雷德,14世纪的威廉朗兰德,约翰高尔以及约翰威克里夫,16世纪散文家与戏剧家约翰李雷,'六大才子'以及其他戏剧家和翻译家,17世纪初的琼生的弟子们,及王政复辟时期的戏剧家,18世纪的一些诗人和小说家。"[①] 因此,此书是填补以前文学史收录不全的缺憾。对那些新中国成立初期由于意识形态原因受重视的次流作家后被文学史撤出经典行列的文人如19世纪宪章派作家、社会主义运动作家、工人阶级作家等重新纳入进来。

尽管编者加入了许多不见经传的作家,但在处理这些作家方面,编者并不仅仅满足于弥补,还涉及对他们的地位重新评价的问题,尤其是对那些虽然文学成就不高,但历史地位高,对文学发展起到重大推进作用的次流作家的重新定位问题。这里我们举一个例子,就是文艺复兴早期的一批文人包括魏亚特(有翻译成怀亚特)、萨里伯爵(有翻译为塞莱)等,他们当时都是文艺复兴运动的开拓者,其中怀亚特和萨里是英国十四行诗歌的开拓者,为英国诗歌的繁荣做了重大的贡献,但许多文学史从不提他们的名字,对许多中国学生来说,他们的名字非常陌生,但在那个时代,他们的作用却功不

---

① 常耀信:《英国文学通史》,天津:南开大学出版社,2010年,前言,第3页。

可没，正是这两个人把意大利的皮特拉克体十四行诗引入英国，并对其体式进行了改变，即前八行遵照意式，后六行往往以互韵的两行作结。这一体式经过好朋友萨里的运用，斯宾塞和莎士比亚的改进，发展成为一种英式十四行诗体，每行有轻重相间的音节，脚韵安排为 abab cdcd efef gg 的形式，每行诗句有 10 个抑扬格音节。十四行诗对英诗起了很大的规范作用，以前的英诗虽有众多特点，但散漫无章法，十四行诗使英诗注重纪律和形式美，英国的十四行诗结构巧妙、极富音乐性，以四、四、四、二结构编排，起承转合，非常自如，最后一副对句常常概括内容，点明主题。王佐良认为十四行的英国化是文学史上非常重要的一件事情，"是诗歌文明化"①的一种表现。由此可见，在英国文学史上，这两个人的地位是功不可没的，是不能忽视的。他们的创作虽不完美，有很多缺点，但他们的作用就是开路先锋，也正是在他们的启发引导下，英国诗歌史上才有了重要的大诗人斯宾塞和莎士比亚。没有他们就不会有以后英国诗歌的繁荣，对他们的贡献，编者是这样说的："魏亚特和萨里伯爵对英国诗歌的发展做出了不可小觑的贡献，在把意大利文学影响带入英国的行动中，魏亚特是先锋，萨里伯爵与他一起同是领袖人物。"又说怀亚特"在英国诗歌史上，他是第一位把意大利伟大诗人和诗做介绍给英国的人。他的一个创举是把意大利作家皮特拉克的十四行诗形式引入英国诗歌，这一举动具有非凡的历史意义。它使英国的诗歌得到新的发展活动和滋养，魏亚特的功劳是他开始了英

---

① 王佐良：《英国诗史》，南京：译林出版社，2008 年，第 61 页。

国诗歌恢复青春的艰苦过程。这才是符合实际的评价。"虽然说他的诗作在当时显得幼稚，缺陷也在所难免，"但从历史唯物主义角度看，这些缺点却正表明先驱者所面临的难题：他们向初生的婴儿一样，所见所闻都是历史上的第一次，他们行动起来就难做到完美……他们的优秀作品恰恰证明了他们不屈不挠的攻坚精神。"①这是客观实际的评价，也是文学史撰写者应该具有的史的意识，站在历史的高度，在文学发展历程中来看待文学史事件和那些被评论界遗忘的、忽视的作家们，对那些虽是文学水平一般，但却具有开创意义的文人重新审视其历史地位后得出的结论。正如张荣翼教授所说历史研究涉及"现实""应该""可能"三个维度。"现实"是历史事件中的真实事件的记录，"应该"是撰史者站在当下的立场，对时间轴上展开的各种现实状况的记录加以审视评价论断的工作，它使史学摆脱单纯的史料收集，成为真正的历史研究学科。②因此，文学史不应该仅仅只是现实的文学史料，还要有"应该"涉及的撰史者的价值判断，他对事件的意义做出评价，这个评价应该是基于事件在整个历史中的影响，而不仅仅看到事件本身，撰史者应该站在历史发展的高度，这样来看待开创者的功劳，就会得出实事求是的结论。由此看来，把这些二流、三流、四流作家纳入文学史不是没有道理的，反映了著作者真正的史的意识和眼光。但是，在文学史上具有开拓精神的

---

① 常耀信：《英国文学通史》（第 1 卷），天津：南开大学出版社，2010 年，第 231—232 页。

② 张荣翼、李松：《文学史哲学》，武汉：武汉大学出版社，2014 年，第 575 页。

作家毕竟有限，大多是作品价值不高，在文学史上的地位一般的作家，如 19 世纪的宪章运动和社会主义运动的作家，爱尔兰作家伏尼契等，历史早已对他们的作品给出了实事求是的评价，编者重新把他们纳入进来，并给予很高的评价。这是本书和五卷本不同的地方，五卷本虽然也涉及到众多的作家，但五卷本主要是为了说明当时的文学状况，或归入某类别之下，许多只是一笔带过，并不作为重点，目录上也只是经典的作家。但此书仅目录上就涉及 420 位作家，一流和二流、三流、四流作家并列处理，读者从目录上不能区分经典和非经典作家。编者也注意到了这个问题，在处理经典和非经典问题上，给那些经典作家更多的篇幅和更详细的介绍，也就是说在内容上经典和非经典还是区别对待的，并非主次不清。

其次，此书另外一个特点就是文本解读深广。在对待最为经典的作家作品上，编者吸收了国内外最新最近的研究成果，用了大量的篇幅，结合各种理论深入解读。20 世纪各种理论你方唱罢我登场，变换之快令人目不暇接，运用各种理论、学说来重新诠释经典文本就没有消停过。编者也广泛地运用各种理论，吸收最新成果重新评价经典文本。比如对劳伦斯的评价，现代各种理论学说对他的文本解读可谓蔚为壮观，如精神分析学说用弗洛伊德的"性学"理论解释他作品中的母子关系，生态批评解释他作品中体现出的工业革命人性扭曲和异化，认为他用人的原欲来抵抗人的被异化，女性主义批评解读他的女性人物和女性观等。编者把学术界的新成果吸收采纳进来，重新评价经典作品。不仅如此，编者深入文本，用文本细读的方法来解释人物，从文本中找出证据来支撑自己的观点。如在对《哈姆雷特》的分析中，编者用了 15 页的篇幅分析哈姆雷特为什么迟迟不行动，他的心理活动是如何进行的，他顾忌什么？最后作者得出哈姆雷特是一个复杂的矛盾型人物：他很高尚，但又不高尚，他很可爱，但也不可恨。他是英雄，但又不是英雄，他是懦夫，但又不是传统意义上的懦夫。^①总之，哈姆雷特是历史上的一个谜语，至今仍然吸引着人们去解读。对《哈姆雷特》为什么如此成功，不光是这个主人翁，还有莎士比亚的技巧处理，他把原来的复仇剧复杂化，把哈姆雷特塑造成一个鲜明立体感的理想主义者。当然，弗洛伊德对哈姆雷特的延宕行为解释，编者也吸收进来。对于《哈姆雷特》的结构，编者认为是圆形结构，首尾相接，浑然一体，反映了莎士比亚对人生的悲剧看法等等。编者把大量的篇幅用于解读分析经典作品，对作家的生平处理反而比较淡化，重点在于作品的艺术性分析，而不是背景和作者生平。

总之，《英国文学史通史》（三卷本）虽然收入作家众多，但并没有主次不分，对于经典中的经典，篇幅和评价上明显占据重要地位。但是，如此庞大的文学史（2581 页）收入广阔的史料，众多作家，难免让人觉得有庞杂不清之感。文学史是经典的历史，经典是在时间的流逝中，经过一代代人的选择、淘汰才最后确定了的有限的一部分，文学史不可能把所有的作家都纳入文学史的讲述中，入选的也必然只是少数，大多数都会随着时间的流逝被湮没不闻，如利维斯的《英国文学的伟大传统》，布鲁姆的《西方正典》收入的仅

---

① 常耀信:《英国文学通史》（第 1 卷），天津：南开大学出版社，2010 年，第 331 页

仅是少得可怜的几个人，虽然说他们这种苛刻行为遭到评论界某些人的反对，但把那些二流、三流、甚至四流、五流的作家都纳入进来未必就好。

综上，这四部文学史反映出各个时期的中国社会现实，王靖的《英国文学史》带有明显的中国传统的印记和思维方式，借英国文学史来实现救亡图存的目的，功利性非常明显。杨周翰《十七世纪英国文学》反映出 80 年代中后期国人急切摆脱新中国成立初期政治对人性的压抑，政治对文学钳制的束缚，尝试以新的方式和方法书写英国文学史实践。王佐良五卷本和常耀信三卷本是新时期西方文学理论进入中国后，文学观念发生大变革在文学史书写上的反映，文学范围的扩大，思想的深入，艺术审美的强调，都使文学书写以新的面貌呈现在国人面前。

结语

　　从 1917 年到 2019 年，英国文学史在中国的发展已有一百年的历史，取得了蔚为壮观的成就。从以上对英国文学史的学术史考察来看，其书写是在中国的历史、文化、政治、时代环境等多方面共同作用下完成的，深受中国传统与现实的影响。20 世纪中国复杂多变的社会现实和两千多年来历史悠久的文化传统积淀，深刻地影响着国内英国文学史的撰写。同时，西方的文学观念和书写模式也极大地影响着国人的选择和撰写。国内英国文学史的撰写是传统与现代、西方与东方共同作用的结果，并形成了自己的特色。

　　文学观念上，国内英国文学史书写体现为三种文学观念：泛文学观、纯文学观和大文学观。其中西方传入进来的纯文学观念成为书写的主流，即使在泛文学观念下，也露出纯文学观念的影子。不同于西方的泛文学观，中国的泛文学观收入的史料范围要远远小于英国本土的文学史。纯文学观念下的诗歌、戏剧、小说、散文四个种类中，诗歌和小说平分秋色，共同占据着文学史的绝对优势，其次是戏剧，散文则收入甚少。进入 90 年代，纯文学观受到中国传统

269

的泛文学观和西方后学思潮的双重影响，产生了大文学观，史料范围扩大，原来的边缘文学种类如地区文学、族裔文学、女性文学、移民文学、通俗文学、影视文学等等得到重视，进入了文学史。

文学史观上，民国时期多灾多难的社会现实要求国人转变传统思维，完成启蒙救国的任务，宣扬时局进化理念，进化论观成为当时的文学史书写的主流，不过这种进化论观一进入中国便发生了某种程度的置换和变形，由泰纳的"时代、种族、环境"说变成了文学与国民性关系的强调。新中国成立初期，由于意识形态和政治环境的变化，文学史观以马克思主义唯物论为指导思想，以阶级性、人民性，现实主义为准绳强调文学为社会政治服务，重视文学作品的思想内容表达。唯物史观变成了庸俗的阶级论史观。改革开放后，文学史的书写走上正轨，马克思主义的唯物史观是文学史书写的主流思想，同时，在西方传入进来的文学理论的催生下，产生了其他非主流的文学史观和批评方法，如气质论文学史观、女性主义文学史观、生态批评、后殖民批评等等，共同促进了文学史书写的繁荣。

文学史的分期上，受西方大杂烩式分期的影响，文学史分期的主流是"政治/朝代+世纪/纪年+文学思潮"混合体模式。在主流之外，也出现了其他几种分期形式，如外来影响式分期，文体发展演变式分期和以某时期出现的伟大作家命名的分期模式。撰写体例上，受传统史书的影响，纪传体一直是文学史书写中最为普遍的方法，而中国史书上独有的编年体和纪事本末体却没有得到运用，说明国人对纪传体模式的偏爱，与纪传体模式便于操作不无关系。纪传体之外还有几种非主流的撰写模式即分类合编体、评论体和辞典体。

文学史经典建构上，一方面，文学经典的选择趋向越来越少，越来越强调经典化，民国时期相对人数众多的作家，到新中国成立后强调现实主义原则，经典逐渐减少，现实主义成为权威。另一方面，在经典的建构上，受中国文学传统的影响，重视文以载道的诗教功能，强调文学的政治干预，文学参与现实、人生。在批评风格上强调讽谏适度，中庸和谐的"温柔敦厚"观。同时，受中国山水自然诗歌的影响，国人偏爱山水文学、自然文学，强调人与自然的和谐相处，尤爱浪漫主义诗人华兹华斯，这些影响着对诗人的评价。

百年来，国内英国文学史大体上经历了三个范式时期，即第一阶段的民国时期，复杂的社会形式促使国人以"启蒙救亡"为目的，利用英国文学启迪民众，以期改变中国社会现实。新中国成立初期到80年代早期为第二阶段，在庸俗马克思主义观的影响下，以阶级性、人民性为评价标准，英国文学被划分为进步文学与反动文学。新时期，随着改革开放进一步扩大，经济繁荣发展，人们的思想进一步解放，西方后学理论的影响，英国文学史的书写得到空前发展，向多元化发展。

由此可见，中国的英国文学史书写是中国传统和社会现实、东方和西方共同作用下的产物。可以说从国人撰写英国文学史之始，就存在着从传统学术中吸收经验，虽然在文学观念、文学史观、文学史书写体例和文学史经典建构上有吸收借用国外的英国文学史和书写模式，但国人无不对之做出调整和变形，并向传统资源借鉴。尤其是早期的文学史书写，无论是在文学观念、文学史观、文学史书写体例和文学史经典建构上，都是为了民族国家利益的需要。从民国时期为了开启明智，启迪民众建构一套启蒙救亡论调，到新中国成立初期为了"阶级、政治"的需要建构一套阶级论话语。新的时期，中国与世界融合，全球化接轨吸收外来成果，但仍保持着建构一种"中国自己的英国文学史"的独立姿态。

同时，我们还要看到，尽管英国文学史的书写经历了巨大的变化，取得了可喜的成就，但在文学史观、文学史分期和文学史撰写体例上仍存有一定的问题，如何让英国文学史的书写朝着多维、多元方向发展，产生更多可贺的成绩，是文学研究者应该考虑的问题。本着科学研究的责任和兴趣，笔者就文学史观、文学史分期、文学史撰写体例出现的问题提出了自己的看法，在每章末尾提出了自己的设想，希望能给其他研究者提供某些参考借鉴的作用。

就英国文学史的书写研究这个论题来看，还可以从其他的视角进行讨论，比如把英国文学史在中国的发展划分为若干个时期，如"开创期—荒芜期—发展期—繁荣期"几个阶段来考察，或者从学科观念、学科体系的角度考察英国文学史的发展问题。本书对此有所涉及，但叙述的角度和侧重点不一样，今后可考虑从以上方面继续深入探讨，也可以对比港澳台的英国文学史，探讨相同点和不同点。

总之，本书是对国内英国文学史的学术史梳理做出尝试性探讨，希望能够起到抛砖引玉的作用。英国文学史的书写值得学术界进行探讨，不仅为促进英国文学史书写健康发展，也是为探究国人处理西方学术时所采用的方法和观念，对总结中国的外国文学史乃至中国文学史的书写，都有着参考借鉴的作用。

参考文献

一、中文著作类

八叔:《将热血抵押给铁甲和战马的男人：欧洲骑士史》，武汉：武汉大学出版社，2009.

白红兵，唐棱棱:《学术、政治与意识形态——中国近代社会转型与文学变革研究》，成都：四川出版集团巴蜀书社，2013.

鲍鹏山:《三千年理智与情感：中国人的心灵》，上海：复旦大学出版社，2009.

北京大学西语系:《英国文学史》，北京：北京大学，1960.

柏棣:《西方女性主义文学理论》，桂林：广西师范大学出版社，2006.

曹顺庆:《中国古代文论史》，重庆：重庆大学出版社，2005.

常耀信:《英国文学简史》，天津：南开大学出版社，2006.

常耀信:《英国文学大花园》，武汉：湖北教育出版社，2007.

常耀信:《英国文学通史》(3卷)，天津：南开大学出版社，2010.

陈伯海：《文学史与文学史学》，北京：北京大学出版社，2012.

陈嘉：《英国文学史》（1—4 册），北京：商务出版社，1981.

陈平原：《中国现代学术之建立——以章太炎、胡适之为中心》，北京：北京大学出版社，1998.

陈平原：《千古文人侠客梦》，北京：北京大学出版社，2010.

陈国球：《文学史书写形态与文化政治》，北京：北京大学出版社，2004.

陈新：《英国散文史》，南京：南京师范大学出版社，2008.

陈红薇，王岚：《二十世纪英国戏剧》，北京：北京大学出版社，2009.

陈新：《英国散文史》，南京：南京师范大学出版社，2008.

陈世骧：《中国文学的抒情传统》，北京：生活·读书·新知三联书店，2015.

程光炜：《文学史研究的兴起》，福州：福建教育出版社，2008.

戴燕：《文学史的权力》，北京：北京大学出版社，2002.

堂圣元，夏静：《文学史理论》，北京：中国社会科学出版社，2011.

段汉武：《百年流变：中国视野下的英国文学史书写》，北京：海洋出版社，2009.

杜鹃：《骑士精神》，西安：西北工业大学出版社，1999.

佴荣本：《文学史理论》，北京：社会科学文献出版社，2012.

冯宪光：《新编马克思主义文论》，北京：中国人民大学出版社，2011.

傅莹:《中国现代文学理论发生史》,上海:上海文艺出版社,2008.

范存忠:《英国文学论集》,北京:外国文学出版社,1981.

范存忠:《英国文学史提纲》,成都:四川人民出版社,1983.

高继海:《英国小说史》,北京:中国社会科学出版社,2003.

高继海:《英国小说名家名著评析》,北京:中国社会科学出版社,2006.

葛红兵:《文学史形态学》,上海:上海大学出版社,2001.

葛红兵:《文学史学》,湘潭:湘潭大学出版社,2008.

龚翰熊:《西方文学研究》,福州:福建人民出版社,2005.

郭湛波:《近五十年中国思想史》,长沙:岳麓书社,2013.

谷延方,黄秋迪:《英国王室史纲:从诺曼征服到维多利亚时代》,哈尔滨:黑龙江人民出版社,2004.

辜鸿铭:《中国人的精神》,李晨曦译,北京:生活·读书·新知三联书店,2010.

胡云翼:《重写文学史:新著中国文学史》,上海:华东师范大学出版社,2004.

何功杰:《英语诗歌导读》,苏州:苏州大学出版社,2011.

何其莘:《英国戏剧史》,南京:译林出版社,1999.

侯维瑞:《现代英国小说史》,上海:上海外语教育出版社,1985.

侯维瑞:《英国小说史》,南京:译林出版社,2005.

胡振明:《对话中的道德建构——十八世纪英国小说中的对话

性》，北京：对外经济贸易大学出版社，2007.

黄丽娟：《构建中国：跨文化视野下的现当代英国旅行文学研究》，北京：中国社会科学出版社，2013.

蒋梦麟：《西潮》，沈阳：辽宁教育出版社，1997.

蒋承勇：《英国小说发展史》，杭州：浙江大学出版社，2006.

姜全新：《互为方法的启蒙与文学——以 20 世纪中国文学史上的三次启蒙高潮为例》，北京：中国社会科学出版社，2010.

金东雷：《英国文学史纲》，长春：吉林出版集团有限公司，2010.

金元浦：《文化研究：理论与实践》，开封：河南大学出版社，2004.

金丽：《圣经与西方文学》，北京：民族出版社，2007.

康正果：《女权主义与文学》，北京：中国社会科学出版社，1994.

凯风：《西洋骑士：图说冷兵器时代的传奇》，北京：中国时代经济出版社，2009.

梁启超：《梁启超全集》，北京：北京出版社，1999.

梁启超：《论中国学术思想变迁之大势》，上海：上海古籍出版社，2001.

梁工：《基督教文学》，北京：宗教文化出版社，2001.

李建中：《中国古代文论的诗性特征研究》，武汉：武汉大学出版社，2007.

李建中：《中国文学批评史》，北京：北京大学出版社，2009.

李良佑:《中国英语教学史》,上海:上海外语教育出版社,1988.

李明滨:《文学史重构与名著重读》,北京:北京大学出版社,1996.

李明山:《当代中国学术思想史》,开封:河南大学出版社,1999.

李泽厚:《中国近代思想史论》,北京:生活·读书·新知三联书店,2009.

李醒:《二十世纪英国戏剧》,北京:文化艺术出版社,1994.

李何林:《近二十年中国文艺思潮论:1917—1937》,西安:陕西人民出版社,1981.

李赋宁,何其莘:《英国中古时期文学史》,北京:外语教学与研究出版社,2006.

李维屏,张定铨:《英国文学思想史》,上海:上海外语教育出版社,2012.

李维屏:《英国短篇小说史》,上海:上海外语教育出版社,2011.

李维屏:《英国女性小说史》,上海:上海外语教育出版社,2011.

李维屏:《英国小说艺术史》,上海:上海外语教育出版社,2003.

李美华:《英国生态文学》,上海:学林出版社,2008.

李伟昉:《黑色经典:英国哥特小说论》,北京:中国社会科学出

版社，2005.

李春青：《道家美学与魏晋文化》，北京：中国电影出版社，2008.

梁实秋：《英国文学史》，台北：协志工业丛书出版公司，1985.

林丹娅：《当代中国女性文学史论》，厦门：厦门大学出版社，1995.

林树明：《多维视野中的女性主义文学批评》，北京：中国社会科学出版社，2004.

刘岩：《女性书写与书写女性：20世纪英美女性文学研究》，上海：上海外语教育出版社，2012.

刘文荣：《当代英国小说史》，北京：文汇出版社，2010.

刘建军：《中外文学名著导读》，北京：高等教育出版社，2014.

刘炳善：《英国文学简史》，郑州：河南人民出版社，1992.

刘意青，刘阳阳：《插图本英国文学史》，北京：北京大学出版社，2011.

刘意青，刘灵：《简明英国文学史》，北京：外语教学与研究出版社，2008.

陆钰明：《英国散文经典》，上海：汉语大词典出版社，2005.

马克锋：《文化思潮与近代中国》，北京：光明日报出版社，2004.

麻天祥：《中国近代学术史》，武汉：武汉大学出版社，2007.

牛庸懋：《十九世纪英国文学》，郑州：黄河文艺出版社，1986.

欧阳兰：《英国文学史》，北京：北京大学出版部，1927.

钱青：《英国 19 世纪文学史》，北京：外语教学与研究出版社，2006.

钱理群：《返观与重构——文学史的研究与写作》，上海：上海教育出版社，2000.

钱乘旦，徐洁明：《英国通史》，上海：上海社会科学出版社，2012.

瞿世镜：《当代英国小说史》，上海：上海译文出版社，2008.

沈国经：《当代英国文学史纲》，沈阳：辽宁教育出版社，1993.

宋庆宝：《拜伦在中国——从清末民初到五四》，北京：中国政法大学出版社，2012.

苏煜：《英国诗歌赏析》，北京：新华出版社，2006.

孙铢：《英国文学选读》，上海：上海译文出版社，1981.

汤奇学：《中国近代思想文化史探索》，合肥：安徽大学出版社，2005.

唐岫敏：《英国传记发展史》，上海：上海教育出版社，2012.

陶东风：《文学史哲学》，郑州：河南人民出版社，1994.

童真：《狄更斯与中国》，湘潭：湘潭大学出版社，2008.

童庆炳：《文学经典的建构、解构与重构》，北京：北京大学出版社，2007.

童庆炳：《童庆炳论文学观念》，开封：河南大学出版社，2008.

王靖：《英国文学史》，上海：泰东图书局，1927.

王守仁，方杰：《英国文学简史》，上海：上海外语教育出版社，2006.

王岚，陈红薇：《当代英国戏剧史》，北京：北京大学出版社，2007.

王佐良：《英国诗歌史》，南京：译林出版社，1997.

王佐良：《英国散文的流变》，北京：商务印书馆，1994.

王卫新，隋晓荻：《英国文学批评史》，上海：上海外语教育出版社，2012.

王守仁：《英国文学批评史》，南京：南京大学出版社，2012.

王佩兰：《英国文学史及作品选读》（2 册），长春：东北师范大学出版社，1992.

王家范：《史家与史学》，桂林：广西师范大学出版社，2007.

王瑜：《重审与重构：现代文学史观与中国现代文学史编写问题研究》，北京：中国社会科学出版社，2014.

王忠祥：《华兹华斯诗选》，长春：时代文艺出版社，2012.

王佐良：《英诗的境界》，北京：生活·读书·新知三联书店，2012.

伍蠡甫：《西方文论选》，上海：上海译文出版社，1979.

吴庆宏：《弗吉尼亚·伍尔夫与女权主义》，北京：中国社会科学出版社，2005.

魏崇新，王同坤：《观念的演进：20 世纪中国文学史观》，北京：西苑出版社，2000.

温潘亚：《追寻文学流变的轨迹——文学史理论研究》，北京：人民出版社，2009.

温晓芳，吴彩琴：《英国文学发展历程研究》，北京：中国书籍出

版社，2014.

吴格非：《1848—1949 中英文学关系史》，徐州：中国矿业大学出版社，2010.

伍蠡甫：《西方文论选》（上下），上海：上海译文出版社，1979.

吴景荣，刘意青：《英国十八世纪文学史》，北京：外语教学与研究出版社，2000.

吴伟仁：《英国文学史及选读》（2 册），北京：外语教学与研究出版社，1988.

谢天振，查明建：《中国现代翻译文学史（1898—1949）》，上海：上海外语教育出版社，2004.

徐名骥：《英吉利文学》，上海：商务印书馆，1934.

徐菊：《经典的嬗变：〈简爱〉在中国的接受史研究》，上海：上海文艺出版社，2011.

徐晓东：《伊卡洛斯之翼：英国十八世纪文学伪作研究》，北京：北京大学出版社，2014.

阎照祥：《英国史》，北京：人民出版社，2003.

杨联芬：《晚清至五四：中国文学现代性的发生》，北京：北京大学出版社，2003.

岳凯华：《五四激进主义的缘起与中国新文学的发生》，长沙：岳麓书社，2006.

杨国荣：《简明中国思想史》，北京：中国青年出版社，1962.

杨周翰：《十七世纪英国文学》，北京：北京大学出版社，1996.

杨莉馨：《伍尔夫小说美学与视觉艺术》，北京：中国社会科学出

版社，2015.

　　杨静:《勃朗特姐妹研究》，北京：中国社会科学出版社，1983.

　　叶舒宪:《高唐神女与维纳斯：中西文化中的爱与美主题》，北京：中国社会科学出版社，1997.

　　于文:《出版商的诞生：不确定与 18 世纪英国图书生产》，上海：上海人民出版社，2014.

　　曾虚白:《英国文学》，上海：上海书店，1928.

　　张德明:《从岛国到帝国：近现代英国旅行文学研究》，北京：北京大学出版社，2014.

　　张和龙:《战后英国小说》，上海：上海外语教育出版社，2004.

　　中华人民共和国高等教育部审订:《英国文学史教学大纲》，北京：高等教育出版社，1956.

　　张荣翼，李松:《文学理论新视野》，台北：新锐文创，2012.

　　张岂之:《中国思想史》，西安：西北大学出版社，2013.

　　张荣翼:《理论之思：文学理论的问题与思考》，北京：中国社会科学出版社，2012.

　　张荣翼:《阐释的魅力》，重庆：重庆出版社，2001.

　　张荣翼:《文学史哲学》，武汉：武汉大学出版社，2014.

　　张少康:《中国文学理论批评史》，北京：北京大学出版社，2005.

　　张少康，刘三富:《中国文学理论批评发展史》，北京：北京大学出版社，1995.

　　张子程:《自然生态美论》，北京：中国社会科学出版社，2012.

张中载，赵国新：《文本文论——英美文学名著重读》，北京：外语教学与研究出版社，2004.

张岩冰：《女权主义文论》，济南：山东教育出版社，1998.

张伯香：《英国文学教程》，武汉：武汉大学出版社，1997.

张华：《伯明翰文化学派领军人物述评》，济南：山东大学出版社，2008.

张成权：《道家、道教和中国文学》，合肥：安徽大学出版社，2010.

张富贵：《文学史的命名与文学史观的反思》，北京：北京大学出版社，2014.

张丽：《莎士比亚戏剧分类研究》，北京：中国社会科学出版社，2009.

赵炎秋：《狄更斯研究文集》，南京：译林出版社，2014.

赵光旭：《华兹华斯"化身"诗学研究》，上海：上海大学出版社，2010.

赵澧：《莎士比亚传论》，北京：中国人民大学出版社，1991.

周家斌：《圣经对英美文学的影响》，武汉：武汉大学出版社，2013.

朱立元：《当代西方文艺理论》，上海：华东师范大学出版社，1997.

朱琳：《英国文学简史》，海口：海南出版社，1993.

朱虹：《英国小说的黄金时代：1813—1873》，北京：中国社会科学出版社，1997.

朱虹：《一本书搞懂英国文学》，北京：北京理工大学出版社，2012.

朱栋霖：《中国现代文学作品精编》，北京：高等教育出版社，2014.

左金梅，甲富兵：《西方女性主义文学批评》，青岛：中国海洋大学出版社，2007.

庄松成：《中国文学批评现代转换发生论：1897—1917 年间的中国文学批评生态研究》，北京：中国社会科学出版社，2007.

曾繁仁：《生态存在论美学论稿》，长春：吉林人民出版社，2009.

曾繁仁：《中西对话中的生态美学》，北京：人民出版社，2012.

二、译著类

（俄）阿尼克斯特：《英国文学史纲》，蔡文显译，北京：人民文学出版社出版，1959.

（英）埃文斯，艾弗：《英国文学简史》蔡文显，北京：人民文学出版社，1984.

（美）艾布拉姆斯：《镜与灯：浪漫主义文论及批评传统》，郦稚牛等译，北京：北京大学出版社，2015.

（英）包斯威尔：《约翰逊传》，罗珞珈等译，北京：中国社会科学出版社，2004.

（美）本尼迪克特，安德森：《想象的共同体：民族主义的起源与散布》，吴叡人译，上海：上海人民出版社，2003.

（美）布罗姆，哈罗德：《西方正典》，江宁康译，译林出版社，2005.

（美）布罗姆，哈罗德：《影响的焦虑：一种诗歌理论》，徐文博译，南京：江苏教育出版社，2006.

（美）布罗凯特：《世界戏剧艺术欣赏——世界戏剧史》，胡耀恒译，北京：中国戏剧出版社，1987.

（丹）勃兰兑斯：《十九世纪文学主流：英国自然主义》，北京：人民文学出版社，1986.

（法）波伏娃，西蒙娜：《第二性》，陶铁柱译，北京：中国书籍出版，1998.

（英）博兹 (Elisabeth Booz)：《现代英国文学简介：1914—1980》，上海：上海外语教育出版社，1988.

（法）丹纳：《艺术哲学》，傅雷译，天津：天津社会科学出版社，2004.

（英）道金斯：《自私的基因》，卢允中译，长春：吉林人民出版社，1998.

（英）Delmer, F. Sefton：《英国文学史》，林惠元译，上海：北新书局印行，1930.

（美）戴利，唐娜，约翰·汤米迪：《伦敦文学地图》，张玉红等译，上海：上海大学出版社，2011.

（加）弗莱，诺思罗普：《批评的解剖》，陈慧等译，天津：百花文艺出版社，2006.

（新西兰）费希尔，史蒂文：《阅读的历史》，李瑞林等译，北京：

商务印书馆，2009.

（英）格斯，埃德蒙（Edmond Gosse）等：《英国文学：拜伦时代》，章丛芜译，北平：未名出版部，1930.

（英）黑瓦德，约翰：《一九三九年以来英国散文作品》，杨绛译，上海：商务印书馆，1948.

（澳）吉布森，马克：《文化与权力：文化研究史》，王加为译，北京：北京大学出版社，2012.

（美）卡勒，乔纳森：《文学理论入门》，李平译，南京：译林出版社，2013.

（法）朗松：《朗松文论选》，徐继曾译，天津：百花文艺出版社，2009.

（加）S.P.罗森鲍姆：《回荡的沉默：布鲁斯伯里文化圈侧影》，南京：江苏教育出版社，2006.

（英）莫逊（W.V.Moody），勒樊脱（Lovett）：《英国文学史》，柳无忌，曹鸿昭译，上海：商务印书馆，1947.

（英）默克罗比，安吉拉：《后现代主义与大众文化》，北京：中央编译出版社，2006.

（英）摩根，肯尼思：《牛津英国通史》，王觉非译，北京：商务印书馆，1993.

（英）理查森，保罗：《英国出版业》，袁方译，北京：世界图书出版公司，2006.

（英）桑普斯，乔治：《简明剑桥英国文学史：十九世纪部分》，刘玉麟译，上海：上海外语教育出版社，1987.

（美）萨义德:《东方学》，王宇根译，北京：生活·读书·新知三联书店，2007.

（英）桑德斯，安德鲁:《牛津简明英国文学史》，高万隆等译，北京：人民文学出版社，2000.

（英）莎士比亚:《莎士比亚全集》，朱生豪等译，南京：译林出版社，1998.

（英）斯威夫特:《格列佛游记》，徐崇亮等译，武汉：长江文艺出版社，2007.

苏联科学院高尔基世界文学研究所编:《英国文学史：1870—1955》，秦水等译 北京：人民文学出版社，1983.

苏联科学院高尔基世界文学研究所编:《英国文学史：1789—1832》，缪灵珠等译，北京：人民文学出版社，1984.

苏联科学院高尔基世界文学研究所编:《英国文学史：1832—1870》，蔡文显等译，北京：人民文学出版社 1986.

（英）屈勒味林（GM Trevlyan）:《英国史》，钱端升译，东方出版社，2012.

（英）威德森，彼得:《现代西方文学观念简史》，钱竞等译，北京：北京大学出版社，2006.

（美）韦勒克，奥斯汀·沃伦:《文学理论》，刘象愚等译，北京：文化艺术出版社，2010.

（意）维柯:《新科学——关于各民族的共同性质的新科学的原则》，朱光潜译，北京：人民文学出版社，1987.

（英）吴尔夫:《吴尔夫读本》，吴钧燮，马爱农等译，北京：人民文学出版社，2011.

（日）小泉八云：《英国文学研究》，上海：商务印书馆，1932.

（美）肖瓦尔特：《她们自己的文学——从勃朗特到莱辛》，韩敏中译，杭州：浙江大学出版社，2012.

（美）谢尔，理查德：《启蒙与出版：苏格兰作家和18世纪英国爱尔兰美国的出版商》，上海：复旦大学出版社，2012.

（英）伊格尔顿：《文化的观念》，方杰译，南京：南京大学出版社，2003.

三、期刊论文

陈文新：《编年体文学史如何建立统一性》，洛阳师范学院学报，2007年，第3期。

陈泳红：《"温柔敦厚"说与中国古典文学》，华南师范大学学报，1999年，第1期。

胡鹏林：《文学观、文学史观与学术史观之合一——兼论钱基博之文学史观》，天府新论，2010年，第2期。

李静，屠国元：《近代拜伦〈哀希腊〉译介的救国话语书写》，文艺争鸣，2014年，第7期。

段汉武，于丽娜：《谈英国文学史的叙述模式》，宁波大学学报，2008年，第4期。

哈旭娴：《评五卷本〈英国文学史〉》，学术界，2009年，第4期。

韩伟，路璐：《文学经典：一个必不可少的参照系》，甘肃社会科学，2012年，第1期。

刘文荣:《复制与重构——也谈英国文学史编写的"中国模式"》,湖北大学学报,2010 年,第 1 期。

刘建民:《中国古代纪传体研究综述》,湖北师范学院学报(社会科学版),2009 年,第 1 期。

刘凤泉:《浅论"纪传体"和"传记文学"》,内蒙古师大学报,1992 年,第 1 期。

欧阳雪梅:《左传编年体结构的叙事优势及其影响》,重庆大学学报,2002 年,第 1 期。

权雅宁:《文学观念的流变与文学人类学的兴起》,思想战线,2011 年,第 5 期。

曲蕺:《关于英国文学史编撰的思考》,广东外语外贸大学学报,2006 年,第 4 期。

段汉武:《论国内学者对英国文学史的分期》,外语教学,2007 年,第 6 期。

禹权恒,陈国恩:《返观与重构——"民国文学史"的意义、限度及其可能性》,兰州学刊,2013 年,第 2 期。

任品:《"天人合一"与"物我相隔"——王维与华兹华斯自然诗的比较》,周口师范学院学报,2006 年,第 6 期。

王忠祥:《论狄更斯的〈双城记〉》,外国文学研究,1978 年,第 1 期。

王炜:《从"文苑传"到"文学史"——钱基博与近现代"文学"学科的生成》,江汉论坛,2011 年,第 3 期。

王桂亭:《经典的建构与泛化》,文艺评论,2013 年,第 1 期。

魏策策：《话语策略与文人画像：以 20 世纪早期英国文学史书写为例》，中国比较文学，2013 年，第 3 期。

温华：《"外国文学"课程设置与学科发展：从清末到民国》，中国图书评论，2011 年，第 10 期。

谢海长：《华兹华斯"隐逸湖区"考辨》，云南师范大学学报，2009 年，第 6 期。

杨莉馨："标出那新崛起的亚特兰蒂斯"——简评《阁楼上的疯女人：妇女作家与十九世纪文学想象》，妇女研究论丛，2008 年，第 1 期。

张隆溪：《评〈英国文学史史纲〉》，读书，1982 年，第 9 期。

张世红：《新时期英国文学史研究中前辈学者的贡献》，国外文学，2012 年，第 3 期。

张荣翼，张卓群：《论文学史研究中的几组"二元对立"关系》，河北学刊，2003 年，第 2 期。

张荣翼：《试析文学史的自律论模式》，社会科学研究，2003 年，第 1 期。

张荣翼：《文学史的时间坐标与哲学性》，浙江大学学报，1997 年，第 1 期。

张荣翼：《文学史，文学经典化的历史》，河北学刊，1997 年，第 4 期。

张荣翼：《文学史，本文及其他因素的参照作用》，求是学刊，1997 年，第 4 期。

张荣翼：《文学经典的类型及其意义》中南民族大学学报，2010

年，第 1 期。

张荣翼:《文学史的述史秩序：原型、经典和进化》，齐鲁学刊，1999 年，第 1 期。

张生珍:《美国当代女权批评：桑德拉·吉尔伯特和苏珊·古巴研究》，外国文学研究，2013 年，第 3 期。

张静:《雪莱文学形象的建构：以 1908—1937 年的英国文学史为例》，中国比较文学，2012 年，第 1 期。

朱德发:《进化文学史观与文学史研究实践》，山东师范大学学报，2008 年，第 6 期。

焦亚葳:《温柔敦厚："中和"美学观的典型性表述》，河北学刊，2010 年，第 4 期。

章燕:《自然颂歌中的不和谐音——浅析华兹华斯诗歌中的自我否定倾向》，外国文学评论，1993 年，第 2 期。

四、学位论文

陈婧:《论新时期外国文学史范式的建构与转型》，华东师范大学博士学位论文，2013 年。

丁欣:《中国文化视野中的外国文学——20 世纪中国"外国文学史"教材考察》，复旦大学博士学位论文，2004 年。

罗云锋:《现代中国文学史书写的历史建构——从清末至抗战前的一个历史考察》，华东师范大学博士学位论文，2005 年。

王炜:《现代视野下的经典选择——1919—1999 年间的汉语外国文学史研究》，四川大学博士学位论文，2007 年。

张珂：《民国时期我国"英国文学史"的写作（1912-1949）》，北京师范大学硕士学位论文，2009年。

五、英文著作

Burwick, F. *The Encyclopedia of Romantic Literature*, Sussex: Blackwell Publishing Ltd, 2012.

Chambers, Edmund K. T*he history and Motives of Literary Forgery.* New York: Burt Franklin, 1970.

Dulton, Richards. *The Oxford Handbook of Early Modern theatre,* London: Oxford University Press, 2009.

Dymkowski, Christine &Carson. *Shakespeare in Stage: New Theatre Histories,* London: Cambridge University Press, 2010.

Gilbert and Gubar. *The Madwoman in the Attic: the Woman Writers and the Nineteenth century Literary Imagination*, New Haven: Yale University Press. 1979.

Gilbert. *Rereading Women: Thirty Years of Exploring Our Literary Traditions*, New York: W. W. Norton& Company, inc. 2011.

Gilbert and Gubar, *The Norton Anthology of Literature by Women* (second edition), New York: W.W. Norton& Company, inc.1996.

Gilbert and Gubar, *No Man's Land: the Place of Woman Writer in the Twentieth Century, vol3: Letters from the Front.* New Haven: Yale University Press, 1994.

Gilbert and Gubar, *No Man's Land: the Place of Woman Writer in the Twentieth Century, vol1: the War of Words*. New Haven: Yale University Press, 1988.

Gilbert and Gubar, *No Man's Land: the Place of Woman Writer in the Twentieth Century*, vol2: *Sexchanges*. New Haven: Yale University Press, 1989.

Gilbert, Sandra.& Susan Gubar,eds. *Shakespeare's Sisters: Feminist Essays on Women Poets*, Bloomington: Indiana University Press, 1979.

Gilbert and Gubar, *Feminist Theory and Criticism: a Norton Reader*. New York: W.W. Norton company,2007.

Greenblatt, Stephen & Giles Gunn. *Redrawing the Boundaries*. NewYork: The Modern Language Association of American, 1992.

Gurr, Andrew &Farah Karim-Cooper, *Moving Shakespeare Indoors: Performance and Repertoire in the Jacobean Playhouse,* London: Cambridge University Press, 2014.

Kermode, Frank. *The Age of Shakespeare*, New York: The Random House Publishing Group, 2003.

Hillis Miller. *On Literature*, London: Routledge, 2002.

Molls, Sara etc. *Feminist Readings*, New York: Harvest Wheatsheaf, 1989.

Neilson & Thorndike, *A History of English Literature*, Shanghai: Commercial Press, London: The Macmillan Company, 1930.

Patil, Mallikarjun. *Studies in British Literature*, New Delhi: Atlantic Publishers &Distributors Ltd. 2010.

Raimond & Watson, eds. *A Handbook to English Romanticism*, London: The Macmillan Press, Ltd. 1992

Vincent D. *The Decline of the Oral Tradition in Popular Culture*, RD Storch,ed., Popular Culture and Custom in 19th century England, 1982.

Raven, James. *The Business of Books: Booksellers and the English Book Trade 1450-1850*, Yale University Press, 2007.

Spencer, Jane. *The Rise of the Woman Novelist*, Oxford:Blackwell, 1986.

Watt, Ian. *The Rise of the Novel: Studies in Defoe, Richardson and Fielding*, Berkeley and Los Angeles: University of California Press, 1962.

Showalter Elaine. *A Literature of Their Own: British Women Novelists from Bronte to Lessing*, Beijing: Foreign Language Teaching and Research Press, 2004.

Ward & Waller, eds. *The Cambridge History of English Literature XI: The Period of the French Revolution*, London: The Cambridge Press,1970.

附录

附录1 奏定大学堂章程文学门课程

		课程名称	第一年／每星期钟点	第二年／每星期钟点	第三／每星期钟点
中国文学门	主课	文学研究法	2	3	3
		说文学	2	1	0
		音韵学	2	1	0
		历代文章流别	1	1	0
		古人论文要言	1	1	0
		周秦至今文章名家	2	3	3
		周秦传记杂史周秦诸子	0	1	1
	补助课	四库集部提要	1	0	0
		汉书艺文志补注、隋书经籍志考证	1	0	0
		御批历代通鉴辑览	2	2	2
		各种纪事本末	1	2	3
		世界史	1	0	0
		西国文学史	0	1	2
		中国古今历代法制考	1	1	2
		外国科学史	1	1	2
		外国语文（英、法、俄、德、日选习其一）	6	6	6

续表

		课程名称	第一年 / 每星期钟点	第二年 / 每星期钟点	第三 / 每星期钟点
英国文学门	随意科目		心理学、辩学、交涉学	西国法制史、公益学、教育学	拉丁语、希腊语
	补助课	英语英文	9	9	9
		英国近世文学史	3	2	2
		英国史	2	2	
		拉丁语	3	3	2
		声音学	2	3	2
		教育学	2	2	2
		中国文学	3	3	5
	随意科目	中国史、外国古代文学史、辩学、心理学、公益学、人种及人类学、希腊语、意大利语、荷兰语、法语、德语、俄语、日语			

附录 2　英国文学史著作编年总目（国内）
（1920—2015 年）

一、民国时期英国文学史如下：

1. 本土著作

序号	时间	书名	作者	出版社	备注
1	1920/1927	英国文学史	王靖	上海：泰东图书局	
2	1927	英国文学史	欧阳兰	北京：京师大学文科出版部	
3	1928/1929	英国文学 ABC	曾虚白	上海：中华书局	
4	1933	现代英国诗人	费鉴照	上海：新月书店	
5	1934	世纪末英国新文艺运动	萧石君	上海：中华书局	
6	1934	英吉利文学	徐名骥	上海：商务印书馆	
7	1936	现代英国文学	李子温	国立北平师范大学	
8	1937/1947/1990/2010(吉林出版有限公司)	英国文学史纲	金东雷	上海：商务印书馆	
9	1939	英国诗文研究集	方重	长沙：商务印书馆	
10	1948	英国文学史	李祁	上海：华夏图书出版公司	

2. 译介类著作

序号	时间	书名	作者	出版社	备注
1	1930	英国文学史	德尔默（Frederic Sefton Delmer），林惠元译	上海：北新书局	
2	1930	英国文学：拜伦时代，原名插图本英国文学史	埃德蒙·格斯（Edmond Gosse）等著，章丛芜译	北平：未名社出版部	
3	1932	英国文学研究	小泉八云著，孙席珍译	上海：商务印书馆	
4	1934	政治与文学	柯尔著，郭祖颉译	北平四十年代杂志社	
5	1934	英国当代四小说家	克罗斯著，李末农等译	南京：国立编译馆	
6	1936	英国小说发展史	克罗斯著，周其勋等译	南京：国立编译馆	
7	1939	十九世纪文学主潮	勃兰兑斯著，侍桁译	上海：商务印书馆	
8	1946	英国小说概论	普利斯特里著，李儒勉译述	重庆：商务印书馆	
9	1947	英国文学史	莫逊（W.V.Moody）、勒樊脱（Lovett）著，柳无忌、曹鸿昭译	上海：商务印书馆	

序号	时间	书名	作者	出版社	备注
10	1948	一九三九年以来英国散文作品	约翰·黑瓦德著，杨绛译	上海：商务印书馆	
11	1949	一九三九年以来英国小说	亨利·瑞德著，全增嘏译	上海：商务印书馆	

二、新中国成立初期英国文学史

序号	时间	书名	作者	出版社	备注
1	1959	英国文学史纲	阿尼克斯特著，戴镏龄等译	北京：人民文学出版社	
2	1960	英国文学史	北京大学西语系		手抄本

三、新时期以来的英国文学史情况

1. 80 年代通史类：

序号	时间	书名	作者	出版社	备注
1	1981/1993/2006	英国文学简史	刘炳善	开封：河南大学出版社	英文
2	1981	英国文学（4 册）	陈嘉	北京：商务印书馆	英文
3	1981	英国文学作品选（三册）	陈嘉	北京：商务印书馆	课外读物
4	1981-1984	英国文学选读	孙铢等	上海：上海译文出版社	课外读物

续表

序号	时间	书名	作者	出版社	备注
5	1983	英国文学史提纲	范存忠	成都：四川人民出版社	（中英文）
6	1985/2004/2011 年北京新星出版	英国文学史（3卷）	梁实秋	台北：协志工业丛书出版公司发行，	
7	1984	英国文学名家	董翔晓等	哈尔滨：黑龙江人民出版社	
8	1988	英国文学史及选读（2册）	吴伟仁	北京：外语教学与研究出版社	英文

2. 80 年代断代史类

序号	时间	书名	作者	出版社	备注
1	1985	现代英国小说史	侯维瑞	上海：上海外语教育出版社	
2	1985	十七世纪英国文学	杨周翰	北京：北京大学出版社	
3	1986	十九世纪英国文学	牛庸懋	郑州：黄河文艺出版社	

3. 80 年代译著类

序号	时间	书名	作者	出版社	备注
1	1983	英国文学史：1870-1955	苏联科学院高尔基世界文学研究所编 秦水等译	北京：人民文学出版社	
2	1984	英国文学简史	艾弗·埃文斯著 蔡文显译	北京：人民文学出版社	
3	1984	英国文学史：1732-1870	苏联科学院高尔基世界文学研究所编 缪灵珠等译	北京：人民文学出版社	
4	1985	第二次世界大战以来的英国文学	（德）特雷彻 秦小孟译	上海：上海外语教育出版社	
5	1986	英国文学史：1832-1870	苏联科学院高尔基世界文学研究所编 蔡文显等译	北京：人民文学出版社	
6	1987	简明剑桥英国文学史：十九世纪部分	（英）乔治桑普斯著	上海：上海外语教育出版社	
7	1988	现代英国文学简介：1914-1980	博兹 (Elisabeth Booz)	上海：上海外语教育出版社	

90 年代以来

1. 90 年代以来通史类（部分）

序号	时间	书名	作者	出版社	备注
1	1992	世界文学精品大系：英国文学部分（2-4卷）	叶君健 刘烈恒主编	沈阳：春风文艺出版社	
2	1993	当代英国文学史纲	沈国经主编	沈阳：辽宁教育出版社	
3	1992	英国文学史及作品选读（2册）	王佩兰等主编	长春：东北师范大学出版社	英文
4	1993	英国文学简史	朱琳	海口：海南出版社	
5	1993/2002	英国文学简史（新修订本）	刘炳善编著	郑州：河南人民出版社	英文，英语本科教材
6	1994	英美文学史及选读	耿建新主编	济南：山东友谊出版社	英文
7	1996	大学英国文学史	陈嘉，宋文林著	北京：商务印书馆	（英文）
8	1996	英国文学史	王佐良	北京：商务印书馆	
9	1996	新编英国文学选读（2册）	罗经国编注	北京：北京大学出版社	英文
10	1997	英国文学教程	张伯香	武汉：武汉大学出版社	英文
11	1999	英国文学通史：插图本	侯维瑞主编	上海：上海外语教育出版社	

序号	时间	书名	作者	出版社	备注
12	2000/2007年第二版	英国文学阅读与欣赏	王虹编	广州：华南理工大学出版社	英文
13	2000/2009	新编英国文学选读	李公昭编	西安：西安交通大学出版社	英文
14	2001	英美文学史及作品选读（英国部分）	刘游波主编	北京：高等教育出版社	英文
15	2001	英国文学新编（上下册）	郭群英主编	北京：外语教学与研究出版社	英文，英语专业教材
16	2001	《新编英国文学教程》	申富英主编	济南：山东大学出版社	英文，教材
17	2002	新编简明英国文学史	张定铨，吴刚编	上海：上海外语教育出版社	英文
18	2003	大学简明英国文学史及作品选读((2册)	覃志峰编著	哈尔滨：东北林业大学出版社	英文
19	2004—2005	英国文学教程（修订版）	张伯香主编	武汉：武汉大学出版社	英文，高等教材
20	2005	英国文学教程学习指南	张伯香主编	武汉：武汉大学出版社	英文，教学参考资料
21	2005	英国文学习题集	张瑾，赵嘉颖主编	哈尔滨：哈尔滨工业大学出版社	英文，考试丛书
22	2005	英国文学导读与应试指南	何树，苏友芬主编	上海：上海世界图书出版公司	英国文学教参

序号	时间	书名	作者	出版社	备注
23	2005—2006 初版 2012 年 2 版	英国文学史（五卷本）	王佐良，李赋宁	北京：外语教学与研究出版社	
24	2006	英国文学简史	王守仁，方杰著	上海：上海外语教育出版社	
25	2006	简明英国文学史	高继海编著	开封：河南大学出版社	英文
26	2006	英国文学选读	刘炳善，罗益民编	郑州：河南人民出版社	英文，教材
27	2006	英国文学史及选读	张鑫友	武汉：湖北科学技术出版社	英文
28	2007	简明英国文学史	李增主编	长春：东北师范大学出版社	英文
29	2007	简明英国文学史	李增主编	长春：东北师范大学出版社	英文
30	2007	英国文学选读	王蕾 陆燕敏主编	天津：天津大学出版社	中英对照
31	2007	英国文学大花园	常耀信著	武汉：湖北教育出版社	
32	2007	英国文学简读教程	宫玉波等主编	北京：清华大学出版社，北京交通大学出版社	英文，教材
33	2008	简明英国文学史	刘意青，刘灵著	北京：外语教学与研究出版社	英文
34	2008	英国文学选读	孙建等主编	上海：复旦大学出版社	英文，教辅材料

序号	时间	书名	作者	出版社	备注
35	2008	英国文学选读	方笑语主编	上海：复旦大学出版社	英文，教辅材料
36	2008	英国文学经典选读	刁克利编著	北京外语教学与研究出版社	英文，英语教材
37	2008	英国文学史及作品选读	孟秀坤主编	北京：知识产权出版社	英文，教辅材料
38	2009	英国文学史	索金梅著	天津：南开大学出版社	英文，教材
39	2009/2013第二版	英美文学简明教程（上编：英国，下编：美国）	张伯香，刘世理主编	武汉：华中科技大学出版社	英文，教材
40	2009	英国文学与文化	李成坚，邹涛	北京：中国人民大学出版社	英文
41	2010	英国文学史	王松林，朱卫红	武汉：华中师范大学出版社	
42	2010	英国文学地图	刘芬编著	武汉：武汉大学出版社	教材
43	2010	英美文学简史	刘肠、王冬辉贾虹主编	天津：天津大学出版社	
44	2010	英国文学选读	孙华祥主编	北京：中国社会科学出版社	英文，教材
45	2010	英国文学史概述及作品选读	刘清波主编	北京：高等教育出版社	英文，教材

序号	时间	书名	作者	出版社	备注
46	2010—2013	英国文学通史((3卷)	常耀信主编	天津：南开大学出版社	
47	2011/2014	英国文学选读	王守仁主编	北京：高等教育出版社	英文，教材
48	2011	新编英国文学选读	罗经国主编	北京：北京大学出版社	教材
49	2011	英国文学经典教程	姜涛主编	南京：东南大学出版社	英文，教材
50	2011	插图本英国文学史	刘意青，刘阳阳	北京：北京大学出版社	
51	2012	英国文学选读	郑燕主编	西安：西安交通大学出版社	英文，教材
52	2012	一本书搞懂英国文学	朱虹主编	北京：北京理工大学出版社	
53	2013	英国文学史及选读（重排版，2册）	吴伟仁编	北京：外语教学与研究出版社	英文，教材
54	2013	《英国文学简明教程》	刁克利主编	北京：中国人民大学出版社	教材
55	2013	英国文学作品选	张丽丽 张静主编	成都：西南交通大学出版社	英文
56	2013	新编英国文学简史	李增主编	西安：陕西师范大学出版总社有限公司	英文，教材
57	2013	新编英国文学名著选读	张伯香等编著	武汉：武汉大学出版社	英文，教材

序号	时间	书名	作者	出版社	备注
58	2013	英国文学选读	林玉鹏主编	合肥：安徽大学出版社	英文，教材
59	2013	英国文学经典导读	陈义华主编	广州：暨南大学出版社	英文，教材
60	2013	英国文学经典重读	肖锦龙著	南京：南京大学出版社	教材
61	2014	英国文学简史学习指南	赵红英主编	武汉：武汉大学出版社	
62	2014	英国文学作品选读	李成坚主编	广州：中山大学出版社	英文，教材
63	2014	英美文学史及选读	蒙雪梅等编	哈尔滨：哈尔滨工业大学出版社	英文，教材
64	？	英国文学作品选读	陈嘉编	北京：商务印书馆	英文，教材
65	2015	带你游览英国文学	郝澎	海口：南海出版公司	中英对照
66	2016	英国文学简史与选读	李正栓主编	北京：清华大学出版社	英文
67	2016	新编英国文学教程	彭家海等编著	武汉：华中科技大学出版社	英文
67	2017	英国文学发展研究	朱琳著	北京：国家图书馆出版社	
68	2017	英国文学选读	方红等主编	苏州：苏州大学出版社	英文
69	2019	英国文学	蒲若茜编著	广州：暨南大学出版社	英文

2.90 年代以来断代史、类别史等

序号	时间	书名	作者	出版社	备注
1	1994	英国二十世纪文学史	王佐良、周钰良	北京：北京外语教学与研究出版社	
2	1994	现代英国文学教程	张伯香编著	武汉：武汉大学出版社	
3	1996	英国文艺复兴时期文学史	王佐良、何其莘	北京：北京外语教学与研究出版社	
4	1998	20 世纪英国文学史	阮炜等著	青岛：青岛出版社	
5	2000	英国十八世纪文学史	吴景荣，刘意青	北京：北京外语教学与研究出版社	
6	2001	二十世纪英国文学史	王丽丽编著	济南：山东大学出版社	英文
7	2006	20 世纪英国文学史	王守仁 何宁著	北京：外语教学与研究出版社	
8	2006	二十世纪英国文学选读	王虹编	武汉：武汉大学出版社	英语文学与文化系列教材

序号	时间	书名	作者	出版社	备注
9	2007	十九世纪英国文学作品选评	刘新民编著	上海：复旦大学出版社	
10	2011	新编英国文学史及选读赏析：维多利亚至当代部分	黄吟等编著	北京：北京理工大学出版社	英文，英语专业教材
11	2014	英国浪漫主义文学选读	蔡显璟主编	北京：对外经济贸易大学出版社	研究生教材

3. 90 年代以来小说

序号	时间	书名	作者	出版社	备注
1	2002	十九世纪英国小说	刘文荣	北京：中国社会科学出版社	
2	2003	英国小说艺术史	李维屏	上海：上海外语教育出版社	
3	2003	英国小说史	高继海	北京：中国社会科学出版社	
4	2004	战后英国小说	张和龙	上海外语教育出版社	
5	2005	英国小说史	侯维瑞	南京：译林出版社	
6	2006	英国小说发展史	蒋承勇	杭州：浙江大学出版社	

续表

序号	时间	书名	作者	出版社	备注
7	2008	当代英国小说史	瞿世镜	上海：上海译文出版社	
8	2008	英国小说人物史	李维屏	上海：上海外语教育出版社	
9	2010	当代英国小说史	刘文荣	北京：文汇出版社	
10	2011	英国短篇小说史	李维屏	上海：上海外语教育出版社	
11	2011	英国女性小说史	李维屏	上海：上海外语教育出版社	

4. 90 年代以来戏剧

序号	时间	书名	作者	出版社	备注
1	1994	英国戏剧史	桂扬清等	南京：江苏教育出版社	
2	1994	二十世纪英国戏剧	李醒	北京：文化艺术出版社	
3	1999	英国戏剧史	何其莘	南京：译林出版社	
4	2007	当代英国戏剧史	王岚 陈红薇	北京：北京大学出版社	
5	2009	二十世纪英国戏剧	陈红薇 王岚	北京：北京大学出版社	英文

5. 90 年代以来诗歌

序号	时间	书名	作者	出版社	备注
1	1991	英国浪漫主义诗歌史	王佐良	北京：人民文学出版社	
2	1993/1997 第二版	英国诗歌史	王佐良	南京：译林出版社	
3	2006	英国诗歌赏析	苏煜	北京：新华出版社	
4	2013	英国诗歌选集	王佐良	上海：上海译文出版社	

6. 90 年代以来散文

序号	时间	书名	作者	出版社	备注
1	1994	英国散文的流变	王佐良	北京：商务印书馆	
2	2005	英国散文经典	陆钰明	上海：汉语大词典出版社	
3	2008	英国散文史	陈新著	南京：南京师范大学出版社	
4	2010	英国散文精选	高健	上海：上海译文出版社	

7. 90 年代以来其他（包括专题类）

序号	时间	书名	作者	出版社	备注
1	2005	英国文学辞典：作家与作品	孙建	上海：复旦大学出版社	
2	2008	英国生态文学	李美华	上海：学林出版社	
3	2012	英国传记发展史	唐岫敏	上海：上海外语教育出版社	
4	2012	英国文学批评史	王卫新，隋晓荻等	上海：上海外语教育出版社	
5	2012	英国文学批评史	王守仁	南京：南京大学出版社	
6	2012	英国文学思想史	李维屏 张定铨	上海：上海外语教育出版社	
7	2015	英国儿童文学简史	舒伟	长沙：湖南少年儿童出版社	

8. 90 年代以来译著类

序号	时间	书名	作者	出版社	备注
1	1998	浪漫派、叛逆者与反动派：1760-1830 间的英国文学及背景	（英）玛丽琳巴特勒，黄梅等译	沈阳：辽宁教育出版社	
2	2000	牛津简明英国文学史	（英）安德鲁·桑德斯	北京：人民文学出版社	
3	2014	孤岛不孤：世界视野中的英国文学四论	（意）卡洛·金兹伯格	上海：华东师范大学出版社	

附录3 英国文学史教学大纲（1953）
各章重点及时间简明表

分章		重点	讲授及课堂实习时间	其他教学进行时间
第六学期十七周	引论（包括概说课程要求及布置			2
	第一章 中世纪文学	乔叟	9	
	第二章 文艺复兴	莎士比亚	24	
	第三章 资产阶级革命及王政复辟时期	弥尔顿	7	
	第四章 启蒙运动时期	斯威夫特菲尔丁	20	
	直观、复习、总结等			前后共计6
第七学期十八周	第五章 浪漫主义	拜伦	15	
	第六章 批判现实主义	狄更斯	20	
	第七章 美国文学的萌芽与发展	马克·吐温 德莱赛	18	
	第八章 帝国主义阶段的英国文学	萧伯纳	13	
	直观、复习、总结等			前后共计6

第八学期十七周	第九章 现代英国文学	杰克·林赛阿尔德里奇	14	
	第十章 现代美国文学	发斯脱	14	
	直观、复习、总结等			前后共计 6